Maudites

MICHELLE ZINK

Maudites

TRADUIT DE L'ANGLAIS (ÉTATS-UNIS)
PAR LAURENCE KIEFÉ

hachette

L'édition originale de cet ouvrage a paru en langue anglaise chez
Little, Brown and Company, Hachette Book Group USA, sous le titre :

PROPHECY OF THE SISTERS

Hachette Livre, 43 quai de Grenelle, 75015 Paris.

A ma mère, Claudia Baker.
Pour avoir misé sur moi.

Chapitre 1

Peut-être parce que cela correspond à la situation, je ne remarque pas qu'il pleut. Il pleut à verse, un épais rideau d'argent tissé qui vient marteler la terre durcie par l'automne. Pourtant, je reste immobile à côté du cercueil.

Je suis à la droite d'Alice. Je suis toujours à la droite d'Alice, et je me demande souvent si c'était déjà ainsi dans le ventre de notre mère, avant qu'on vienne nous en arracher l'une après l'autre. Mon frère, Henry, est assis près d'Edmund, notre chauffeur, et de tante Virginia ; il est forcément assis, car ses jambes ne le portent pas. Transporter Henry et son fauteuil roulant jusqu'au cimetière sur la colline pour qu'il assiste à l'enterrement de notre père a été malaisé.

Tante Virginia se penche vers nous afin que sa voix domine le tambourinement de la pluie.

— Les enfants, il faut y aller maintenant.

Le révérend s'est déjà éclipsé. J'ignore depuis combien de temps nous sommes là, devant ce tas de terre où repose le corps de mon père. J'étais à l'abri sous le parapluie de James, dans un univers protégé m'offrant un mince rempart contre la réalité.

D'un geste, Alice nous invite à partir.

— Lia, Henry, allons-y ! Nous reviendrons porter un bouquet de fleurs sur la tombe de Papa lorsque le soleil brillera.

Je suis née la première, quelques minutes avant elle, mais depuis toujours il est évident que c'est à Alice de prendre les décisions.

Tante Virginia fait signe à Edmund. Il prend Henry dans ses bras, prêt à repartir vers la maison. Le regard de Henry croise le mien par-dessus l'épaule d'Edmund. Mon frère n'a que dix ans, mais il est beaucoup plus mûr que la plupart des garçons de son âge et ses cernes sombres montrent à quel point il est marqué par la mort de notre père. Sa douleur me tire de mon apathie, quelque part au niveau du cœur. Les décisions reviennent peut-être à Alice, mais j'ai toujours eu le sentiment d'être responsable de Henry.

Mes pieds refusent de bouger, refusent de m'emmener loin de mon père, qui repose, froid et mort, dans la terre. Alice se retourne. Sous la pluie battante, ses yeux cherchent les miens.

— Je vous rejoins dans un petit moment…

La pluie m'oblige à crier. Elle hoche lentement la tête puis reprend son chemin, le chemin de Birchwood Manor.

James prend ma main gantée dans la sienne et le soulagement m'envahit en sentant la pression énergique de ses doigts. Il s'approche pour que je l'entende.

— Je resterai avec toi aussi longtemps que tu le souhaites, Lia.

Je ne peux qu'acquiescer, le regard fixé sur les larmes de

pluie qui ruissellent sur la tombe de Papa, et je lis les mots gravés dans le granit :

Thomas Edward Milthorpe
Notre père bien-aimé
23 juin 1846-1er novembre 1890

Il n'y a pas de fleurs. Notre famille a beau être riche, si près de l'hiver, les fleurs sont difficiles à trouver dans notre ville située au nord de l'État de New York ; et aucun de nous n'a eu l'énergie ni l'envie d'en faire livrer pour cette cérémonie sans prétention. Brusquement, j'ai honte de ce manque d'attention et j'examine le cimetière familial à la recherche ce que je pourrais laisser là.

Mais il n'y a rien. Seulement quelques petits cailloux qui traînent dans les flaques sur le chemin. Je me penche pour en ramasser une poignée et je les garde dans ma paume ouverte jusqu'à ce que la pluie les ait nettoyés de toute terre.

Je ne suis pas étonnée que James comprenne mes intentions même si je ne dis rien. Nous sommes des amis de toujours et, depuis quelque temps, il y a quelque chose de plus. De beaucoup plus. Il s'avance avec le parapluie pour m'abriter, j'ouvre ma main et je laisse tomber les cailloux au pied de la pierre tombale de papa.

Ce geste fait remonter ma manche et l'étrange marque apparaît, ce cercle particulier et irrégulier qui a surgi sur mon poignet quelques heures après la mort de Papa. Je jette un coup d'œil à James pour voir s'il a remarqué quelque chose. Manifestement non. Je baisse ma manche et j'aligne avec soin les petits cailloux. Je refuse de penser à cette marque. Entre le chagrin et l'inquiétude, il faut choisir. Pour l'instant, le chagrin prévaut.

Je recule en regardant les pierres. Elles ne sont pas aussi

jolies ni aussi gaies que les fleurs que j'apporterai au printemps, mais je n'ai rien d'autre à offrir. Je prends le bras de James et je me laisse guider jusqu'à la maison.

***

Ce n'est pas la chaleur du feu dans le petit salon qui me retient en bas alors que le reste de la maisonnée s'est retiré depuis longtemps. Il y a un poêle dans ma chambre, comme dans presque toutes celles de Birchwood Manor. Non, je ne bouge pas du salon sombre, éclairé seulement par la lueur du feu moribond, parce que je n'ai pas le courage de monter l'escalier.

Papa est mort depuis trois jours déjà et j'ai été très occupée. Il a fallu consoler Henry et, même si tante Virginia a accepté d'organiser l'enterrement, il m'a semblé normal de l'aider dans cette tâche. C'est l'explication que je me suis donnée. Mais maintenant, dans le salon vide, avec le tic-tac de la pendule comme seule compagnie, je me rends compte que je n'ai fait que retarder le moment où il faudra monter l'escalier et passer devant sa chambre déserte. Le moment où il me faudra admettre qu'il est vraiment parti.

Je me lève en hâte, avant de perdre courage, et je me concentre sur le fait d'avancer un pied après l'autre. Je gravis les marches et je suis le couloir de l'aile est. Je passe devant la chambre d'Alice, puis devant celle de Henry, et mon regard est alors attiré par la porte du fond. La chambre qu'occupait autrefois ma mère.

La Chambre sombre.

Quand nous étions petites, Alice et moi, nous ne parlions de cette chambre qu'à voix basse, mais je ne saurais dire comment nous en sommes venues à l'appeler la Chambre sombre. Peut-être parce que, dans ces pièces hautes de plafond où un feu brûle neuf mois sur douze, seules celles qui sont inhabitées demeurent obscures. Pourtant, même du vivant de ma mère, la pièce paraissait sombre. C'est là qu'elle s'est réfugiée dans les mois qui ont précédé sa mort. C'est dans cet endroit qu'elle s'est éloignée de nous, partant de plus en plus loin.

Je continue jusqu'à ma chambre, où je me déshabille pour enfiler ma chemise de nuit. Je m'assois sur le lit, et je suis en train de me brosser les cheveux pour les rendre brillants lorsqu'un coup frappé à la porte m'interrompt.

— Oui ?

J'entends la voix d'Alice de l'autre côté.

— C'est moi. Je peux entrer ?

— Bien sûr.

La porte s'ouvre en grinçant, et une bouffée d'air froid venu du couloir pénètre dans la pièce. Alice referme derrière elle et vient s'asseoir à côté de moi, comme lorsque nous étions enfants. Nos chemises de nuit, tout comme nous mêmes, sont presque identiques. Presque, mais pas tout à fait. Alice a toujours souhaité que les siennes soient en soie fine, alors que je préfère le confort à l'élégance : je porte de la flanelle en toute saison, sauf l'été.

Elle tend la main vers la brosse.

— Donne-la-moi.

J'obéis, en tentant de dissimuler ma surprise, puis je me retourne pour lui présenter mon dos. Nous ne sommes pas le genre de sœurs à se faire des confidences le soir tout en se brossant les cheveux.

Elle manie la brosse en mouvements longs, depuis la racine des cheveux jusqu'aux pointes. À regarder notre reflet dans le miroir de la commode, on a du mal à croire qu'on puisse nous différencier. À cette distance et dans la lueur du feu, nous sommes identiques. Nos cheveux brillent de la même nuance châtain dans le clair-obscur. Nos pommettes ont le même angle. Cependant, je sais que résident là de subtiles différences qui sont évidentes pour ceux qui nous connaissent bien. La légère rondeur de mon visage contraste avec les traits plus anguleux de ma sœur, et la sévérité de mon regard avec son expression mutine. Alice brille comme une pierre précieuse dans la lumière, tandis que moi je ressasse, je réfléchis, je m'interroge.

Le feu crépite dans le poêle ; je ferme les yeux et je relâche mes épaules, apaisée par le rythme régulier de la brosse dans mes cheveux. La main d'Alice me caresse le sommet du crâne.

— Tu te souviens d'elle ?

Je cligne des paupières. C'est une question inattendue et, l'espace d'un instant, je ne sais que répondre. Nous avions juste six ans lorsque notre mère est morte en tombant de façon inexpliquée du haut de la falaise, près du lac. Henry n'avait que quelques mois. Les médecins avaient déjà clairement établi que ce fils, tant désiré par mon père, n'aurait jamais l'usage de ses jambes. Tante Virginia a toujours dit que maman n'était plus la même après la naissance de Henry, et les questions provoquées par sa mort demeurent encore sans réponse. Nous n'en parlons pas, pas plus que de l'enquête qui a suivi.

Je n'ai rien d'autre à offrir que la vérité.

— Oui, mais très peu. Et toi ?

Elle hésite avant de répondre, sans cesser de me brosser les cheveux.

— Je crois que oui. Des éclats de souvenirs. Des petits moments. Je me demande souvent pourquoi je me rappelle sa robe verte, mais pas le son de sa voix quand elle lisait à voix haute. Pourquoi je revois clairement le livre de poésie qu'elle laissait traîner sur la table du salon, mais je n'ai aucun souvenir de son odeur.

— Elle sentait le jasmin et… l'orange, je crois.

— Ah oui ? Son odeur ? Je l'ignorais, murmure-t-elle dans mon dos.

— Voilà. À mon tour.

Je me retourne pour prendre la brosse.

Elle obéit, docile comme une enfant.

— Lia ?

— Oui.

— Si tu savais quelque chose, à propos de Maman… Si tu te souvenais de quelque chose, de quelque chose d'important, tu me le dirais ?

Elle parle à voix basse, avec un manque d'assurance que je ne lui connais pas.

Cette étrange question me coupe un peu le souffle.

— Oui, bien sûr, Alice. Et toi ?

Elle hésite, le seul bruit qu'on entend dans la pièce, c'est la brosse qui passe dans ses cheveux soyeux.

— Je pense que oui.

Je brosse ses longs cheveux, plongée dans mes réflexions. Pas à propos de Maman. Ni de notre vie aujourd'hui. À propos d'Alice. De nous. Les jumelles. Je me souviens du temps, avant la naissance de Henry, avant que maman ne se réfugie toute seule dans la Chambre sombre. Le temps avant qu'Alice ne devienne étrange et secrète.

Ce serait facile de replonger dans notre enfance et de décider que nous étions proches, Alice et moi. Grâce à la tendresse du souvenir, je n'ai pas oublié son souffle tiède dans la nuit noire, sa voix chuchotant dans l'obscurité de la chambre que nous partagions. Je m'efforce de considérer que notre intimité était douillette et d'ignorer la voix qui me rappelle que nous étions déjà différentes. Mais cela ne fonctionne pas. Si je suis sincère, j'avouerai que nous nous sommes toujours observées avec circonspection. N'empêche, autrefois, c'était sa main douce que je serrais avant de m'endormir, ses boucles que je repoussais de mon épaule quand elle s'endormait trop près de moi.

— Merci, Lia.

Alice se retourne et me regarde droit dans les yeux.

— Tu me manques, tu sais, ajoute-t-elle.

Mes joues s'empourprent sous son regard, son visage si près du mien. Je hausse les épaules.

— Mais je suis là, Alice, comme je l'ai toujours été.

Elle sourit, mais c'est un sourire triste, entendu. Elle se penche pour m'envelopper de ses bras minces, comme elle faisait lorsque nous étions petites.

— Moi aussi, je suis là, Lia. Comme je l'ai toujours été.

Elle se lève et s'en va sans ajouter un mot. Assise au bord du lit dans la lumière tamisée de la lampe, j'essaie de comprendre sa tristesse inattendue. Ce ton réfléchi ne ressemble guère à Alice, mais j'imagine que la mort de papa nous rend tous vulnérables.

Penser à Alice me permet de retarder le moment d'examiner mon poignet. Je me sens lâche tandis que je m'efforce de rassembler mon courage pour repousser la manche de ma chemise de nuit. Regarder à nouveau cette marque qui est apparue après qu'on a découvert le corps de Papa dans la Chambre sombre.

Quand je remonte enfin ma manche, en me disant que de toute façon, que je regarde ou non, cela ne changera rien, je dois serrer les lèvres pour ne pas laisser échapper un cri. Ce n'est pas la marque qui me surprend, c'est de voir à quel point elle est devenue plus foncée en une journée. En revanche, le cercle qui entoure mon poignet s'est éclairci et les stries qui l'épaississent, accentuant son irrégularité, me paraissent toujours indéchiffrables.

Je lutte contre la panique qui m'envahit. Il doit bien exister un recours, quelque chose à faire, quelqu'un à qui parler. Mais à qui raconter pareille épreuve ? Autrefois, je serais allée voir Alice, car à qui d'autre aurais-je pu confier un tel secret ? Mais, à présent, je ne puis ignorer cette distance toujours plus grande qui nous sépare. J'en suis venue à me méfier de ma sœur.

Je me dis que cette marque va disparaître et qu'il est inutile de rapporter un événement si étrange alors que tout sera sûrement terminé d'ici quelques jours. D'instinct, je sais que c'est un mensonge, mais je parviens à me convaincre que j'ai le droit d'y croire un jour comme celui-ci.

Le jour où j'ai enterré mon père.

Chapitre 2

La lumière grise de novembre étend ses doigts dans la chambre lorsqu'Ivy entre, une bouilloire à la main.

— Bonjour, mademoiselle, dit-elle en versant l'eau dans la bassine sur la table de toilette. Dois-je vous aider à vous habiller ?

Je me redresse sur les coudes.

— Non, merci. Je vais me débrouiller.

— Très bien.

Elle quitte la pièce en emportant la bouilloire.

Je repousse les couvertures et je me lève. J'agite les doigts dans la bassine pour refroidir l'eau avant de me laver. Lorsque j'ai terminé, je me sèche les joues et le front en scrutant mon reflet dans le miroir. Mes yeux verts sont insondables, vides. Je me demande si le corps peut se retourner comme un gant, laissant la tristesse ainsi révélée s'exposer à tous les regards à travers les veines, les organes et la peau. Je secoue la tête pour me débarrasser de cette idée morbide et j'examine dans la glace mes cheveux roux emmêlés répandus sur mes épaules.

J'enlève ma chemise de nuit, et je prends un jupon et des bas dans la commode ; je commence à m'habiller. Je suis en train de tirer mon second bas sur ma cuisse lorsque Alice fait irruption sans frapper.

— Bonjour.

Elle se laisse tomber lourdement sur le lit et me regarde avec ce charme émouvant qui n'appartient qu'à elle.

Je suis étonnée de la façon dont elle enchaîne les humeurs, passant de l'amertume mal cachée au chagrin avant d'atteindre une tranquille indifférence. Je ne devrais pas être surprise, car Alice est connue pour ses humeurs changeantes. Mais il n'y a plus trace de tristesse sur ses traits, plus rien ne subsiste de la mélancolie d'hier soir. À vrai dire, elle est exactement comme à l'accoutumée, si ce n'est qu'elle porte une robe très simple et qu'elle n'a aucun bijou. Finalement, il n'y a que moi pour afficher aussi clairement ce que je ressens.

— Bonjour.

Je me dépêche d'attacher mon bas, coupable d'avoir traîné si longtemps dans ma chambre alors que ma sœur est déjà fin prête. Je me dirige vers le placard, tant pour prendre une robe que pour échapper à son regard qui semble toujours plonger trop profondément dans le mien.

— Tu devrais voir la maison, Lia. Tous les domestiques sont en vêtements de deuil, sur ordre de tante Virginia.

En me tournant vers elle, je remarque ses joues rouges et la lueur d'excitation dans ses yeux. Je suis contrariée, mais je refuse d'en tenir compte.

— Dans une maison, on observe presque systématiquement une période de deuil, Alice. Papa était très aimé. Je suis persuadée qu'ils souhaitent manifester leur respect.

— Oui, bon, maintenant, nous allons être coincées dans la maison pendant un temps infini. On s'ennuie tellement ici. Penses-tu que tante Virginia nous autorisera à aller en cours la semaine prochaine ?

Elle continue sans attendre la réponse.

— Évidemment, reprend-elle, toi, cela t'est bien égal ! Tu serais très contente de ne plus jamais revoir Wycliffe.

Je n'ai aucune envie de discuter. Il est de notoriété publique qu'Alice apprécie la vie plus sophistiquée que mènent les élèves de Wycliffe, l'établissement dans lequel nous suivons des cours deux fois par semaine et où moi je me sens toujours comme un animal exotique dans une vitrine. Là-bas, je l'observe souvent à la dérobée et je la vois briller à la lueur des raffinements de la bonne société. J'imagine qu'elle ressemble à notre mère. Ce doit être vrai : c'est elle qui a hérité de l'éclat de son regard alors que moi, je m'épanouis dans le calme de la bibliothèque de Papa.

***

La journée se déroule presque en silence, ponctuée seulement par le crépitement du feu. Nous sommes habitués à l'isolement de Birchwood et nous avons appris à nous distraire entre ses murs austères. Cela ressemble à n'importe quelle journée pluvieuse, sauf qu'il manque la grosse voix de papa sortant de la bibliothèque et l'odeur de sa pipe. Nous ne parlons ni de lui ni de sa mort étrange.

J'évite de regarder la pendule, craignant de ralentir encore la marche du temps si j'observe sa progression. Cela fonctionne, plus ou moins. La journée s'écoule plus vite que je ne l'espérais, les brèves interruptions du déjeuner et du dîner m'aidant à attendre le moment où je pourrai m'évader vers le néant du sommeil.

Cette fois, je ne regarde pas mon poignet avant de me mettre au lit. Je ne veux pas savoir si la marque est toujours là ou si elle a changé. Si elle est plus profonde ou plus sombre. Je me glisse sous les draps et je m'enfonce dans l'oubli sans réfléchir davantage.

Je suis dans cet entre-deux, cet état dans lequel on dérive avant que le monde ne se referme, quand je perçois un chuchotement. Au début, j'entends seulement qu'on m'appelle par mon prénom, au loin. Mais le chuchotement s'amplifie, les voix se multiplient, si frénétiques que je ne distingue plus qu'un mot par-ci par-là. Le ton monte et devient si impératif que je ne peux l'ignorer davantage. Je finis par m'asseoir dans mon lit, et les derniers mots résonnent dans les grottes de mon esprit.

La Chambre sombre.

Ce n'est pas tellement étonnant. La Chambre sombre occupe mes pensées depuis la mort de Papa. Il n'aurait pas dû se trouver dans cette pièce liée au souvenir de ma mère, qu'il aimait tant.

Et pourtant, dans ses derniers moments, alors que la vie s'échappait de son corps, il y était.

J'enfile mes pantoufles et je me dirige vers la porte. J'écoute un moment avant de l'ouvrir ; j'examine le couloir. La maison est silencieuse, obscure. On n'entend plus les domestiques marcher à l'étage ni dans la cuisine. Il doit être assez tard.

Je perçois tout cela en quelques secondes, sans m'y attarder. Ce qui retient mon attention, ce qui fait se hérisser les poils de mes bras et les petits cheveux de ma nuque, c'est la porte, à peine entrouverte, au bout du couloir.

La porte de la Chambre sombre.

Il est étrange que cette porte, parmi toutes celles du

manoir, soit ouverte. Mais il est encore plus étrange qu'une pâle lumière s'échappe par l'entrebâillement.

Je regarde la marque. Même dans l'obscurité, mon poignet en est noirci. C'est bien la question que je me posais, non ? La clé de la mort de papa et l'origine de cette marque se trouvent-elles dans la Chambre sombre ? J'ai l'impression d'avoir été convoquée dans ce lieu pour y entendre les réponses que j'ai tellement cherchées.

Je me faufile dans le couloir en faisant attention à ne pas faire traîner mes pantoufles sur le parquet. Devant la pièce, j'hésite.

Il y a quelqu'un à l'intérieur.

Une voix, basse mais impérieuse, est en train de parler. Rien à voir avec ce murmure frénétique qui m'a attirée ici. Pas de brouhaha, non, une seule voix. Une seule personne qui chuchote à l'intérieur.

Je n'ose pas pousser la porte, j'ai peur qu'elle ne grince. Je préfère me pencher pour jeter un œil. J'ai du mal à me repérer tant l'ouverture est étroite. Au début, tout n'est qu'ombres et contours. Mais rapidement je distingue les meubles imposants recouverts de draps blancs, la masse noire de l'armoire et une silhouette assise par terre, entourée de bougies.

Alice.

Ma sœur est assise par terre dans la Chambre sombre, baignant dans la douce lumière jaune des chandelles. Elle marmonne, elle chuchote comme si elle s'adressait à quelqu'un tout près d'elle, mais, de là où je suis, je ne vois personne. Elle est assise sur les talons, les yeux fermés, les bras le long du corps.

J'examine la chambre en prenant garde à ne pas toucher la porte, de crainte qu'elle ne s'anime d'une vie propre et ne s'ouvre en grand. Il n'y a personne à l'intérieur. Personne en dehors d'Alice, qui parle toute seule, dans l'accomplissement d'une cérémonie étrange. Mais ce rituel sinistre, qui me fait tout entière frissonner d'effroi, n'est pas le pire.

Non, le plus bizarre, c'est que ma sœur a repoussé le tapis, un grand tapis usé que j'ai toujours vu dans cette pièce. Elle est assise, aussi naturellement que si elle l'avait déjà fait souvent, à l'intérieur d'un cercle gravé dans le bois. Les angles de son visage sont durs, presque méconnaissables à la lueur des bougies.

Le froid qui règne dans le couloir s'insinue sous le tissu fin de ma chemise de nuit. Je recule, le cœur battant si fort que je crains qu'Alice ne l'entende.

En faisant volte-face, je dois me retenir pour ne pas courir. Mais je marche tranquillement, j'entre dans ma chambre, je referme la porte et je retrouve la chaleur réconfortante de mon lit. Je reste éveillée très longtemps, en essayant d'effacer de mon esprit l'image d'Alice au milieu de ce cercle et le son de sa voix murmurant pour quelqu'un qui n'est pas là.

***

Le lendemain matin, je me lève et je fais glisser la manche de ma chemise de nuit sur mon poignet. La marque a encore foncé, le cercle est plus épais et plus proéminent.

Et il y a autre chose.

Dans la lumière crue, la ligne qui double le cercle et brouille ses limites devient soudain évidente. Du doigt, je caresse la marque, bourrelée comme une cicatrice, et je suis le tracé du serpent qui s'enroule autour de mon poignet jusqu'à dévorer sa propre queue.

Le Jorgumand.

Peu de filles de seize ans connaissent cela, mais moi j'ai déjà vu cette figure dans les livres de papa traitant de la mythologie. C'est familier mais également effrayant, car pourquoi ma peau a-t-elle engendré pareil symbole ?

Il n'est pas question d'en parler à tante Virginia. La mort de papa lui a déjà apporté son lot de chagrin et d'inquiétude. Dernière adulte de la famille encore en vie, elle est responsable de nous. Je ne vais pas ajouter un nouveau souci à tous ceux dont elle est déjà accablée.

Je mords ma lèvre inférieure. Il m'est impossible de songer à ma sœur sans me souvenir d'elle assise par terre dans la Chambre sombre. Il faut que je lui demande ce qu'elle faisait. C'est une question essentielle, étant donné les circonstances. Ensuite, je lui montrerai la marque.

Une fois habillée, je pars à la recherche d'Alice. J'espère qu'elle n'est pas en train de se promener, comme elle aime à le faire depuis son plus jeune âge. La trouver installée au soleil dans son endroit préféré, le patio, serait infiniment plus simple que de battre les champs et les bois autour de Birchwood. Dans le couloir, mon regard glisse jusqu'à la porte fermée de la Chambre sombre. D'ici, elle est exactement comme à l'accoutumée. On pourrait presque imaginer que papa est encore dans la bibliothèque et que ma sœur ne s'est jamais agenouillée dans la chambre interdite en plein cœur de la nuit. Et pourtant, elle l'a fait.

Ma décision est prise avant même que je ne le sache. Je file dans le couloir. Aucune hésitation sur le seuil de la porte : j'entre.

La pièce est exactement comme dans mon souvenir, les rideaux tirés pour la protéger de la lumière du jour, le tapis à sa place. L'air vibre d'une étrange énergie, comme un battement que je sens bourdonner dans mes veines. Je secoue la tête et le bruit disparaît presque complètement.

Je m'approche de la commode et j'ouvre le premier tiroir. Je ne devrais pas être étonnée d'y trouver les affaires de ma mère, et pourtant je le suis. Presque toute ma vie durant, elle n'a été qu'une idée. Soudain, la soie fine et la dentelle de ses jupons et de ses bas la font exister. Je la vois, femme de chair et de sang, en train de s'habiller.

Je m'oblige à soulever son linge, à la recherche de quelque chose qui pourrait expliquer la présence de papa dans cette pièce au moment de sa mort – un journal, une vieille lettre, n'importe quoi. Je ne trouve rien. J'examine également les autres tiroirs, je fouille jusqu'au fond. Mais il n'y a rien. Rien que le papier qui les tapisse et qui a perdu son parfum depuis longtemps.

Je m'adosse à la commode et j'examine la pièce, cherchant d'autres cachettes possibles. Je m'approche du lit, je m'agenouille et je soulève la courtepointe blanche pour regarder en dessous. C'est impeccable : la dernière fois que la servante est passée faire le ménage, elle a dû balayer les toiles d'araignée et la poussière.

Mes yeux se posent sur le tapis. L'image d'Alice dans le cercle est gravée dans mon esprit. Je ne doute pas de ce que j'ai vu, mais il faut que je regarde. Pour être sûre.

Je suis à la limite du tapis quand ma tête se met à bourdonner ; cette vibration obscurcit mes pensées et ma vision ; j'ai l'impression que je vais m'évanouir. L'extrémité de mes doigts s'engourdit, un picotement m'envahit, partant de mes pieds et montant à l'assaut de mes jambes, tant et si bien que je crains de tomber.

Et puis les chuchotements recommencent. Les mêmes chuchotements que j'ai entendus hier soir. Mais cette fois ils ont quelque chose de menaçant, comme s'ils m'ordonnaient de partir. Mon front se couvre de sueur froide et je me mets à frissonner. Non, pas à frissonner. À trembler, avec tant de violence que je claque des dents. Je finis par m'écrouler par terre, au ras du tapis. Une petite voix, celle de mon instinct de survie, me crie de m'en aller, d'oublier cette Chambre sombre.

Mais je dois absolument regarder. Je n'ai pas le choix.

Je tends une main vers le bord du tapis. Les chuchotements s'amplifient encore, jusqu'à ce que ce bourdonnement de voix multiples se transforme en cri à l'intérieur de ma tête. Je saisis le coin du tapis avec des doigts malhabiles.

Je le repousse, et les chuchotements cessent.

Le cercle est là, au même endroit qu'hier soir. Le silence qui règne dans la pièce me met encore plus mal à l'aise. Je crois que je vais vomir. En plein jour, je vois que les sillons creusés dans le bois pour délimiter le cercle sont tout frais. Cela ne date pas de l'époque où ma mère occupait la Chambre sombre, c'est beaucoup plus récent.

Je remets le tapis en place et je me lève, les jambes flageolantes. Je ne me laisserai pas chasser de cette chambre. La chambre de ma mère. Je m'oblige à aller jusqu'à l'armoire, comme je l'avais prévu, mais je dois contourner le tapis car mes pieds refusent absolument de s'en approcher.

Ouvrant les portes à la volée, j'opère une fouille rapide ; je pourrais être plus minutieuse, mais cela n'a plus d'importance. Il faut vraiment que je quitte cette chambre.

De toute façon, il n'y a rien d'intéressant dedans. Quelques vieilles robes, une cape, quatre corsets. Ce qui a attiré Papa dans cette pièce est aussi inexplicable que la raison qui a amené Alice ici la nuit dernière et moi maintenant.

Je fais le tour du tapis, décidée à ressortir le plus vite possible sans pour autant courir. Plus je mettrai de distance entre ce tapis et moi, entre ce cercle et moi, mieux je me porterai.

Je referme la porte derrière moi, moins discrètement que

je ne l'aurais voulu ; je m'adosse au mur et j'essaie de ravaler la bile qui est montée dans ma gorge. J'ignore combien de temps je reste là, à récupérer mon souffle et à retrouver mon calme, tandis que, sans relâche, mon esprit est assailli de pensées violentes et terrifiantes.

Chapitre 3

Cette journée ressemble à un diamant, un éclat splendide sans aucune chaleur. Henry, dans son fauteuil, est installé près de la rivière avec Edmund. C'est l'un des lieux de prédilection de mon frère. J'étais petite quand Papa a fait couvrir de pierres plates cette allée qui serpente presque jusqu'au bord de l'eau, mais je m'en souviens bien. Henry n'était encore qu'un bébé ; il aimait le bruit des cailloux qu'on jetait dans l'eau. On trouve souvent Edmund et Henry sur le terre-plein, au bord de ce cours d'eau impétueux. Ils lancent des pierres en s'autorisant des petits paris secrets, certes interdits, mais tolérés par tante Virginia.

Je fais le tour de la maison et je suis soulagée en apercevant Alice dans le patio, devant la serre. Donnant sur les vastes espaces alentour, la serre est son endroit préféré, mais on la ferme de novembre à mars à cause du froid. Durant cette période, on trouve souvent ma sœur dans le patio, sur une chaise longue, emmitouflée dans une couverture, même les jours où le froid est un peu trop mordant à mon goût.

Les jambes étendues, elle découvre ses chevilles protégées par des bas, ce qui serait inconvenant n'importe où ailleurs que dans l'enceinte de Birchwood Manor. Les yeux clos, elle offre au soleil son visage qui a perdu la dureté de la nuit pour retrouver sa rondeur lisse. Une ombre de sourire joue sur ses lèvres entrouvertes, exprimant au choix la sérénité ou la sournoiserie.

— Pourquoi restes-tu là à m'examiner, Lia ?

Sa voix alliée à l'immobilité de ses traits me fait sursauter. Pourtant, je n'ai pas fait le moindre bruit, je me suis arrêtée dans l'herbe avant d'atteindre la terrasse. Et elle sait que je suis là.

— Je ne t'examinais pas, Alice. Je te regardais, c'est tout. Tu as l'air tellement heureuse.

Les talons de mes bottes résonnent dans le patio, et je tente de masquer le ton accusateur qui s'est faufilé dans ma voix.

— Et pourquoi ne serais-je pas heureuse ?

— Je me demande pourquoi tu le serais, Alice. Comment peux-tu être heureuse dans un moment pareil ?

La colère m'enflamme, et je suis contente qu'elle garde les yeux fermés.

Comme si elle lisait dans mes pensées, elle ouvre les yeux.

— Papa ne fait plus partie de ce monde, Lia. Il est au ciel avec maman. N'est-ce pas là qu'il souhaitait aller ?

Quelque chose dans son visage m'intrigue, une ombre de paix et de bonheur qui me semble déplacée si peu de temps après la mort de Papa.

— Je… je ne sais pas. Nous avons déjà perdu maman. Je pensais que papa souhaitait veiller sur nous.

Une fois prononcés à haute voix, ces propos paraissent

puérils et, à nouveau, je me prends à penser qu'Alice est la plus forte de nous deux.

— Je suis persuadée qu'il continue à veiller sur nous, Lia, dit-elle en me regardant, la tête penchée. De toute façon, de quoi aurions-nous besoin d'être protégées ?

Sa question est lourde de non-dits. J'ignore ce qu'elle garde par-devers elle, mais il s'agit sûrement de choses graves et, soudain, j'ai peur. Non, je ne demanderai pas à Alice ce qu'elle faisait dans la Chambre sombre, pas plus que je ne lui montrerai la marque, même si je suis incapable de justifier rationnellement cette décision.

— Je n'ai pas peur, Alice. Il me manque, c'est tout.

Elle ne répond pas, ses yeux se referment pour profiter du soleil et le calme revient sur son visage pâle. Il n'y a rien à ajouter, rien à faire si ce n'est partir.

Revenue à la maison, j'entends un bruit de voix dans la bibliothèque. Je ne distingue pas les mots, mais ce sont des hommes qui parlent ; j'écoute un petit moment, appréciant ces sons graves, avant d'ouvrir la porte. James se tourne vers moi.

— Bonjour, Lia. Nous n'avons pas fait trop de bruit, j'espère ?

Il y a une note d'urgence dans son salut et je comprends d'emblée qu'il a quelque chose à me dire.

— Pas du tout. C'est agréable d'entendre à nouveau du bruit dans la pièce de Papa.

Une loupe à la main, Mr Douglas est en train d'examiner la couverture d'un épais volume marron.

— Bonjour, Mr Douglas.

Il lève les yeux et cligne des paupières comme pour s'éclaircir la vue avant de me saluer gentiment.

— Bonjour, Amalia. Comment vous sentez-vous aujourd'hui ?

— Je vais très bien, Mr Douglas. Merci de votre sollicitude et merci de continuer le catalogage des collections de papa. Il voulait tellement le voir achevé. Cela lui ferait plaisir de savoir que le travail se poursuit.

Il acquiesce à nouveau sans sourire et le silence s'abat sur la pièce, lourd de chagrin partagé. Je suis soulagée lorsque Mr Douglas, l'air soudain préoccupé, détourne le regard pour rechercher quelque chose.

— Allons… où est passé ce fichu registre ? s'exclame-t-il en repoussant des piles de papiers d'un air agacé. Ah ! J'ai dû le laisser dans la voiture. Je reviens dans un instant, James. Continue.

Sur ces mots, il sort de la pièce.

James et moi, nous nous retrouvons au calme après le départ de son père. Je soupçonne depuis longtemps que cet interminable catalogage de la bibliothèque avait deux objectifs : le désir de Papa de nous voir ensemble, James et moi, et celui de trier ses constantes acquisitions. Mon père, eu égard à son rang, avait une vision fort peu conformiste des femmes et de leurs capacités intellectuelles. Notre lien avec messieurs Douglas père et fils reposait sur une authentique affection et un amour partagé des livres anciens. Indifférent à tous ceux qui, en ville, considéraient cette amitié comme peu convenable, Papa n'a jamais laissé l'opinion des autres influencer la sienne.

James me prend la main et, doucement, m'attire à lui.

— Comment vas-tu, Lia ? Je peux faire quelque chose pour toi ?

Sa voix inquiète et sa sollicitude bourrue me font monter les larmes aux yeux. La tristesse et le soulagement me submergent. Parce que je me sens en sécurité, je prends conscience de ma constante méfiance vis-à-vis d'Alice.

Je secoue la tête et je m'éclaircis la gorge avant d'oser parler.

— Non. Il va me falloir du temps pour m'habituer à l'absence de Papa.

Je m'efforce d'avoir l'air forte, mais les larmes ruissellent sur mes joues. Je cache mon visage dans mes mains.

— Lia. Lia ! dit James en m'attirant à lui. Je sais à quel point tu étais attachée à ton père. Ce n'est pas pareil, évidemment, mais je suis là pour tout ce que tu souhaites. Tout.

Son regard est brûlant et le tweed de son gilet frôle ma robe. Une bouffée de chaleur familière se faufile de mon ventre jusqu'aux extrémités de mon corps et dans tous les endroits secrets qui ne sont encore que lointaine promesse.

Il recule à contrecœur, il se redresse et s'éclaircit la gorge.

— Un de ces jours, Papa pensera à prendre le registre dans la voiture, mais aujourd'hui c'est tant mieux pour nous ! Viens, je vais te montrer ce que j'ai trouvé.

James m'entraîne et je me surprends à sourire en dépit des circonstances, en dépit de ses doigts qui touchent presque la marque.

— J'ai découvert quelque chose d'intéressant. Un livre que ton père a acheté et dont il ne nous a pas parlé.

— Quel livre ?

— Celui-ci, répond James en me le tendant. Je l'ai trouvé il y a deux jours, après…

Ne sachant comment mentionner la mort de mon père, il sourit tristement et continue.

— En tout cas, je l'ai mis de côté pour te le montrer avant qu'il ne soit catalogué. Il était dissimulé dans un caisson derrière l'une des étagères. Papa, comme d'habitude, cherchait ses lunettes et ne l'a pas vu. Ton père… Eh bien, il est évident que ton père souhaitait le dissimuler, mais j'ignore pourquoi. J'ai pensé que cela te ferait plaisir de le voir.

Je suis prise d'un frisson devant ce livre : je le reconnais, alors que je suis certaine de ne jamais l'avoir vu.

— Tu permets ?

Je tends la main.

— Bien sûr. Il t'appartient, Lia. Ou… il appartenait à ton père, et donc j'estime qu'il t'appartient. Ainsi qu'à Alice et à Henry, évidemment.

Cette idée ne lui est venue qu'après. C'est bien à moi qu'il donne ce livre.

Le cuir est frais et sec sous mes doigts, la couverture décorée d'un dessin dont je sens les reliefs. Il est certainement très vieux.

— C'est quoi ? je demande à James sans quitter le livre des yeux, tant il me captive.

— Je ne sais pas très bien. Je n'ai jamais rien vu de semblable.

La couverture craque et soupire quand je la soulève ; des petites particules de cuir se répandent dans l'air comme de la poussière qui danse dans le soleil. Bizarrement, il n'y a qu'une seule page, couverte de mots que je reconnais vaguement comme du latin. Je regrette soudain de n'avoir pas été plus attentive pendant les cours à Wycliffe.

— Qu'y a-t-il écrit ?

Il se penche sur la page et frôle mon épaule.

— *Librum Maleficii et Disordinae,* lit-il. Approximativement « le Livre du Chaos ».

— « Le Livre du Chaos » ? je répète en secouant la tête. Papa n'y a jamais fait allusion, et je connais sa bibliothèque aussi bien qu'il la connaissait lui-même.

— Je sais. Et, d'après moi, il n'en avait jamais parlé à mon père non plus. Et certainement pas à moi.

— De quel genre de livre s'agit-il ?

— Je me suis souvenu que tu n'étais pas très à l'aise en latin, alors je l'ai emporté à la maison pour le traduire. J'étais persuadé que tu voudrais en savoir davantage.

Ses yeux pétillent et j'identifie un léger sarcasme à l'égard de mon insatiable curiosité.

Je lève les yeux au ciel, feignant l'exaspération, et je souris.

— D'accord, qu'est-ce qu'il y a écrit ?

Il revient au livre et s'éclaircit la gorge.

— Cela commence ainsi : « Par le feu et l'harmonie subis par l'humanité jusqu'à l'envoi des Gardes qui ont pris comme épouses et maîtresses la femme de l'homme, engendrant Son courroux. »

— C'est une histoire ? je demande en secouant la tête.

— Je crois, répond-il après un instant de silence. Mais une histoire dont je n'ai jamais entendu parler.

Je tourne l'unique page, mais j'ignore ce que je cherche.

— Ça continue, ajoute-t-il sans me laisser le temps de l'interroger. « Deux sœurs, formées dans le tangage du même océan, l'une la Gardienne, l'autre la Porte. L'une protectrice de la paix, l'autre choisissant la sorcellerie contre la foi. »

— Deux sœurs, formées dans le tangage du même océan… Je ne comprends rien.

— C'est sans doute une métaphore. Pour le fluide natal. Probablement une allusion à des jumelles. Comme Alice et toi.

Ses mots résonnent dans ma tête. « Comme Alice et toi. »

« Et comme ma mère et tante Virginia, et leur mère et leur tante avant elles. »

— Mais « la Gardienne et la Porte », ça veut dire quoi ?

Il hausse légèrement les épaules et nos regards se croisent.

— Je suis navré, Lia. Je ne sais rien de plus.

Nous entendons la voix de Mr Douglas dans le couloir et nous jetons un œil vers la porte.

— As-tu traduit la page entière ? je demande à James tandis que son père approche.

— Oui. Je… Eh bien, je te l'ai recopiée, à vrai dire.

Il fouille dans sa poche au moment où la voix de Mr Douglas résonne juste de l'autre côté du battant, nous informant de son arrivée.

— Très bien, Virginia. Ce sera délicieux de prendre le thé !

— Tu peux me l'apporter plus tard à la rivière ? dis-je à James en posant ma main sur son bras.

La rivière, c'est notre lieu de rendez-vous habituel, généralement pour des entretiens moins austères.

— Euh… d'accord. Lorsque nous nous arrêterons pour déjeuner. Cela te convient ?

Je hoche la tête et je lui rends le livre au moment où son père franchit le seuil.

— Le voilà ! Tu vois, James, s'écrie Mr Douglas en brandissant un registre relié en cuir, c'est exactement ce que je disais – je perds la tête en vieillissant !

— Des bêtises, papa ! répond James avec un grand sourire. Tu es simplement débordé, voilà tout !

Je n'écoute qu'à moitié leur conversation. Pourquoi ce livre était-il caché dans la bibliothèque ? Cela ne ressemblait guère à mon père de garder pour lui pareille trouvaille ;

je dois donc en conclure qu'il avait une bonne raison de le faire.

Et moi, j'ai d'excellentes raisons de vouloir en savoir davantage.

Ce n'est sûrement pas un hasard si on a trouvé Papa mort sur le sol de la Chambre sombre ni si, peu de temps après, j'ai découvert la marque, surpris ma sœur en train de se livrer à ce rite étrange et récupéré ce livre égaré. J'ignore la signification de tous ces événements et la façon dont ils s'enchaînent, mais je suis persuadée qu'ils sont liés.

Et j'ai bien l'intention de découvrir comment.

Chapitre 4

Henry et Edmund ne sont plus au bord de la rivière. Edmund s'est toujours montré très protecteur à l'égard de Henry et, maintenant que papa a disparu, cela ne fait que s'intensifier. Le fond de l'air est frais, un présage de l'hiver, et la santé de Henry représente un souci constant pour nous tous.

Je suis le chemin jusqu'au bout, je pénètre dans le bois et je marche jusqu'à un rocher au pied d'un grand chêne. Gagnée par une certaine sérénité, je m'installe sur cette pierre que James et moi nous sommes appropriée. On dirait qu'ici rien de grave ni d'effrayant ne peut arriver et, lorsque j'entends les pas de James, j'ai presque réussi à me convaincre que tout va pour le mieux.

Je souris en le voyant approcher dans la lumière du soleil. Il s'arrête devant moi, me prend la main et me fait lever.

— Je suis désolé. Papa a tenu à terminer la section histoire religieuse avant de s'arrêter pour le déjeuner. Tu m'attends depuis longtemps ?

Il m'attire à lui, mais avec une douceur nouvelle, comme si la mort de mon père m'avait rendue plus fragile. C'est sans doute la vérité, même si je ne suis pas prête à l'admettre. Seul James me connaît et m'aime suffisamment pour déceler mon chagrin alors qu'en apparence je suis restée identique à ce que j'étais.

— Pas du tout, réponds-je en secouant la tête. De toute façon, t'attendre ici est un vrai plaisir. C'est un endroit où je pense à toi.

Il penche la tête et, d'un doigt, suit les contours de mon visage, depuis les boucles lâches sur mes tempes jusqu'à l'angle de ma pommette en passant par la courbe de ma mâchoire.

— Moi, je pense à toi tout le temps.

Il pose ses lèvres sur les miennes. Un baiser très doux, mais je n'ai pas besoin de la pression de ses lèvres pour sentir l'urgence de son désir. Il recule, il tente de me protéger, de ne pas se faire insistant si peu de temps après la mort de papa. Il n'existe aucune façon convenable pour une dame de lui dire qu'il peut insister tant qu'il veut, que sa bouche et son corps contre le mien sont les seules choses qui m'empêchent de perdre le sens de cette réalité qu'avant ces derniers jours je n'avais jamais remise en question.

— Oui, bon, dit-il en se redressant. Viens. J'ai apporté mes notes.

Il s'assied sur le rocher. Je m'installe confortablement à côté de lui, et ma jupe crisse contre le tissu rêche de son pantalon. De sa poche, il sort le livre et une feuille de papier pliée. Il la lisse sur sa cuisse et incline sa tête dorée sur l'écriture penchée qui couvre la page de haut en bas.

— L'histoire est très ancienne, à en croire ce livre.

— De quel genre d'histoire s'agit-il ?

— Une histoire d'anges ou… de démons, je dirais. Écoute, c'est plus simple si tu lis toi-même.

Il pousse vers moi le livre et ses notes.

L'espace d'un instant, je refuse de lire. Je me demande s'il y a moyen d'ignorer ce qui est écrit. De continuer ma vie comme avant, en faisant comme si rien de tout cela n'existait. Mais cela ne dure guère. Car je sens tourner les rouages d'une grande machine invisible. Des rouages qui continueront leur mouvement quoi que je fasse. De cela, je suis certaine.

Je me concentre sur la familiarité réconfortante de l'écriture de James, curieusement assortie à la terreur que m'inspirent ces mots qui ne sont pas les siens.

Par le feu et l'harmonie subis par l'humanité
Jusqu'à l'envoi des Gardes
Qui ont pris comme épouses et maîtresses la femme de l'homme,
Engendrant Son courroux
Deux sœurs, formées dans le tangage du même océan,
L'une la Gardienne, l'autre la Porte.
L'une protectrice de la paix,
L'autre choisissant la sorcellerie contre la foi.
Tombées des cieux, les Âmes seront perdues
Tant que les sœurs continueront le combat
Jusqu'à ce que les Portes exigent leur retour,
Ou que l'Ange offre les Clés des Abysses.
L'Armée, en passant par les Portes.
Samaël, l'Antéchrist, par l'Ange.
L'Ange, protégé seulement par le plus arachnéen des voiles.
Quatre Marques, quatre Clés, Cercle de feu.
Nées dans le premier souffle de Samhain

Dans l'ombre du Serpent de Pierre Occulte d'Aubur.
Que la Porte de l'Ange s'ouvre sans les Clés
Suivront les Sept Plaies et sans retour.
Mort
Famine
Sang
Feu
Ténèbres
Sécheresse
Ruine
Ouvre les bras, Maîtresse du Chaos, que les ravages de la Bête coulent comme la rivière
Car tout est perdu quand commencent les Sept Plaies.

Cette page unique me paraît décidément bien étrange. En matière de bibliophilie, je ne suis pas aussi compétente que James, mais je me rends compte qu'il est exceptionnel de trouver un livre imprimé et relié ne comportant qu'une seule page.

— Ne devrait-il pas y en avoir davantage ? Il n'y a rien là-dedans. Rien à part ces quelques lignes. Il manque la suite…

— J'ai eu la même idée. Attends, je vais te montrer quelque chose.

Il rapproche le livre entre nous deux, à moitié sur ses jambes, à moitié sur les miennes, et tourne l'unique page.

— Regarde là.

Il désigne la reliure.

— Je ne vois rien.

Il sort une loupe de sa poche et me la tend.

— Regarde de plus près, Lia. Ce n'est pas évident à repérer.

Je tiens la loupe au-dessus de l'endroit qu'il me signale,

le nez à quelques centimètres de la page. Et là, je distingue des traces de déchirure, tellement nettes qu'en fait on dirait plutôt que quelqu'un a coupé proprement les pages qui se trouvaient là avec un rasoir.

— Il y avait d'autres pages ici, dis-je en relevant la tête.

Il hoche la tête.

— Mais pourquoi quelqu'un a-t-il abîmé un aussi vieil ouvrage ? À tout le moins, il devait valoir de l'argent.

— Je l'ignore. J'ai déjà vu bien des outrages faits aux livres, mais couper les pages ainsi relève du sacrilège.

Ces pages perdues que je n'ai jamais vues me manquent.

— Il doit exister un autre exemplaire quelque part.

Refermant le livre, j'examine la couverture puis la reliure à la recherche d'indices concernant l'éditeur.

— Même s'il s'agit d'une édition unique, l'éditeur doit bien en avoir un exemplaire, non ?

Il serre les lèvres avant de répondre.

— Je crains que ce ne soit pas aussi simple, Lia.

— Comment cela ? Mais pourquoi ?

Ses yeux se tournent vers l'ouvrage que je tiens toujours.

— Je n'ai pas… Je ne t'ai pas encore raconté le plus étrange. À propos de ce livre.

— Tu veux dire qu'il y a encore plus étrange que l'histoire elle-même ?

Il acquiesce d'un signe de tête.

— Bien plus étrange. Écoute, tu sais, par ton père et par moi, que les livres recèlent beaucoup d'indices sur eux-mêmes. Le caractère employé, l'encre, même le cuir et la façon de la reliure renseignent sur la provenance d'un livre et sur son âge. Pratiquement tout ce qu'on a besoin de savoir sur un livre peut être découvert par un examen minutieux de l'objet.

— Ah ? Et d'où vient-il, celui-là ?

— C'est le problème. Le caractère est très ancien, mais il n'est référencé nulle part. La couverture n'est pas en cuir, mais d'une matière que je n'ai jamais vue. Je suis incapable de déterminer quoi que ce soit sur l'origine de ce livre, Lia. Tout cela n'a pas de sens, conclut-il en soupirant.

James n'a pas l'habitude des mystères qui lui résistent. Je vois bien son désarroi, mais je ne peux rien faire. Je n'ai pas plus de réponses que lui.

À vrai dire, j'ai même bien davantage de questions qu'il n'aurait l'idée d'en poser.

***

En revenant de la rivière, je trouve Henry tout seul au salon devant l'échiquier. Ce spectacle me serre la gorge et je m'efforce de faire bonne figure avant qu'il ne me voie. Ses journées vont être bien vides sans les moments qu'il passait avec Papa à jouer aux échecs ou à lire devant le feu. Mon frère n'a jamais eu droit à la distraction de l'école, car papa s'est occupé lui-même de son éducation et a passé des heures à l'instruire, bien au-delà des sujets jugés communément indispensables.

De la même façon, papa a complété notre éducation à Alice et à moi, nous introduisant à la mythologie et à la philosophie. Les cours que nous suivons à Wycliffe deux jours par semaine représentent un compromis entre la volonté de Papa, persuadé d'accomplir un meilleur travail, et tante Virginia, qui affirme qu'il est bon pour nous, socialement parlant, de fréquenter des filles de notre âge. Bien sûr, nous avons profité de la bonne influence de papa pendant seize ans. Nous pouvons poursuivre notre éducation indépendamment des programmes de Wycliffe si nous le souhaitons, mais que va-t-il arriver à Henry ?

Je ravale mes angoisses concernant son avenir et j'entre dans la pièce avec autant d'insouciante légèreté que possible. Son regard s'éclaire lorsque je lui demande si un peu de compagnie lui ferait plaisir ; à tour de rôle, nous lisons *L'Île au trésor* à haute voix, Ari ronronnant contre ma jambe comme s'il comprenait que j'ai besoin d'être réconfortée. Ce plaisir simple me permet d'oublier, ne serait-ce qu'un instant, tous les événements qui surviennent autour de moi.

Il n'est pas tard lorsque nous arrêtons, mais je suis fatiguée. Je souhaite bonne nuit à Henry et je le laisse près du feu avec son livre. Je suis au milieu de l'escalier lorsque j'entends la voix d'Alice dans la bibliothèque. Cet endroit n'a jamais été interdit à personne, mais je ne me souviens pas d'avoir jamais vu Alice y passer du temps. Ma curiosité l'emporte et je décide d'aller voir. Alice parle si doucement que je crois d'abord qu'elle s'adresse à elle-même. Mais je comprends très vite qu'elle n'est pas seule. La voix plus profonde d'un homme lui répond et, quand je parviens devant la porte entrouverte, j'ai la surprise de découvrir James assis sur une chaise à haut dossier, près de la table.

S'il est très rare de voir Alice dans la bibliothèque, il est encore plus rare de l'y trouver en tête à tête avec James. Certes, ils entretiennent une relation amicale, mais distante étant donné l'intimité de nos familles, et le lien qui nous unit, James et moi. Je n'ai jamais remarqué la moindre attirance entre eux, pas la plus petite étincelle de séduction ; pourtant, en les voyant ensemble, je me sens en proie à un sentiment dangereusement proche de l'inquiétude.

Je garde le silence, j'observe, j'attends. Alice, lentement, passe derrière la chaise sur laquelle James est assis. Elle laisse traîner son doigt sur le dossier, mais sans effleurer la nuque de James.

— Maintenant que Papa a disparu, j'aimerais m'intéresser davantage à notre bibliothèque, déclare-t-elle d'une voix mielleuse.

James se redresse, le regard fixé devant lui comme si elle ne se conduisait pas avec la dernière inconvenance.

— Bien sûr, c'est là, sous ton propre toit. Tu peux en profiter à n'importe quel moment, quand tu le souhaiteras.

— C'est vrai. Mais je ne saurais pas par où commencer.

Elle reste immobile derrière lui, les mains posées avec légèreté sur ses épaules, le corsage de sa robe juste derrière sa tête.

— Peut-être, reprend-elle, pourrais-tu m'aider à choisir des livres susceptibles de m'intéresser.

James se lève brusquement, se dirige vers une petite table et s'active à remuer des papiers.

— Pour l'instant, le catalogage me prend beaucoup de temps. Je suis certain que Lia serait disposée à t'aider. Elle connaît mieux que moi la bibliothèque et ce qu'elle contient.

James tourne le dos à Alice. L'expression de son visage lui échappe, mais pas à moi. J'y vois de la colère, une colère qui fait écho à la mienne. Qu'a-t-elle en tête ? J'en ai assez, et je pénètre vivement dans la pièce. Elle est surprise, mais nullement honteuse comme je m'y attendais. James lève les yeux.

— Lia, dit-il. Je voulais terminer un certain nombre de choses ici, mais Papa a dû aller voir un autre client. Il va passer me prendre… – il sort sa montre de sa poche, la consulte – d'ici peu de temps.

Il rougit, alors même qu'il n'a aucune raison d'être gêné puisque c'est ma sœur qui se comporte mal.

J'affermis ma voix avant de parler.

— Parfaitement compréhensible. Je suis certaine que papa apprécierait ton zèle.

Avec un petit sourire glacé, je me tourne vers ma sœur.

— Absolument, Alice. James a tout à fait raison ; si les collections t'intéressent, tu n'as qu'à me demander. Je serais heureuse de t'aider à trouver quelque chose.

Je m'abstiens de l'interroger sur sa conduite, car je ne veux surtout pas lui donner la satisfaction de paraître inquiète.

La tête penchée, elle m'examine un long moment avant de me répondre.

— Oui, je vais peut-être le faire. Mais cela me rassure de savoir que James, avec toutes ses compétences, est présent si jamais tu étais… indisponible.

— Inutile de te faire du souci, je réponds avec fermeté. Je n'ai nullement l'intention d'être indisponible, ni pour toi ni pour quiconque, dans les temps à venir.

Nous demeurons face à face, la bergère entre nous deux, mal à l'aise. Je ne vois James que de profil et je suis contente qu'il ne se manifeste pas.

Finalement, Alice lâche un petit sourire crispé.

— Bon, il faut que j'aille régler quelques bricoles. À bientôt, vous deux, ajoute-t-elle en regardant clairement dans la direction de James.

Elle sort. Je la suis des yeux, mais je ne souffle mot de l'altercation à James. Je voudrais m'excuser de l'étrange comportement d'Alice, mais mon esprit fourmille de questions dont je ne suis pas sûre d'avoir envie de connaître les réponses.

Chapitre 5

Le lendemain matin, ma sœur garde le silence pendant le trajet jusqu'à la ville. Je ne lui pose aucune question, bien que les silences d'Alice soient rares. Cette fois, le sien fait écho au mien. Je lui jette un œil de temps à autre, je remarque l'arrondi de son menton et les boucles qui sautent sur sa nuque lorsqu'elle penche la tête vers la vitre.

La voiture s'arrête en bringuebalant ; Alice se redresse et lisse sa robe en me regardant.

— Dois-tu vraiment avoir l'air aussi malheureuse, Lia ? Cela n'est-il pas agréable d'échapper à la tristesse de Birchwood Manor ? Le ciel m'en est témoin, cette grande bâtisse sinistre sera toujours debout à la fin de la journée !

Elle prononce ces mots d'un ton enjoué, mais je sens la tension dans sa voix, je la vois dans l'expression composée de son visage. C'est la version théâtrale d'Alice, celle qui a soigneusement répété ses répliques.

Je réponds par un sourire tandis qu'Edmund ouvre la portière.

— Mademoiselle.

— Merci, Edmund.

J'attends sur le trottoir qu'Alice descende à son tour. Comme d'habitude, elle ne se donne pas la peine d'adresser la parole à notre chauffeur.

Il se tourne vers moi avant de repartir.

— Je reviendrai à la fin de la journée, mademoiselle.

Il ne sourit pas très souvent, mais, ce matin, il m'adresse un sourire si pâle que je me demande si je ne suis pas la seule à le voir.

— Oui, bien sûr. Au revoir, Edmund.

Je me dépêche de rattraper Alice, qui se dirige vers l'école.

— Tu pourrais au moins te montrer polie, Alice.

Elle fait volte-face et m'adresse un sourire insouciant.

— Et pourquoi ça ? Edmund travaille pour les Milthorpe depuis des années. Crois-tu qu'un simple « s'il vous plaît » ou « merci » rende sa tâche plus aisée ?

— Peut-être simplement plus agréable.

C'est une vieille discussion. La grossièreté avec laquelle Alice traite les domestiques de Birchwood est de notoriété publique. Pire, ce comportement s'étend souvent à la famille, en particulier à tante Virginia. La sœur de ma mère ne se plaint jamais à haute voix, mais une expression de ressentiment se lit sur son visage lorsque ma sœur la traite comme une nourrice améliorée.

Avec un soupir exaspéré, Alice me tire par la main jusqu'à la porte de Wycliffe.

— Pour l'amour du ciel, Lia ! Dépêche-toi, s'il te plaît ! On va être en retard…

Tandis que je grimpe l'escalier derrière ma sœur, mon regard s'attarde sur la librairie des Douglas, nichée en contrebas de l'école. James a trois ans de plus que moi et il a déjà fini ses études. Il doit être dans la boutique et j'aimerais bien aller lui dire bonjour, mais Alice ne m'en laisse pas le temps : elle m'entraîne dans le hall de Wycliffe et referme la porte en frottant l'une contre l'autre ses mains gantées pour les réchauffer.

— Seigneur, il commence à faire froid ! s'exclame-t-elle en défaisant sa pèlerine. Dépêche-toi, Lia ! ajoute-t-elle en me voyant immobile.

J'aimerais mieux être n'importe où ailleurs qu'ici. Mais Edmund est déjà reparti, je me décide donc à bouger et j'accroche ma pèlerine près de la porte. Mrs Thomason arrive vers nous à grands pas, venant du fond du bâtiment. Elle paraît énervée et ennuyée.

— Vous êtes en retard pour les prières du matin, mesdemoiselles ! Si vous vous dépêchez, vous pourrez encore vous glisser sans bruit dans la salle.

Elle me pousse légèrement vers le réfectoire, comme si j'en avais davantage besoin qu'Alice.

— Et je suis bien triste du deuil qui vous frappe, ajoute-t-elle. Mr Milthorpe était un homme admirable.

Alice se dirige d'un pas décidé vers le réfectoire et j'accélère le pas pour ne pas me laisser distancer. À travers la porte, on entend les voix des autres filles psalmodier en chœur les prières du matin. Alice entre sans hésiter. Elle n'essaie même pas d'être discrète et je n'ai d'autre choix que de la suivre avec humilité, en me demandant comment elle parvient à garder la tête si haute et le dos si droit alors qu'elle nous donne ainsi en spectacle.

La voix de Miss Gray hésite au moment où Alice fait irruption, poussant la plupart des filles à nous observer derrière leurs paupières mi-closes. Nous nous glissons à nos places en marmonnant en chœur avec les autres. Lorsque tout le monde a dit « amen », trente paires d'yeux s'ouvrent pour nous examiner. Certaines le font d'une manière assez réservée, mais d'autres, comme Victoria Alcott et May Smithfield, ne se donnent pas la peine de dissimuler leur curiosité.

— Alice, Amalia. Quel plaisir de vous avoir à nouveau parmi nous. Je m'exprime au nom de tous ici en vous disant à quel point nous compatissons à votre chagrin.

Pendant son discours bien rodé, Miss Gray reste debout devant la table. Elle ne s'assied qu'après avoir entendu nos murmures de remerciement.

Emily et Hope, les deux filles entre lesquelles je suis assise, ne me regardent pas. Je n'ai jamais été douée pour la conversation, et notre situation ne facilite pas les échanges. J'examine la serviette sur mes genoux, l'argenterie étincelante à côté de mon assiette, le beurre qui se fige sur mon toast. Tout plutôt que les coups d'œil gênés des autres. Elles esquivent mon regard.

Toutes sauf une.

Seule Luisa Torelli m'observe franchement et m'adresse un petit sourire dont je sens la compassion même de l'autre côté de la table. Luisa se retrouve souvent isolée, les élèves de Wycliffe n'hésitant pas à laisser vides les sièges qui l'entourent. Les commérages vont bon train à son sujet à cause de sa nationalité italienne, mais avec ses boucles d'un noir d'encre, ses lèvres cerise et ses sombres yeux exotiques, elle inspire surtout la jalousie. Que je sois désormais mise sur la touche pour une raison encore plus simple – je suis orpheline et mes parents sont morts dans des circonstances étranges – n'a pas l'air de la déranger. Brusquement, on dirait que nos ressemblances dépassent nos différences et je me demande si, peut-être, il n'était pas écrit que Luisa et moi devions devenir amies.

***

Mr Douglas a acheté un livre en français ancien. On nous divise en deux groupes et on nous envoie à la librairie pour travailler la traduction. J'aimerais beaucoup échanger quelques mots avec James à propos du livre, mais il est au fond avec son père, les autres filles et Mrs Bacon, notre chaperon.

En un rien de temps, j'ai terminé les passages qu'on m'a attribués et je m'approche de la vitrine pour feuilleter les nouveautés arrivées de Londres. Je surprends alors une conversation à voix basse. Dissimulée dans l'ombre de l'étagère, je me penche en arrière et je vois Alice en grande discussion avec Victoria. Sa bouche a cet air pincé qui montre que rien ne la fera changer d'avis ; soudain, après avoir jeté un coup d'œil autour d'elles, elles sortent discrètement de la boutique comme si c'était la chose la plus naturelle du monde.

Je ne réagis pas immédiatement. Mais, quand je me rends compte de ce qu'elles viennent de faire, je suis à la fois soulagée et bizarrement blessée de ne pas avoir été associée à leur projet, quel qu'il soit.

En un rien de temps, je prends une décision qui risque de m'attirer les pires ennuis. Aurions-nous un autre chaperon, j'y aurais réfléchi à deux fois, mais avec Mrs Bacon, nous sommes sûres d'une chose : sa propension à s'endormir profondément chaque fois qu'elle est chargée de surveiller les élèves de Wycliffe.

Je me dirige vers la porte d'un pas tranquille et décidé, comme s'il était parfaitement légitime que je quitte la boutique. Au moment où j'appuie sur la clenche, j'entends quelqu'un se racler doucement la gorge derrière moi.

— Hum-hum.

Je ferme les yeux en espérant que c'est James qui m'a surprise en train de filer à l'anglaise, car je suis sûre qu'il ne dira rien. Je me retourne et c'est Luisa Torelli qui, adossée à une bibliothèque, m'observe de sous la frange de ses cils d'un noir d'encre.

— Tu vas quelque part ? demande-t-elle à voix basse, les sourcils levés.

Son visage n'est pas du tout menaçant ; on n'y lit que de l'excitation mal dissimulée sous le sourire qui lui chatouille les lèvres. Je devrais sans doute réfléchir avant de lui proposer de m'accompagner, mais Alice est déjà partie et je ne veux surtout pas perdre sa trace.

— Oui. Tu viens avec moi ?

Elle hoche la tête avec un grand sourire et se précipite comme si elle attendait l'invitation depuis des lustres. Avec plus d'audace que moi, elle sort de la boutique et file sur le trottoir tandis que je referme derrière moi.

— Je suppose qu'on va dans cette direction ? dit-elle, les yeux fixés sur le dos de ma sœur.

J'acquiesce, tout en prenant conscience de l'ampleur de notre délit.

Luisa ne paraît guère s'en soucier.

— Où vont-elles ?

— Je l'ignore, dis-je avec un haussement d'épaules.

Elle laisse échapper un rire cristallin qui s'égrène dans l'air, faisant se retourner un monsieur qui passe.

— Merveilleux ! C'est une vraie aventure, alors…

Je réprime un sourire. Luisa n'est pas telle que je l'imaginais.

— Oui, une aventure qui va nous plonger dans un tourbillon d'ennuis si on se fait prendre.

— Au moins, on sera avec Victoria Alcott, répond-elle avec un sourire espiègle.

Alice et Victoria sont parvenues devant une bâtisse qui ressemble assez à celle de Wycliffe. Elles s'arrêtent sur le trottoir et, sans cesser de bavarder, jettent des regards vers la porte en haut des marches. Je n'ai pas pensé à la réaction d'Alice quand elle verra qu'on l'a suivie, mais il n'y a plus rien à faire et nulle part où se cacher. En nous apercevant, elle reste bouche bée.

— Lia ! Mais… mais qu'est-ce que tu fais ici ?

Victoria se hérisse de colère.

Je lève le menton, refusant de me laisser intimider.

— Je vous ai vues partir et je voulais savoir où vous alliez.

— Si tu nous dénonces, menace Victoria, tu le regretteras. Tu…

Du regard, Alice enjoint à Victoria de se taire puis elle m'examine d'un air approbateur.

— Elle ne dira rien, Victoria. N'est-ce pas, Lia ?

Sa question n'attendant pas de réponse, elle enchaîne.

— Bon, très bien. Viens avec nous. On n'a pas toute la journée devant nous.

Elles n'accordent même pas un coup d'œil à Luisa. Comme si elle n'existait pas. Tandis que nous montons les marches, je me rends compte qu'Alice n'a pas répondu à ma question. En haut de l'escalier, elle soulève un énorme marteau en forme de lion pour frapper à la porte de bois sculpté. Nous dansons avec nervosité d'un pied sur l'autre jusqu'à ce que nous entendions un bruit de pas.

— Quelqu'un vient ! annonce Luisa en tirant Alice par la manche.

— On a entendu, Luisa ! réplique Victoria en levant les yeux au ciel.

Les yeux d'onyx de Luisa lancent un éclair de colère, mais, avant qu'elle ait pu protester, la porte s'ouvre. Nous voilà face au regard sombre d'une femme qui se tient sur le seuil.

— Oui ? dit-elle en nous observant l'une après l'autre pour tenter de repérer la meneuse.

Je l'orienterais volontiers vers Victoria, mais je n'en ai ni l'autorité ni l'occasion.

Alice se redresse et prend son air le plus hautain.

— Bonjour. Nous souhaiterions voir Sonia Sorrensen.

— Puis-je savoir qui la demande ? Et pour quelle raison ?

La femme a la peau couleur caramel et des yeux plus clairs, presque ambrés. Elle me fait penser à un chat.

— Nous souhaiterions participer à une séance, s'il vous plaît.

Alice a une attitude autoritaire, comme si cette femme n'avait aucun droit de l'interroger ; pourtant, Alice n'est qu'une gamine qui ne devrait même pas sortir dans la rue sans chaperon.

La femme lève à peine les sourcils.

— Très bien. Patientez dans le vestibule. Je vais voir si Miss Sorrensen a le temps de vous recevoir.

Elle ouvre la porte, et nous entrons en file indienne dans un bruissement de jupes qui viennent encombrer la petite entrée.

— Attendez ici, je vous prie.

Elle monte un escalier de bois et nous restons là, dans un silence parfait rompu seulement par le tic-tac d'une pendule invisible. Une soudaine envie de fuir m'étreint lorsque je prends conscience que nous nous trouvons dans une maison inconnue avec on ne sait qui à l'étage et alors que personne au monde ne sait où nous sommes.

— Que faisons-nous ici, Alice ? Quel est cet endroit ?

Le sourire de ma sœur est froid, dur. J'y décèle le plaisir

qu'elle prend à connaître des choses que les autres ignorent.

— Nous sommes ici pour rencontrer une voyante, Lia. Quelqu'un qui peut parler avec les morts et prédire l'avenir.

Je n'ai pas le temps de réfléchir aux raisons qui poussent Alice à vouloir connaître l'avenir. Des voix fusent à l'étage supérieur, et nous échangeons des regards interrogateurs dans le vestibule encombré tandis qu'un pas lourd écrase le parquet au-dessus de nos têtes.

La femme jette un œil au pied de l'escalier et nous fait signe de monter.

— Vous pouvez venir.

Alice s'avance la première. Victoria et Luisa lui emboîtent le pas sans hésitation. Ce n'est que lorsque Luisa atteint la troisième marche et se tourne vers moi que je m'aperçois que je n'ai pas bougé.

— Viens, Lia. On va bien s'amuser !

Je ravale la peur qui s'abat sur moi et je souris avant de la suivre dans l'escalier étroit ; nous franchissons ensuite une porte sur la droite du palier.

La pièce est sombre, des stores obscurcissent les fenêtres, ne laissant filtrer qu'un filet de lumière. Mais la jeune fille installée devant la table est bien éclairée, entourée de bougies dont la flamme dorée et vacillante se reflète sur sa peau crémeuse et ses cheveux brillants. Malgré le clair-obscur dans lequel la pièce est plongée, je distingue la courbe de sa joue et je suis certaine, depuis le seuil de la porte, qu'elle a les yeux bleus.

— Miss Sorrensen est légèrement indisposée, déclare la femme qui nous a ouvert la porte en jetant un regard accusateur à la jeune fille. Elle ne peut vous offrir qu'un bref entretien.

— Merci, Mrs Millburn, murmure la jeune fille à la femme plus âgée, qui referme la porte derrière elle sans répondre. Asseyez-vous, je vous en prie, nous dit-elle.

Alice et Victoria s'avancent avec précaution vers la table et s'asseyent en face de la jeune fille. Moi, je me sens tellement attirée par elle que je m'installe à sa droite. Luisa se met à côté de moi, fermant le cercle.

— Merci d'être venues. Je m'appelle Sonia Sorrensen. Vous désirez assister à une séance, alors ?

Nous hochons la tête, ne sachant que dire. Aucune des leçons de savoir-vivre de Wycliffe ne nous a préparées à ce genre de situation.

Elle nous regarde dans les yeux, l'une après l'autre.

— Y a-t-il quelqu'un avec qui vous souhaiteriez entrer en contact, un message que vous espérez récupérer ?

Seule Victoria lui répond.

— Nous aimerions savoir ce que vous connaissez de l'avenir. Le nôtre.

Elle a une voix incroyablement jeune et mal assurée, et je me demande si je me souviendrai de cette voix chevrotante la prochaine fois qu'elle se montrera méchante à Wycliffe.

Sonia nous examine de nouveau à tour de rôle avant de s'arrêter d'abord sur Alice, puis sur moi.

— J'aurai peut-être un message pour *vous*.

Alice cherche à croiser mon regard dans l'obscurité. Il me semble y distinguer une rage froide, mais je n'en tiens aucun compte. Je n'ai pas l'esprit clair. Cette sortie interdite et cette maison à l'atmosphère étrange, sans doute exagérée pour faciliter la tâche de Sonia, font reculer la réalité. Je prends une profonde inspiration.

— Tenons-nous les mains.

Sonia tend les bras de chaque côté. Les mains se joignent jusqu'à ce qu'il ne me reste plus qu'à prendre celle de Sonia.

Ce que je fais en prenant soin de cacher mon poignet ; sa main est sèche et fraîche dans la mienne.

— Je vous demande le silence. Je ne sais jamais ce que je vais entendre ou voir. Je travaille selon la volonté des esprits et, parfois, ils n'ont nul désir d'entrer en contact avec moi. Surtout, ne parlez pas avant qu'on ne s'adresse à vous.

Ses paupières palpitent puis se ferment.

J'observe nos visages déformés par le clair-obscur. Je retrouve les traits des filles que je connais, mais elles ont une autre expression que dans la rue baignée de soleil. N'ayant rien d'autre à faire que fixer Sonia, elles ferment les yeux les unes après les autres. Je finis par fermer aussi les miens, en dernier.

La pièce est si bien isolée qu'on n'entend pas un bruit – aucun sabot de cheval, aucun cri montant de la rue, pas même le tic-tac de la pendule à l'étage au-dessous. Seulement la respiration chuchotante de Sonia. Je m'installe dans ce rythme – inspirer, expirer, inspirer, expirer – à tel point que je ne sais plus si c'est mon souffle ou le sien qui marque les secondes et les minutes.

— Oh !

Ce cri jailli à côté de moi me fait sursauter ; mes yeux s'ouvrent pour contempler le visage de Sonia. Elle-même a déjà les yeux ouverts, mais elle paraît très loin de nous.

— Il y a quelqu'un ici. Un visiteur. Il est là pour vous, ajoute-t-elle en me regardant.

Alice examine la pièce, le nez plissé. Je sens la même odeur quelques instants plus tard. De la fumée de pipe. Rien qu'un souvenir, certes, mais un souvenir tenace en dépit de ce que me dicte ma raison.

— Il tient à vous dire que tout ira bien.

Sonia ferme les yeux, comme si elle s'efforçait de se représenter quelque chose d'invisible.

— Il veut que vous sachiez…

Elle s'interrompt, les yeux écarquillés par la surprise ; elle me contemple fixement, puis elle passe à Alice avant de revenir à moi.

— Chhhut… Elles savent que vous êtes là, reprend-elle d'une voix lourde de secrets chuchotés.

Elle se met à secouer la tête en marmonnant, pour elle-même ou pour quelqu'un de proche ; il est évident que ce n'est pas à nous qu'elle s'adresse.

— Oh non… Oh non, oh non, oh non. Partez maintenant, dit-elle doucement. Allez. Ce n'est pas moi. Je ne suis pas la bonne personne. Je ne vous ai pas appelées.

Sa voix, jusque-là retenue et calme, enfle sous le coup de l'émotion.

— C'est inutile. Elles n'écouteront pas. Elles sont venues pour…

Elle se tourne vers moi et me parle en chuchotant, comme si elle craignait d'être entendue.

— Elles sont venues pour vous… pour votre sœur et vous.

Elle est parfaitement lucide, elle me regarde droit dans les yeux avec un regard si précis qu'il est impossible de la croire folle en dépit des mots qu'elle prononce.

Plus un bruit dans la pièce. J'ignore combien de temps nous demeurons dans ce silence tendu avant que Sonia ne cligne des paupières et ne regarde autour d'elle comme si elle prenait seulement conscience de l'endroit où elle se trouve. En me voyant, elle se redresse brusquement et me fixe d'un regard accusateur, chargé de crainte.

— Vous n'auriez pas dû venir.

— Que… que voulez-vous dire ?

Elle me regarde droit dans les yeux et, à la lueur vacillante des bougies, je vois que les siens sont bleus, exactement comme je le pensais. Non pas le bleu océan dense de ceux de James, mais un bleu aussi fragile que la glace qui se forme dans les parties les plus profondes du lac en hiver.

— Vous le savez, répond-elle doucement. Vous devez le savoir.

Je secoue la tête, refusant de regarder les autres filles.

— Partez, maintenant. S'il vous plaît.

Elle se lève si brusquement que sa chaise bascule par terre.

Je la regarde, bouleversée, pétrifiée sur mon siège.

— Eh bien, en voilà un ramassis de sottises ! s'exclame Alice, brisant le silence terrifié. Viens, Lia. On s'en va !

Elle se lève et m'entraîne dans son sillage. Puis elle se tourne avec raideur vers Sonia. En la voyant toujours hagarde, je suis de nouveau figée sur place.

— Merci, Miss Sorrensen. Combien vous dois-je pour cette séance ?

— Rien, répond Sonia en secouant ses boucles blondes. Partez, maintenant…

Alice me pousse vers la porte. Victoria est déjà sortie. Luisa attend qu'Alice et moi soyons dehors. J'entends son pas derrière nous et j'éprouve un réconfort nouveau.

Je me rends à peine compte de ce que je fais tandis qu'Alice me pousse à descendre l'escalier, à passer devant cette Mrs Millburn et enfin à franchir la porte d'entrée. J'ai une vague sensation de corps présents et de bruissements de jupes tandis que Victoria et Luisa m'entourent. Le rêve continue dehors, où nous marchons dans un silence lourd.

L'air frais de l'après-midi et le risque d'être prise en flagrant délit d'escapade devraient suffire à me ramener de force dans la réalité. Mais, bizarrement, ce n'est pas le cas.

Dans la rue, je tiens la main d'Alice comme une enfant. J'ai oublié à quel point je trouve généralement la compagnie de ma sœur pesante. Victoria marche devant nous et Luisa à nos côtés, sans rien dire.

En arrivant au magasin de Mr Douglas, je vois Miss Gray en train de discuter âprement avec James et Mrs Bacon. Ils se tournent vers nous. J'évite de croiser le regard de Miss Gray, car j'y lirais trop clairement à quel point de graves ennuis nous attendent. Je préfère me concentrer sur James. À force de contempler fixement son visage creusé par l'inquiétude, je ne vois plus que lui.

Chapitre 6

Alice et moi, nous remettons nos manteaux en silence, la réprimande de Miss Gray résonnant encore à nos oreilles. Le visage crispé de Luisa, consignée dans sa chambre, est inscrit dans ma mémoire, ce qui m'empêche de m'apitoyer sur moi-même.

Si Miss Gray s'est dispensée de rapporter immédiatement nos exploits à tante Virginia, c'est par pure compassion pour notre deuil récent. Mais, lorsque la porte de Wycliffe se referme derrière nous, cela ressemble à un renvoi. Edmund nous attend, debout derrière la voiture. Alice monte déjà dans l'habitacle sombre lorsque j'entends une voix derrière moi.

— Excusez-moi, mademoiselle ! Mademoiselle ?

Il me faut un moment pour repérer la personne à qui appartient cette voix. Elle est tellement petite – une enfant – que je regarde autour de moi et au-dessus d'elle avant d'arriver à la conclusion que c'est bien cette fillette qui me parle.

— Oui ?

Je jette un œil vers la voiture, mais Alice est cachée à l'intérieur et Edmund, penché sur le rayon d'une roue, l'examine avec une singulière concentration.

La petite s'avance vers moi avec une assurance qui lui donne l'air plus âgée qu'elle ne l'est sans doute. Elle a un visage d'ange, rond avec des joues roses, encadré par des anglaises dorées.

— Vous avez perdu quelque chose, mademoiselle.

Elle incline légèrement la tête en tendant la main, le poing serré pour qu'on ne puisse pas voir ce qu'elle tient.

— Oh non, je ne crois pas.

Je vérifie que mon petit sac pend toujours à mon poignet.

— Si, mademoiselle. Vous avez perdu quelque chose.

Nos regards se croisent et son expression me fige. J'ai le cœur qui bat la chamade et j'examine sa petite main plus attentivement. Les dents blanches de mon peigne en ivoire dépassent de ses doigts. Je laisse s'échapper mon souffle, que je n'avais pas conscience de retenir.

— Oh mon Dieu ! Je vous remercie beaucoup !

Je lui prends le peigne des mains.

— Non, mademoiselle, c'est moi qui vous remercie.

Ses yeux s'assombrissent et son visage se crispe tandis qu'elle me gratifie d'une révérence aussi étrange que ses remerciements. Puis elle fait volte-face et s'enfuit en fredonnant un refrain enfantin.

Alice se penche pour m'appeler par la portière ouverte.

— Qu'est-ce que tu fais, Lia ? On gèle et tu refroidis toute la voiture !

Sa voix me rappelle à l'ordre.

— J'ai fait tomber quelque chose.

— Quoi donc ?

Elle m'observe, assise près de la fenêtre sur la banquette rembourrée, tandis que je monte.

— Mon peigne. Celui que Papa m'a rapporté d'Afrique.

Elle hoche la tête et détourne le regard. Edmund ferme la portière, nous enveloppant dans un silence ouaté.

Je n'ai pas lâché le peigne. Lorsque j'ouvre la main, ce n'est pourtant pas lui qui m'attire l'œil, c'est le sac de velours noir dans lequel on l'a glissé. Je sens sur ma paume un objet froid et plat, derrière le peigne, sous le velours, mais je n'ose le regarder de crainte qu'Alice ne le découvre en même temps que moi.

Les dents du peigne mordent la chair tendre de ma paume ; je referme les doigts dessus et soudain je me souviens. Je tâte mes cheveux et je me rappelle à quel point j'étais en retard ce matin. Je n'ai pas eu le temps de boire un café et je me suis coiffée en toute hâte.

J'ai juste eu le temps de planter quelques épingles, et j'ai oublié le peigne dans ma précipitation. Comment il a quitté ma chambre à Birchwood pour atterrir en ville dans la main de cette petite fille, voilà un nouveau mystère que je suis bien incapable de résoudre.

***

À l'abri dans ma chambre, j'examine mon peigne en tremblant, comme s'il avait pu changer durant les heures passées dans l'obscurité de ce sac de velours.

Mais non. Il est exactement pareil.

Le peigne que Papa a rapporté d'Afrique, que je porte presque tous les jours, c'est celui que la petite fille m'a donné dans la rue. Je le repose. Ce n'est pas dans son ivoire poli que je trouverai les réponses que je cherche.

En glissant à nouveau ma main dans le sac, je sens le

ruban et l'objet dur qui s'y trouvent. Je renverse le sac et le ruban tombe sur ma chemise de nuit blanche.

On dirait un collier. Un petit médaillon métallique est accroché au milieu du ruban de velours. Un tour de cou, sans doute, mais quand je l'essaie il est beaucoup trop petit. Mon regard est attiré par le pendentif : il n'a rien de particulier, ce n'est qu'un disque doré ordinaire, pas très brillant. Je le saisis entre deux doigts, je le tâte et je sens un relief. En le retournant, je distingue les contours d'un motif. L'obscurité qui envahit la pièce m'oblige à me pencher pour tenter de distinguer quelque chose.

Du bout du doigt, je suis le dessin circulaire, comme pour donner une réalité à cette image. Je tâte le cercle gravé légèrement en creux, en écho au bourrelet sur mon poignet.

Ils sont presque identiques. La seule différence, c'est la lettre C au centre du médaillon. Je regarde l'intérieur de mon poignet et mes yeux passent de l'un à l'autre. La présence du médaillon provoque une modification sur mon poignet. La tache floue dans le cercle s'éclaircit à vue d'œil pour former les contours d'un C, comme sur le pendentif.

Maintenant, je comprends.

Sans que je sache comment, je comprends ce qu'il faut faire de ce bijou. Je le pose sur mon poignet et je ne suis nullement surprise de constater qu'il s'adapte à la perfection ; lorsque je fais claquer le fermoir, le ruban noir s'ajuste contre ma peau. Le médaillon recouvre le cercle tracé sur mon poignet. Je sens presque ma peau se nicher dans le sillon en creux du médaillon. Cette parfaite adéquation me submerge de terreur.

C'est surtout cela qui me fait peur – la réaction de mon corps vis-à-vis de ce bracelet. Cette inexplicable affinité entre lui et moi, comme s'il m'avait toujours appartenu alors que je ne l'ai jamais vu avant aujourd'hui, me pousse à le retirer. J'ouvre le tiroir de ma table de chevet et j'enfouis tout au fond ce serpent de velours.

Je me sens intensément fatiguée. Je pose la tête sur l'oreiller et je tombe aussitôt dans un profond sommeil. Je suis engloutie dans des ténèbres abyssales et, dans la seconde qui précède la chute, je vois à quoi ressemble la mort.

***

Je vole hors de mon corps, au-dessus de lui. Ma silhouette endormie est allongée sur mon lit et je me déplace en toute liberté, délivrée de cette enveloppe. Euphorique, je franchis la fenêtre.

J'ai toujours fait des rêves étranges. Mes souvenirs les plus anciens n'ont rien de charnel, ce n'est ni la voix de ma mère ni le pas de mon père entrant dans le vestibule, non, ce sont des formes mystérieuses, dénuées de nom, et moi qui circule librement entre les arbres et le vent.

Jusqu'à la mort de Papa, je ne me souviens pas d'avoir jamais rêvé que je volais. Mais, depuis, cela m'est arrivé presque toutes les nuits, et je ne suis donc pas surprise de me retrouver en train de planer au-dessus de la maison, des collines et de la route qui mène à notre propriété. Très vite, je survole la ville et je m'émerveille de voir à quel point elle est différente dans la brume du rêve, dans le secret de la nuit.

Je dépasse Wycliffe et la librairie, je dépasse la maison où vit Sonia Sorrensen, je laisse la ville derrière moi et je me retrouve dans l'obscurité sans limite de la campagne. Tout autour de moi, le ciel vibre. Ce n'est pas la noirceur de la nuit, c'est un bleu intense, infini, avec une touche de violet quelque part dans ses profondeurs.

Très vite, je parviens au-dessus d'une ville de plus grande

importance. Les constructions s'élèvent vers le ciel et de vastes usines crachent des nuages de fumée, bien que je ne sente aucune odeur. J'atteins la lisière de cette ville et, brusquement, un océan s'étend à perte de vue : je le survole triomphalement.

C'est là que je retrouve mon odorat.

Une humidité salée emplit mes narines et je ris tout haut tant je suis heureuse. Mes cheveux sont fouettés par un vent mouillé d'embruns et je n'ai qu'un désir : voler éternellement, me donner tout entière à ce ciel indigo dans lequel je voyage.

Je vole toujours plus loin vers le large jusqu'à ce que la ville ne soit même plus un point dans le lointain. Sous les flots gonflés de houle, j'entends une petite voix qui me conseille de faire demi-tour, qui me chuchote que je suis allée trop loin, mais ce n'est qu'une ombre d'avertissement. Je n'en tiens aucun compte, me délectant du bonheur suprême de cette promenade, n'hésitant pas à descendre en piqué au milieu des vagues pour remonter encore plus haut dans le ciel mystérieux.

L'avertissement devient plus fort, plus insistant ; ce n'est plus un chuchotement, c'est une voix impérative. La voix d'une jeune fille.

— Reviens ! dit cette voix étouffée et cassée. Tu es allée trop loin. Il faut revenir !

Ce ton pressant me fait m'arrêter et, à ma grande surprise, je me retrouve en train de planer sans vraiment voler, mais sans non plus m'enfoncer dans les flots de mon rêve. Et puis une nouvelle sensation. Quelque chose de menaçant rugit derrière moi, se rapprochant si vite que je reprends mon vol.

Je file dans le ciel, prenant la direction que je crois être celle de la terre. Je ne vole pas depuis très longtemps, mais déjà j'ai pris de l'assurance, je contrôle mieux ma vitesse et ma direction ; en dépit de ma peur, mon corps exulte de ce nouveau savoir, de cette nouvelle force.

Mais la crainte prend le pas sur l'euphorie tandis que je file vers la maison, talonnée par cette chose menaçante. J'ai encore une longue distance à parcourir même si, apparemment, j'avale les kilomètres comme si c'étaient des mètres.

La chose qui se trouve derrière moi est bruyante, elle pousse des hululements perçants qui m'effraient de plus en plus, me forçant à ralentir l'allure alors que j'aurais tant besoin d'accélérer. Je distingue déjà les contours sombres de la ville. Je ne suis plus si loin, mais je suis freinée par la peur et par ce qui me poursuit. Je vois alors une silhouette foncer vers moi, venant de la ville.

Au début, ce n'est qu'un halo dans le lointain, mais elle s'approche très vite et je m'aperçois qu'il s'agit de la voyante, Sonia Sorrensen.

— Viens ! Viens ! Il n'y a pas de temps à perdre ! Oh, pourquoi a-t-il fallu que tu ailles si loin ? Avance ! Avance aussi vite que tu peux. Je suis juste derrière toi !

Je ne m'arrête pas pour me demander pourquoi et comment Sonia Sorrensen a surgi dans mon rêve. J'entends sa voix affolée et je vole. Elle m'escorte jusqu'à ce que nous arrivions à la ville.

— Je ne peux pas prendre le risque de t'accompagner. C'est dangereux, annonce-t-elle en s'éloignant déjà. Réintègre ton corps le plus rapidement possible. Ne te laisse pas retarder. Sous aucun prétexte.

— Et toi ?

J'ai une petite voix lointaine. Je ne la sens pas vibrer dans ma gorge.

— Ce n'est pas moi qu'il poursuit, me répond-elle.

Ses paroles me forcent à avancer. Je survole les champs,

la route qui mène à Birchwood. Je parviens devant la maison. Au moment où j'atteins la fenêtre de ma chambre, la chose pousse un grognement plein de colère en sifflant des mots que je ne comprends pas bien.

« Garde la… Maîtresse… »

Je m'arrête malgré moi pour tenter de déchiffrer cet étrange message.

Un retard que je ne peux me permettre.

La chose noire gronde et grogne, elle est si près que je pourrais la toucher si j'avais le courage de tendre la main. Je ne distingue rien dans cette masse sombre, mais je sens un tonnerre de sabots et des ailes démultipliées qui battent à un rythme effréné, aussi familier que terrifiant. Une résignation sans nom succède alors à la panique.

C'est trop tard. La chose est trop proche. Je suis pétrifiée, incapable de bouger, écrasée par cette apathie qui s'est emparée de toutes les cellules de mon corps.

Et pourtant, cette chose ne peut pas me toucher.

Elle rôde à la périphérie d'une barrière impalpable. Le chuchotement si envahissant semble maintenant étouffé et lointain. Les grandes ailes si proches paraissent se mouvoir désormais sous une épaisse couverture de velours. La chose hurle de rage, mais ce n'est qu'une inutile démonstration de frustration, car je suis protégée par un bouclier invisible.

Je secoue ma léthargie, je franchis la fenêtre et je m'arrête un instant au-dessus de mon corps endormi avant de le réintégrer sans douceur.

C'est une étrange sensation, mon âme se met en place comme la pièce d'un puzzle.

Ce n'était pas un rêve.

Chapitre 7

Quand je descends l'escalier, Henry est installé dans son fauteuil près de la fenêtre du salon. *L'Île au trésor* est ouvert sur ses genoux, mais il ne lit pas. Il contemple le paysage de l'autre côté de la vitre.

Je ne me donne pas la peine d'être discrète. Je sais parfaitement ce que c'est que d'être plongé dans ses pensées et je n'ai aucune envie de le surprendre. Et pourtant, il ne remarque ma présence que lorsque je lui parle.

— Bonjour, Henry.

Il lève les yeux, les paupières clignotantes comme si je l'arrachais à une transe.

— Bonjour.

Je penche la tête en l'examinant avec attention pour tenter de définir l'expression sombre de son regard.

— Tu vas bien ?

Il me fixe un long moment et, alors qu'il ouvre la bouche pour me répondre, Alice surgit dans la pièce. Nous nous tournons tous les deux vers elle et, quand mes yeux se reposent sur lui, je m'aperçois qu'il l'observe.

— Henry ? Tu vas bien ? je répète.

Alice lève les sourcils d'un air interrogateur.

— Oui, Henry. Tout va bien ?

Il ne répond pas tout de suite, mais, quand il le fait, c'est à Alice qu'il s'adresse, pas à moi.

— Oui. Je suis en train de lire.

À l'entendre, on dirait qu'il est sur la défensive, mais, avant que j'aie le temps d'y réfléchir, tante Virginia pénètre dans le salon, réclamant notre attention.

— Lia ? dit-elle sur le seuil de la porte avec un air étrange. Il y a une visite pour toi.

— Pour moi ? Qui est-ce ?

Son regard passe avec nervosité d'Alice à moi avant de répondre.

— Elle dit qu'elle s'appelle Sonia. Sonia Sorrensen.

***

En gravissant la colline jusqu'à la falaise qui surplombe le lac, nous ne parlons pas, Sonia et moi. Dans ce silence tacite, je me concentre sur le ciel, un saphir illimité qui s'étend à l'infini. Je distingue presque la courbe de l'horizon et, en face d'un pareil ciel, je me demande comment on a pu jamais imaginer que la Terre était plate.

J'essaie de ne pas penser à Alice, à sa colère mal dissimulée en apprenant le nom de ma visiteuse. J'ai été à la fois étonnée et soulagée quand je l'ai vue quitter le salon avant que Sonia n'y entre, escortée par tante Virginia. Cela m'a évité de fournir une explication, mais je ne me fais aucune illusion : l'arrivée de Sonia et la présence de notre tante ne m'offrent qu'un bref répit. Alice ne laissera pas passer une si curieuse visite sans poser de questions.

Lorsque Sonia se décide à briser le silence, j'ai les nerfs tendus à se rompre.

— Vous ne devez pas aller si loin, Lia.

Elle a les yeux dans le vague, comme si elle n'était pas en train de parler.

Je me sens soudain submergée de colère.

— Dites-moi, comment peut-on mesurer ce qui est « loin », Sonia ? Vous allez peut-être m'expliquer comment apprécier les distances lorsque je vole hors de mon corps en plein milieu de la nuit…

Elle réfléchit une minute avant de répondre. Son profil est aussi net et aussi beau que celui des statues de marbre que nous dessinons à Wycliffe.

— Oui. Ce doit être perturbant. Si c'est la première fois que cela vous arrive…

Sa voix n'est qu'un murmure.

— Si c'est la première… Évidemment que c'est la première fois que cela m'arrive !

Je m'arrête et je l'attrape par le bras pour qu'elle en fasse autant.

— Attendez ! reprends-je. Êtes-vous en train de me dire que vous, cela vous est déjà arrivé ?

Elle me regarde droit dans les yeux et, haussant les épaules, dégage son bras. Puis elle reprend son ascension. Je me dépêche de la rattraper.

— Vous ne voulez pas répondre ? je lui demande, hors d'haleine.

Elle soupire et me regarde par-dessus son épaule.

— Oui. Je l'ai déjà fait auparavant. Je le fais depuis que je suis enfant. Certaines personnes le font sans s'en rendre compte, en pensant qu'elles rêvent, par exemple. D'autres le font à volonté. Beaucoup, à vrai dire. Du moins, beaucoup dans mon monde.

Elle dit cela comme si nous n'étions pas en train de marcher côte à côte sur le même sol, comme si elle vivait dans quelque étrange recoin de l'Univers, invisible et inaccessible pour moi.

— Dans votre monde ? Mais qu'est-ce que cela signifie ?

— Ne venons-nous pas de mondes différents, Lia ? répond-elle en riant. Vous vivez dans une vaste demeure, entourée par votre famille, dans un décor qui vous est cher. Je vis dans une petite maison régie par Mrs Millburn, avec la compagnie d'autres voyantes et de ceux qui nous paient pour décrire les choses qu'ils ne peuvent voir.

Ses paroles étouffent mes questions dans l'œuf.

— Je… je suis navrée, Sonia. Je ne savais pas que ce n'était pas votre maison, que cette femme, Mrs… Mrs… euh… Millburn, ne faisait pas partie de votre famille.

Même si je ne vois que son profil, l'éclair de colère dans ses yeux ne m'échappe pas.

— Pour l'amour du ciel ! N'ayez pas pitié de moi ! Je suis très satisfaite de la situation telle qu'elle est.

Elle ment, à l'évidence.

Nous atteignons enfin le sommet ; comme à l'accoutumée, j'ai l'impression d'entrer dans le ciel. En dépit de tout ce qui s'est passé sur cette crête, il est impossible de ne pas savourer la majesté du paysage.

— Oh ! Je ne savais pas qu'il y avait un lac ici !

Dans la voix de Sonia, il y a quelque chose d'enfantin fait de respect et de timidité. Je m'aperçois qu'elle ne doit pas être beaucoup plus âgée que moi. Elle admire la vue, le lac qui étincelle plus bas, les arbres qui oscillent dans la brise trop douce pour cette journée d'automne.

— Il est bien caché… Je ne monte pas très souvent ici, en fait.

« Parce que ma mère est tombée de cette falaise. Parce que son corps brisé gisait sur les rochers du lac dont on entend clapoter les vagues. Parce que cela m'est tout simplement insupportable. »

— On s'assoit ? je propose en montrant une grosse pierre un peu en retrait.

Elle hoche la tête, incapable de détacher son regard de l'eau. Nous nous asseyons côte à côte, le bas de nos jupes traînant par terre. J'ai beaucoup de choses à lui demander. Mais ce sont des pensées insaisissables, des formes sombres qui flottent juste en dessous de la surface de ma conscience.

— Je savais que tu allais venir, dit-elle, passant sans ambages au tutoiement.

Elle déclare cela en toute simplicité, comme si je savais exactement de quoi il s'agit.

— Quoi ? Qu'est-ce que… ?

— Hier. À la séance. Je savais que ce serait toi.

— Je ne comprends pas.

Elle me regarde droit dans les yeux, comme seule Alice le fait. Comme si elle me connaissait.

— Ces derniers temps, lorsque j'essaie de tenir une séance, je ferme les yeux et tout ce que je vois, c'est ton visage. Ton visage et… bon, bien des choses étranges que je ne vois pas habituellement.

— Mais on ne s'était jamais rencontrées avant hier ! Comment est-il possible que mon visage apparaisse dans… vos visions ?

— Je ne vois qu'une seule raison possible, répond-elle en contemplant le lac. Une seule raison pour laquelle je t'aurais vue et pour laquelle tu serais venue.

Elle détourne les yeux du lac, évite mon regard et ôte le gant de sa main gauche. Elle le pose sur ses genoux et remonte la manche de sa robe plus haut que son poignet.

— C'est à cause de cela, n'est-ce pas ? À cause de la marque ?

Elle est là. Le cercle indubitable, le serpent ondulant.

Semblable au mien. Semblable à celui du médaillon.

Chaque parcelle de mon corps, chaque pensée de mon esprit, chaque goutte du sang qui coule dans mes veines, tout se fige. Et, quand tout se remet en marche, c'est dans un grand vent de panique.

— C'est impossible. Je… Tu permets ?

Moi aussi, je la tutoie maintenant tout en tendant la main vers elle.

Elle hésite avant d'acquiescer et je prends sa petite main dans la mienne. Je la retourne, sachant déjà que nos marques sont identiques. Non, pas tout à fait identiques. La sienne n'est pas rouge, mais plus pâle que le reste de sa peau. Elle est en relief, comme la mienne, à l'image d'une ancienne cicatrice.

Mais ce n'est pas tout. Ce n'est pas la seule différence.

Le cercle est là ainsi que le serpent sinueux, mais il n'y a rien de plus. Pas de C sur le poignet de Sonia. Sinon, c'est l'exacte réplique de ma marque et de celle du médaillon.

Je retourne sa main avec précaution, comme un cadeau.

— Qu'est-ce que c'est ?

Elle se mord la lèvre avant de se pencher sur ma main à son tour.

— D'abord, laisse-moi voir.

Je lui tends mon poignet. Elle le prend et suit du bout du doigt le contour du C au milieu de mon cercle.

— La tienne est différente.

J'ai le visage brûlant de honte, sans que je sache pourquoi.

— Oui, mais on pourrait aussi bien dire que c'est la tienne qui n'est pas pareille. Depuis combien de temps l'as-tu ?

— Depuis toujours. Depuis ma naissance, à ce qu'on m'a dit.

— Mais quelle est sa signification ?

Elle prend une profonde inspiration, le regard perdu dans les arbres.

— Je ne sais pas. Pas vraiment. L'unique référence à la marque, la seule que je connaisse, vient d'une obscure légende qu'on raconte dans les cercles de nécromanciens intéressés par les Guetteurs. Et dans les épisodes les moins célèbres de leur histoire.

— Les Guetteurs ?

— Oui, dans la Bible.

Elle dit cela comme si je devais être au courant, comme si j'avais une connaissance intime de la Bible, alors que notre instruction religieuse s'est toujours faite au petit bonheur.

— C'étaient des anges, avant leur chute, ajoute-t-elle.

« Une légende à propos d'anges ou… de démons, je pense.

Tombés des cieux… »

Elle continue, inconsciente des associations d'idées qui surgissent dans mon esprit.

— La version la plus couramment acceptée est qu'ils ont été chassés du ciel quand ils se sont mariés et ont conçu des enfants avec les femmes de la Terre. Mais ce n'est pas la seule.

Elle hésite, se penche pour attraper un caillou qu'elle nettoie avec l'ourlet de sa robe avant de me regarder à nouveau.

— Il en existe une autre, reprend-elle. Moins connue.

Je croise les mains sur mes genoux et je m'efforce de calmer le malaise grandissant qui tambourine à la porte de mon esprit.

— Vas-y.

— On raconte que les Guetteurs se sont laissé prendre au défi de Maari.

— De qui ? je demande en secouant la tête.

— Une des sœurs. Une des jumelles.

« Les sœurs. Les jumelles. »

— Je n'ai jamais entendu parler d'une jumelle portant ce nom dans la Bible. Bien sûr, je n'ai rien d'une érudite, mais…

Sonia tripote le caillou, rond et plat, entre ses doigts.

— Parce que ce n'est pas dans la Bible. C'est une légende, un mythe qui se transmet de génération en génération. Je ne dis pas que c'est la vérité. Je te raconte simplement l'histoire comme tu me l'as demandé.

— D'accord. Raconte-moi donc le reste. Parle-moi de ces sœurs.

Elle se recule un peu sur le rocher.

— On raconte que Maari est l'instigatrice de la trahison : elle a commencé par séduire Samaël, l'ange en qui Dieu plaçait toute sa confiance. Samaël a promis à Maari que, si elle donnait naissance à un homme-ange, elle recevrait la connaissance qui lui était refusée en tant qu'humaine. Et il avait raison. Quand les anges déchus, ou Guetteurs, ont pris comme épouses des humaines, ils ont transmis leur sorcellerie à leurs nouvelles partenaires. À vrai dire, certains des membres les plus… enthousiastes de notre société estiment que c'est là l'origine du don des voyantes.

— Et puis après ? Que s'est-il passé une fois que les

Guetteurs ont épousé des humaines et partagé la connaissance ?

— Ils ont été bannis, répond Sonia avec un haussement d'épaules, et ils sont forcés d'errer à travers les huit Autres Mondes de toute éternité jusqu'à la Ruine des Dieux ou, comme disent les chrétiens, jusqu'à l'Apocalypse. Ah oui… Et après cela on ne les a plus appelés les Guetteurs.

— Comment les a-t-on appelés ?

— Les Âmes perdues.

Elle baisse la voix comme si elle craignait d'être entendue en train de prononcer ces mots à voix haute.

— On dit, reprend-elle, qu'il existe pour eux un moyen de revenir dans le monde matériel. Par l'intermédiaire des sœurs, l'une étant la Gardienne et l'autre la Porte.

Je réagis aussitôt.

— Qu'est-ce que tu as dit ?

— Simplement qu'il y a un moyen, répète-t-elle en secouant la tête.

— Non. Après cela. À propos des sœurs.

Mais je sais. Bien sûr que je sais.

Quand elle se souvient de ce qu'elle a dit, une petite ride se forme sur l'arête de son nez.

— Eh bien, d'après ce qu'on m'a raconté, les sœurs d'une certaine lignée continuent le combat encore aujourd'hui. L'une demeure la Gardienne de la paix dans le monde matériel et l'autre la Porte que les Âmes doivent franchir. Si les Âmes réussissent à pénétrer dans notre monde, commencera la Ruine des Dieux. Et elles livreront combat avec autant d'Âmes perdues qu'elles pourront en ramener des Autres Mondes. Sauf que… j'ai entendu dire qu'il y a un hiatus quelque part.

— Quel genre de hiatus ?

— Eh bien, répond-elle en fronçant les sourcils, on dit

que l'Armée des Âmes ne pourra commencer le combat sans Samaël, son chef. Et Samaël ne peut franchir la Porte que s'il est appelé par la Sœur dont c'est le destin. On dit que l'Armée grossit et franchit les portes de notre monde par pans entiers, dans l'attente de…

— Dans l'attente de quoi ?

— De Samaël. L'Antéchrist, connu parfois sous le nom de Satan.

Elle déclare cela en toute simplicité, et je n'en suis même pas étonnée.

Chapitre 8

Le monde se fige. Dans ma tête, il n'y a plus de place pour le vent dans les arbres ni pour le lac qui vient clapoter sur les berges. Plus de place pour rien, à vrai dire, si ce n'est pour les vrilles de cette prophétie qui viennent s'enrouler autour de ce qui n'est plus qu'un petit grain de raison.

Mais Sonia n'est pas dans le secret de mes pensées et elle continue à parler comme si mon univers, à ce moment précis, n'était pas en train de basculer.

— La seule raison pour laquelle je te raconte toute cette histoire, c'est la marque. On dit, vois-tu, que les Âmes sont symbolisées par le Jorgumand.

Je m'efforce de garder un visage impassible. Si je m'effondre, si je lui laisse voir l'étendue de ma panique, le peu de raison qui me reste va sûrement m'abandonner.

— Très bien. Nous portons toutes les deux cette marque. Je ne comprends toujours pas le rôle que nous pouvons jouer dans une histoire aussi étrange.

Elle pousse un soupir résigné, puis elle se lève et commence à marcher devant moi.

— Moi non plus. Mais je suis lasse d'avoir peur toute seule. Je n'ai pas de sœur. J'espérais…

Sa voix s'adoucit et elle s'arrête pour me regarder.

— J'espérais, reprend-elle, que j'avais raison. J'espérais que tu avais toi aussi cette marque et que nous pourrions chercher la réponse ensemble.

— D'accord, dis-je en penchant la tête pour la défier du regard. Alors, revenons à la nuit dernière. Tu pourrais commencer par me raconter ce que je pouvais bien fabriquer à voler en plein ciel.

Elle s'approche de moi et me prend la main en esquissant un sourire.

— Tu es simplement passée dans l'Espace, Lia. Pour te promener. Cela ne t'était vraiment jamais arrivé auparavant ?

— Pas que je me souvienne. Et c'est quoi, l'Espace ?

— Un endroit extraordinaire, souffle-t-elle. Comme… un passage vers les Autres Mondes. Un endroit où tout est possible.

Je me souviens de mon euphorie alors que la terre défilait sous moi, dans ce ciel aussi profond et infini que la mer. Et puis je me souviens soudain d'autre chose.

— Mais… et la chose ? La chose noire.

Son visage se crispe et ses yeux s'assombrissent.

— Les cloisons sont minces entre le monde matériel et les Autres Mondes, Lia. C'est précisément la raison pour laquelle on peut vivre de si merveilleuses aventures et ce qui les rend tellement périlleuses. La chose qui te suivait cette nuit… Sa force ne ressemble à rien de ce que j'ai pu rencontrer, et pourtant j'ai eu l'occasion de croiser bien des êtres au cours de mes voyages, des gentils et des méchants.

— Penses-tu que cela ait un lien avec la marque ? Avec la prophétie ?

À nouveau, elle se mord la lèvre.

— Je l'ignore, mais les voies des Autres Mondes sont impénétrables. Il te faut apprendre à connaître leur nature avant d'explorer leur territoire en toute sécurité.

— Et comment puis-je m'y prendre ? je m'exclame soudain, toute ma colère revenue. Comment puis-je apprendre quelque chose d'aussi saugrenu ? À coup sûr, Miss Gray et nos répétitrices de Wycliffe me prendraient pour une folle si je leur posais la question !

Elle pouffe derrière sa main gantée.

— Non, ce ne serait pas malin de chercher pareil enseignement à Wycliffe. Mais ta force va augmenter au fur et à mesure que tu t'habitueras à voyager, et tu possèdes déjà une certaine forme d'autorité, même si tu ne t'en rends pas compte.

— Comment cela ?

— Cette… chose. Cet… être. Je pense qu'il en avait après ton âme.

Je masque mon inquiétude derrière un rire sec.

— Mon âme ?

Mais Sonia ne plaisante pas.

— Écoute, Lia. Il y a une chose que tu dois savoir à propos des voyages dans l'Espace. L'âme peut vivre séparée du corps tant que le cordon astral, le fil qui relie l'âme et le corps, n'est pas coupé. Une fois qu'il est coupé, l'âme ne peut plus jamais revenir.

— Tu… tu veux dire qu'un corps peut se retrouver vide, comme s'il était mort ?

Ma voix monte dans les aigus tandis qu'une vague d'hystérie me prend à la gorge.

De sa main tendue, elle tente de me calmer.

— Cela n'arrive pas souvent, tu sais. Ils ne sont pas nombreux ceux qui, dans les Autres Mondes, ont une force suffisante pour séparer une âme de son corps vivant. Mais cela peut arriver.

Elle déglutit avec difficulté et, même si elle s'efforce de le cacher, je vois bien qu'elle a peur.

— Je… j'ai entendu parler d'un endroit, reprend-elle, un endroit épouvantable qu'on appelle le Néant. Un endroit où sont exilées les Âmes destituées. Un endroit entre la vie et la mort. Je pense que la chose sombre souhaitait t'entraîner là-bas. Dans le Néant.

— Tu veux dire que l'âme de quelqu'un peut se retrouver échouée là pour l'éternité ?

Je couine plus que je ne parle.

— Ceux qui sont exilés dans le Néant sont éternellement perdus, répond-elle, l'air égaré. Écoute, Lia. Je ne connais pas toutes les mœurs des Autres Mondes, d'accord ? Mais la chose sombre, c'est toi qu'elle voulait et je n'ai jamais vu une telle force échouer. Pourtant… Pour une obscure raison, tu es restée inaccessible. Je n'ai aucune idée de ce qui a pu te protéger, mais il serait raisonnable de t'abstenir de voyager tant qu'on n'en saura pas davantage – ou tant que tu ne seras pas assurée de bénéficier de la même protection la prochaine fois.

***

Nous revenons vers la maison sans rien dire. Lorsque Birchwood apparaît, Sonia pose la main sur mon bras et lève la tête. Je suis son regard : Alice nous surveille d'une fenêtre de l'étage.

— Fais très attention, Lia, déclare Sonia. Sois prudente tant que nous n'avons pas mieux compris la situation.

Ma sœur est trop loin pour que je puisse distinguer son expression, mais, même à cette distance, la vue de sa silhouette sombre suffit à me faire sentir la pression glacée des doigts de la peur.

Nous arrivons dans la cour et je raccompagne Sonia jusqu'à sa voiture de louage. Une fois qu'elle a disparu au bout de l'allée plantée d'arbres, je tourne le dos à la maison. Je n'ai nulle envie de parler de Sonia avec Alice. Pas encore.

J'entends le bruit de l'eau avant même d'atteindre la berge. La pluie de la semaine précédente a fait déborder la rivière et elle roule avec violence sur son lit de cailloux. Quittant la rive empierrée, je me dirige vers le taillis de plantes à feuilles persistantes, d'érables et de chênes. C'est presque l'heure de déjeuner et je me demande si James sera là.

— James ?

Ailleurs, ma voix serait assez feutrée, mais ici elle résonne dans le calme du paysage.

— Tu es là, James ?

Des bras robustes m'attrapent par-derrière et me soulèvent de terre. Je laisse échapper un cri et je me débats, d'instinct, pour échapper à cette poigne de fer. Les poings levés, je m'apprête à bourrer de coups mon agresseur invisible. Je me tourne pour lui faire face. Ses lèvres chaudes se posent sur les miennes, ses mains lâchent mes épaules pour venir s'enfouir dans mes cheveux.

Je m'abandonne à ce baiser, je me sens emportée par le courant de la rivière, du sommet de la tête jusqu'à la plante des pieds.

Puis je le repousse et je recule d'un pas.

— Seigneur, James ! Tu m'as fait tellement peur !

Et je le gratifie d'une bourrade sur l'épaule.

— Quelqu'un aurait pu nous voir ! j'ajoute.

Il rit en cachant sa bouche derrière sa paume ouverte

comme pour se reprendre. Son visage devient plus sérieux quand il voit ma propre expression.

— Je suis navré, Lia. Vraiment. Mais qui d'autre pourrait t'attraper ainsi ?

Il y a encore une trace de gaieté dans ses yeux et je lui lance un regard noir, dans l'espoir de le calmer définitivement.

Il s'approche, examine les alentours et me serre fort contre lui.

— Je n'avais nullement l'intention de te faire peur. Je suis seulement content de te voir. C'est une telle contrainte de te retrouver dans la bibliothèque devant mon père, de te croiser dans la rue avec Alice, de te rencontrer n'importe où et de ne pas pouvoir faire cela.

Il m'attire contre lui et je sens son corps peser contre le mien. J'en ai le souffle coupé et, l'espace d'un instant, il n'y a plus ni prophétie, ni livre, ni marque.

Seulement la chaleur du corps de James contre le mien.

Ma propre réaction m'embarrasse. Je ne veux pas qu'il sente les battements de mon cœur dans mon corsage, je ne veux pas qu'il entende mon souffle haletant. Je me recule en le dévisageant d'un œil amusé.

— Tu deviens audacieux, dis-je d'un ton moqueur.

Il se met à rire et les oiseaux dans les arbres s'envolent, effrayés de son exubérance.

— Moi ? Audacieux ? Voilà qui est amusant de la part d'une de ces jeunes rebelles de Wycliffe !

Mes joues s'empourprent devant cette allusion à notre escapade de la veille. Je n'ai pas encore eu le temps de raconter à James notre visite chez Sonia Sorrensen. Le chaos qui a suivi notre retour ne m'en a pas laissé le loisir. Et, pour être franche, j'apprécie ce sursis. Le comportement de Sonia au cours de la séance m'a tellement énervée que je ne sais pas très bien comment en parler à James. Il ne sait que ce que nous avons raconté à Miss Gray : nous avions envie de prendre l'air et nous sommes sorties faire une petite promenade impromptue. Maintenant, après ma discussion avec Sonia sur la colline, je suis persuadée que, pour le bien de tous ceux qui sont concernés, mieux vaut s'en tenir définitivement à cette version.

— En outre, continue James, imperméable à mon tourment, je dirais volontiers que tu fais tout pour me rendre audacieux. Sinon, pourquoi venir dans notre endroit de prédilection, à l'abri des arbres et dans le confort de notre rocher ?

Il s'assoit alors dessus, comme pour en démontrer le moelleux, et grimace en se moquant de sa dureté.

— Bon, d'accord, reprend-il. Ce rocher n'est peut-être pas aussi confortable que je le prétends… Ou peut-être faut-il que tu sois tout à côté pour qu'il le devienne.

Il hausse les sourcils avec un sourire malicieux, en tapotant la pierre à côté de lui.

Je souris de ses tentatives pour m'attirer et je viens m'asseoir près de lui.

— En fait, je voudrais te raconter quelque chose. Quelque chose qui a sans doute un rapport avec le livre que tu as trouvé dans la bibliothèque de Papa.

Son sourire s'efface. S'il y a une chose susceptible de détourner l'esprit de James des raisons frivoles qui nous poussent à nous retrouver au bord de l'eau, c'est bien une discussion sur un livre rare.

— De quoi s'agit-il ?

Je prends une profonde inspiration et je décide d'avancer à pas de loup. Il n'y a pas d'autre moyen de s'y prendre.

— Je crois comprendre l'allusion à la Gardienne et

à la Porte, si tant est qu'on puisse comprendre une chose pareille.

— Ah bon ? Mais c'est un tel charabia, tout ça !

Les yeux baissés, je lisse ma jupe du plat de la main.

— Oui, d'accord… J'aurais pu être d'accord il y a encore deux jours, mais maintenant… bon… maintenant, je sais qu'il y a une histoire. Une histoire de sœurs, justement. De jumelles. Comme Alice et moi…

Il m'écoute patiemment, ne m'interrompant qu'une ou deux fois pour clarifier certains épisodes. Il cherche à préciser, à approfondir ce qu'il sait déjà. Ce ne sont pas des questions au sens propre du terme, car pour lui cette histoire n'est pas vraie. Il la considère comme un conte de bonne femme. Je ne lui cache rien, si ce n'est que je ne fais aucune allusion à la marque. Lorsque je me tais, un silence aussi dense que des mots emplit l'espace.

Il finit par parler, d'une voix douce, comme pour ne pas blesser mes sentiments.

— Mais… Pourquoi cette histoire m'est-elle inconnue, Lia ? À coup sûr, en tant que libraire, moi qui aide les vrais bibliophiles à enrichir leurs collections, j'aurais dû en entendre parler si elle avait la moindre valeur.

Le voir douter m'entraîne sur le même chemin. Comment pourrait-il y croire, lui qui ne dispose pas de la preuve irréfutable que représente la marque ?

— Je ne sais pas, James, dis-je en haussant les épaules. J'aimerais pouvoir te répondre, mais j'en suis incapable.

C'est maintenant que je devrais lui montrer la marque. Elle est bien cachée sous la manche de ma robe, mais je la sens brûlante – rappel silencieux que j'ai omis un détail fondamental dans mon récit.

Cependant, je me tais. J'aimerais pouvoir affirmer que c'est uniquement parce que je ne veux pas l'entraîner dans les méandres d'une si sombre histoire. Mais la vérité, c'est que cette marque est une cicatrice. J'en suis comme abîmée, salie.

Et je ne supporte pas l'idée que James le sache. Pas encore.

***

Je ne monte me coucher qu'à contrecœur, contrairement à d'habitude. Je reste allongée en m'efforçant de contraindre mon esprit à se vider pour trouver enfin le sommeil.

Mais les mots de la prophétie, l'ombre de ma sœur derrière la fenêtre de l'étage, la marque qui me désigne comme une chose que j'ai du mal à comprendre – tout cela conspire à m'empêcher de dormir. Je finis par me lever et m'installer à ma table.

Pourquoi la légende que Sonia m'a racontée près du lac est-elle identique à celle que j'ai trouvée dans le livre sans âge de papa ? Et pourquoi dois-je partager une marque presque identique avec quelqu'un comme Sonia ? Une voyante, ni plus ni moins. Ces questions, je sens qu'elles cherchent à s'articuler, à composer quelque chose de solide, quelque chose que je puisse saisir à bras-le-corps pour tenter de comprendre.

J'ouvre le livre, je prends la traduction de James et je lis la prophétie en m'efforçant de donner du sens à ce qui n'en a pas. Un frisson glacé remonte jusqu'à ma nuque quand je relis le passage sur les sœurs. Mais c'est au moment de la mention des jumelles que cette prophétie me déroute complètement.

Si je suis la Gardienne et Alice la Porte, quel rôle joue donc Sonia dans cette étrange histoire ? Et l'Ange, de qui s'agit-il ? Si je suis incapable de déchiffrer l'identité d'un personnage aussi central que l'Ange, comment puis-je espérer parvenir à remplir ma mission de Gardienne ? Et comment puis-je contrecarrer celle d'Alice en tant que Porte ?

Je reviens au livre et je poursuis ma lecture jusqu'au moment où il est fait allusion à des clés.

Que la Porte de l'Ange s'ouvre sans les Clés
Suivront les Sept Plaies et sans retour.

Je relis ce passage encore et encore, dans l'espoir de trouver une réponse. En dépit de mon ignorance, cela paraît simple : sans les Clés, il va se produire quelque chose d'épouvantable, quelque chose de définitif.

Si, dans cette prophétie, Alice et moi sommes ennemies, il serait très dangereux qu'elle se retrouve en possession de ces Clés, ce qui signifie que je dois les trouver.

Et les trouver avant elle.

Chapitre 9

Le lendemain, pendant le trajet jusqu'à Wycliffe, Alice ne fait aucune allusion à Sonia. Depuis sa visite, je me suis arrangée pour éviter systématiquement ma sœur dans l'espoir de retarder l'interrogatoire. Persuadée que mon sursis est terminé, je rassemble mes forces pour affronter ses questions, mais elle garde le silence. Comme si elle savait déjà tout. Et ce qu'elle sait, elle a bien l'intention de le garder pour elle.

Notre arrivée à l'école n'a rien de triomphal. Soit parce que Victoria en veut à Alice de l'avoir entraînée chez Sonia, soit parce qu'elle regrette que nous n'ayons pas été plus durement punies, elle et son étroit cercle d'amies nous accueillent par des regards glacés. Seule Luisa paraît heureuse de nous voir, surtout moi d'ailleurs.

Elle se penche vers moi pendant le petit déjeuner, car elle s'est assise à côté comme si c'était sa place habituelle.

— Tu vas bien ?

J'acquiesce d'un mouvement de tête.

— Je suis tellement désolée, Luisa ! Tu as eu des ennuis ?

— Un peu, répond-elle en souriant, mais de quoi rendre la vie plus intéressante. Je ne regrette rien !

Après le petit déjeuner, il faut endurer l'épreuve des cours de musique, de littérature et de langue. La journée passe dans un brouillard de chuchotements allusifs et de rires malveillants. Au moment où nous nous rangeons pour le dernier cours, « le paysage dans l'art », je ne peux m'empêcher de remarquer l'expression figée du visage d'Alice et sa façon de se tenir, la tête trop haute, le dos trop droit. Elle évite de croiser mon regard. Pour Alice, l'isolement est préférable à la pitié.

Les chevalets sont installés dans la cour, face au modeste jardin que l'approche de l'hiver rend déjà bien austère. Le soleil brille, mais l'air est glacé et je me rends compte que, selon toute probabilité, ce sera un de nos derniers cours à l'extérieur.

— Lia ! Viens par ici ! m'appelle Luisa, dont le souffle sort en panache.

Elle s'est installée près du mur de briques et je la rejoins, à la fois surprise et reconnaissante de la voir à nouveau m'offrir ainsi son amitié.

— Je t'ai gardé un chevalet.

Elle montre une place vide à sa droite ; le pinceau déjà à la main, elle est tout sourire.

— Merci. Qu'est-ce que je vais torturer aujourd'hui ?

Je suis connue pour n'avoir aucun talent artistique.

Luisa se met à rire. Non pas ce petit rire poli auquel m'ont habituée les filles de Wycliffe, mais un bel éclat de rire joyeux.

— Je ne sais pas. Tu devrais peut-être choisir quelque chose qui soit déjà moribond…

Son regard dérive vers Mr Bell, notre professeur de dessin, qui se tient devant nous dans l'allée empierrée zigzaguant à travers le jardin.

Mr Bell n'a rien de sémillant, avec son visage légèrement trop long et trop étroit et ses cheveux soigneusement coiffés pour dissimuler sa calvitie naissante, mais il est tout de même assez normal. Ce n'est pas son apparence qui fait jaser les élèves de Wycliffe, mais son statut de célibataire. Ces demoiselles, surtout celles qui sont pensionnaires, vivent soigneusement à l'abri du commerce des hommes. Tout homme susceptible d'être épousable et encore célibataire fait l'objet de conjectures, calvitie naissante ou non.

— Mesdemoiselles, comme vous le savez, l'automne sera bientôt derrière nous. Aujourd'hui, nous allons sélectionner un artiste parmi tous ceux que nous avons étudiés. Vous lui ferez jouer un rôle de guide et, sous sa houlette, vous pourrez peindre ce que vous souhaitez dans ce jardin. Mais, avec ce froid, nous ne disposerons que de quelques jours pour terminer, donc travaillez vite et avec acharnement. C'est tout.

Luisa, déjà absorbée par son travail, étale des couleurs sur sa toile. Je parcours des yeux le jardin agonisant, cherchant sur quoi faire porter des efforts voués à l'échec. Rejetant tout ce qui est trop vivant ou trop compliqué, je remarque une fleur pointue d'un violet sombre. Une composition simple que même moi je pourrais reproduire. Cela fera l'affaire.

Je suis bien décidée à travailler de mon mieux lorsque quelque chose attire mon regard. C'est Luisa, la main au-dessus de la toile, l'extrémité de son pinceau s'attaquant à une zone vierge.

Mais pas seulement Luisa. C'est sa main, son poignet qui sort de son manteau de velours rouge, le bracelet d'argent qui cache sa peau blanche…

… et la marque. La marque de Sonia. La mienne.

Je n'entrevois qu'une lamelle de peau, mais je reconnaîtrais cette marque entre mille.

— Qu'est-ce qui t'arrive ? Lia ? Qu'y a-t-il ?

De la peinture vert émeraude coule de son pinceau, elle a l'air inquiète.

— Ton… Le… D'où ça vient ?

Je suis incapable de détacher mon regard de son mince poignet.

Elle regarde sa main, les yeux écarquillés de peur. Son pinceau tombe bruyamment par terre, et elle tire sur sa manche.

— Ce n'est rien. Une cicatrice.

Elle se penche pour ramasser son pinceau, le visage blême.

— Je ne…

Mais je suis obligée de me taire : Mr Bell vient de surgir derrière nous.

— Miss Milthorpe, Luisa. Il y a un problème ?

Il examine nos toiles d'un œil critique, évitant de nous regarder. En dépit des questions qui me taraudent, je suis fâchée qu'il ait appelé Luisa par son prénom alors qu'il me réservait un « Miss » plus cérémonieux.

— Il n'y a aucun problème, Mr Bell. Je suis très maladroite aujourd'hui, voilà tout. J'ai laissé tomber mon pinceau, mais c'est arrangé.

Luisa l'agite sous son nez pour lui prouver qu'elle dit vrai.

— Oui, tout est parfait, Mr Bell. Miss Torelli et moi, nous travaillons d'arrache-pied.

— D'accord. Eh bien, continuez, alors.

Il fait volte-face en se demandant sans doute comment

réagir à ma très subtile insolence, étant donné que papa était un mécène de l'école.

Dès qu'il s'est éloigné, nous soupirons en chœur.

Je prends mon pinceau et, tout en barbouillant ma toile, je me penche vers Luisa.

— D'où ça vient, Luisa ? Il faut que tu me le dises !

Je la sens se raidir à côté de moi, tandis qu'elle trempe à nouveau son pinceau dans la peinture verte.

— Je ne comprends pas pourquoi cela t'intéresse. Ce n'est rien. Vraiment !

Je pousse un soupir, réfléchissant à toute vitesse. Nous ne disposons pas de beaucoup de temps. Mr Bell s'occupe d'élèves à l'autre bout de la rangée, il est absorbé par l'œuvre d'une des filles les plus douées. Je me débarrasse de mon pinceau, je pose ma main dans les plis de ma jupe et je commence à remonter ma manche.

— Ça m'intéresse pour une bonne raison, Luisa, je chuchote.

Lorsque mon poignet est suffisamment découvert, je le retourne pour qu'elle voie le médaillon.

— Tu vois, reprends-je, j'ai une marque, moi aussi. Et elle est presque identique à la tienne.

Elle contemple mon poignet sans rien dire, tenant toujours son pinceau. Je ne sais pas si c'est à cause du silence assourdissant qui nous entoure ou simplement à cause du temps qui passe, mais le cours de dessin s'achève rapidement et il n'y a aucune intimité à espérer tandis que nous rebouchons nos tubes et que nous rapportons nos toiles dans la salle de dessin au milieu du brouhaha des autres élèves. Luisa me regarde ranger mes affaires, mais j'apprécie ce silence forcé qui me laisse le temps de réfléchir aux différentes implications.

Nous sommes en train de laver nos pinceaux dans une bassine quand elle se décide à parler.

— Je ne comprends pas, Lia. Comment est-ce possible ?

Je garde les yeux fixés sur l'eau, que le mélange des couleurs rend trouble.

— Je ne suis sûre de rien. Il se passe quelque chose, mais je n'en sais pas plus que toi. Pas encore.

Elle secoue la tête, et des mèches de cheveux sombres bouclent sur sa nuque.

— Pourquoi avons-nous cela toutes les deux ? chuchote-t-elle. Avant cette semaine, nous nous étions à peine parlé et pourtant, cette marque, je l'ai toujours eue.

Nos regards se croisent dans la pièce où flotte une odeur de térébenthine et de peinture.

— Je l'ignore, Luisa, d'accord ? Mais… je t'en prie. Donne-moi du temps pour m'y retrouver dans tout ce que je sais.

— Oh, quel dommage qu'on soit jeudi ! Il va falloir supporter un interminable week-end à attendre et à s'interroger !

L'inquiétude la met dans un tel état de nerfs que je peux presque voir la tension de ses muscles sous sa peau pâle, comme sur les écorchés des livres de médecine de Papa.

Je secoue mes pinceaux, je les mets à sécher dans un petit pot sur l'évier puis je me tourne vers elle.

— Je te ferai signe. D'une manière ou d'une autre.

***

Alice conserve son attitude majestueuse jusqu'à ce qu'Edmund referme la portière de la voiture. Mais, dès que nous sommes seules dans la semi-obscurité de cet après-midi de début d'hiver, elle se recroqueville, les épaules tombantes, les traits figés par la résignation.

— Ça va ? je lui demande en posant ma main sur la sienne.

Elle hoche la tête et dégage sa main en évitant mon regard. Avant qu'elle ne l'enfouisse dans les plis de sa jupe, j'aperçois la peau tendre de son poignet. C'est bien ce que je pensais. Son bras est aussi intact que sa joue. Je suis la seule de nous deux à être marquée.

Elle se tourne vers la vitre, l'air morne, et j'apprécie son silence. Je n'ai ni l'envie ni le courage de la réconforter.

Je m'enfonce dans le confort de la banquette rembourrée avec un soupir d'aise. Dès que je ferme les yeux, la marque apparaît. Sur Luisa. Sur Sonia. Sur moi.

Cela défie l'imagination que nous ayons toutes les trois cette marque, presque identique, alors que nous vivons dans la même ville. Tout cela est trop précis et trop funeste pour être une coïncidence. Avoir la certitude que cela a un sens est le seul moyen de le découvrir.

Ma sœur et moi accomplissons le trajet du retour sans rien dire et, lorsque nous arrivons dans la cour, la nuit est déjà tombée. Edmund n'est pas encore à la portière que déjà Alice bondit comme un animal libéré de sa cage. Tournant le dos à la maison, elle se dirige vers le lac. Je ne tente rien pour l'arrêter. Malgré tout ce qui s'est passé, tout ce qui se passe encore maintenant, je suis sensible à son humiliation face à l'arrogance de celles de Wycliffe. C'est comme de voir un des splendides pur-sang de Papa à l'entraînement. Certes, il faut que le cheval soit dressé, mais la tristesse m'envahit toujours à l'idée qu'il faille briser un si beau tempérament.

Je suis parvenue au milieu de l'escalier quand tante Virginia m'appelle du salon.

— Lia ?

— Oui ? dis-je en me retournant.

Elle est au pied des marches et me regarde d'un air tendu.

— Quelque chose ne va pas ?

Elle observe mon visage et des petites rides se forment au coin de ses yeux.

J'hésite, me demandant à quoi elle fait allusion.

— Non. Bien sûr que non. Pourquoi poses-tu cette question ?

Elle hausse ses frêles épaules.

— Tu as l'air préoccupée. Et Alice semble elle aussi inquiète.

Je souris pour la rassurer.

— Les filles à notre âge – les filles riches et blasées – ne sont pas toujours très gentilles, vois-tu.

— Oui, je crois que je me souviens de cela, répond-elle avec un petit sourire triste.

— Alice s'en remettra. Elle est simplement fatiguée et elle a du chagrin, comme nous tous.

Elle hoche la tête. Alors que je crois être quitte, elle m'arrête à nouveau.

— Lia ? Te tournerais-tu vers moi si tu avais besoin de quelque chose ? Si je pouvais t'aider ?

Je suis certaine qu'il y a quelque chose là-dessous, la trace d'un message que je ne sais pas décoder. Perdant pied un instant, j'envisage de tout lui raconter. J'envisage de lui demander comment jouer mon rôle de Gardienne, comment, dans l'état de confusion où je me trouve, réussir à protéger le monde de quelque chose qui m'échappe complètement.

Mais je garde tout cela pour moi car si je suis la Gardienne et Alice la Porte, qui est tante Virginia ? Quel rôle joue-t-elle, elle, dans cette prophétie ?

Je souris avant de lui répondre.

— Oui, bien sûr. Merci, tante Virginia.

Je reprends mon ascension sans lui laisser le temps d'en dire plus.

Une fois dans ma chambre, où flambe un bon feu, je m'assois à ma table et je réfléchis à ce que je peux faire. J'observe le livre. Ce livre dont on ignore la provenance, l'origine, la naissance.

Un livre aussi vieux que le temps.

Les notes de James dépassent derrière le papier fin de la prophétie. Tout ce qui reste du « Livre du Chaos ». Je veux résoudre cette énigme seule, sans impliquer personne d'autre, mais je suis dans une impasse, ces mots échappent à mon entendement.

Il faut parfois demander de l'aide, même si on n'en a nulle envie.

Je sors une plume et un encrier du tiroir. Prenant deux épaisses feuilles de papier, je commence à écrire.

Chère Miss Sorrensen,

Miss Lia Milthorpe vous demande de lui faire l'honneur de venir prendre le thé...

Une fois rédigées mes invitations à Luisa et à Sonia, désireuse d'échapper au livre pendant un petit moment, je descends pour proposer à Henry de jouer avec lui. Il a toujours les yeux assombris par la tristesse et, pour dire la vérité, je ne suis pas mécontente de me distraire des innombrables questions qui m'assaillent. De toute façon, elles m'attendront.

En longeant la serre pour me rendre au salon, j'aperçois une silhouette à l'intérieur. C'est Alice, assise avec Ari sur les genoux dans un grand fauteuil en osier près de la fenêtre.

S'il fait bien chaud dans le vestibule, il est évident que, dans la serre, l'air est glacé. Les vitres sont pleines de givre, mais Alice fixe les ténèbres, une couverture jetée sur les épaules, comme si elle se trouvait dans une pièce à peine plus fraîche que le salon. Elle caresse le chat d'un mouvement régulier, semblable à celui qu'elle avait pour me brosser les cheveux. Même de là où je me trouve, je vois qu'elle a les yeux dans le vide.

Au moment où je m'apprête à ouvrir la porte vitrée, quelque chose me retient. Ari gémit en tentant de fuir le giron d'Alice. Le fauteuil en osier me le cache un peu, et je penche la tête pour mieux le voir. Quand je trouve la bonne position pour distinguer clairement ce qu'Alice est en train de faire, j'en ai la chair de poule, tant je suis dégoûtée.

Elle maintient fermement le chat et ne le caresse plus comme tout à l'heure. Non. Elle a saisi une touffe de poils et elle la fait tourner entre ses doigts jusqu'à ce que le chat pousse un cri de douleur et se débatte pour lui échapper. Mais c'est surtout son visage qui est terrifiant. Il demeure impassible, avec une expression totalement figée, comme si elle était toujours en train d'observer le temps qu'il fait. Elle doit coincer le chat d'une poigne de fer. Il a beau se tortiller et s'arc-bouter, il ne parvient pas à s'enfuir.

J'aimerais pouvoir me précipiter pour intervenir, mais je suis dans un tel état de choc que je n'ai aucune idée du temps qui s'écoule avant que je passe à l'action. Quand je me décide à ouvrir la porte à la volée, elle lâche Ari sans que l'expression de son visage change. Il saute de ses genoux en s'ébrouant et file sans demander son reste, aussi vite que lorsqu'il était encore chaton.

— Oh, Lia. Qu'est-ce que tu fais là ?

Elle se tourne vers moi, mais elle ne paraît ni honteuse ni inquiète.

— Je venais voir si tu voulais jouer au crib[1] avec Henry et moi au salon.

J'ai la voix rauque et je dois m'éclaircir la gorge avant de continuer.

— Qu'est-ce que tu faisais ? je demande.

— Hmmm ?

Elle est replongée dans sa contemplation.

— Tout à l'heure. Avec Ari.

— Rien. Rien du tout, répond-elle avec un hochement de tête distrait.

J'envisage un instant d'insister, de l'obliger à avouer, mais à quoi bon ? Je l'ai vue. Je sais ce qu'elle a fait, quoi qu'elle puisse en dire.

Et même si elle n'a rien commis d'irréparable, ce que cela suggère me remplit d'effroi. Je n'ai jamais nié qu'Alice pouvait être indifférente… égoïste… et même méchante, mais il ne m'a encore jamais traversé l'esprit qu'elle puisse être vraiment cruelle.

---

1. Crib ou Cribbage ou Cribble : jeu de cartes inventé au XVIIe siècle par un chevalier anglais passionné par le jeu, sir John Suckling. On y joue avec 52 cartes normales *(Ndlt)*.

Chapitre 10

Henry et moi, nous enchaînons les parties de crib et demandons à la cuisinière de préparer du pop-corn et du chocolat, les deux péchés mignons de mon frère. Au fil des heures, nous passons aux échecs. Henry me bat sans arrêt parce que, pendant des années, il a étudié la stratégie efficace de papa. Nous rions tous les deux, mais ce n'est plus le rire spontané d'autrefois. Maintenant, il y a toujours un fond de chagrin mêlé à une peur qui n'appartient qu'à moi. J'essaie de m'immerger dans la simplicité de ces heures en compagnie de mon petit frère, mais c'est le visage vide d'Alice que je vois lorsque je contemple le feu en attendant que Henry déplace son pion.

— Lia ?

Sa voix interrompt le fil de mes pensées.

— Oui ? dis-je en levant les yeux de l'échiquier.

— Tu devrais faire attention.

Ces mots me font frissonner, mais je m'oblige à rire.

— Comment ça, Henry ?

Son regard se pose sur le feu avant de revenir à moi.

— Papa m'a souvent répété que les choses ne sont pas ce qu'elles paraissent être.

— Henry…

Je lui souris gentiment. Je n'ai nulle envie de le traiter avec condescendance alors qu'il met tant d'ardeur à me transmettre cet obscur message.

— Henry, à quoi fais-tu allusion ?

— Juste…

Il prend une profonde inspiration, comme s'il rassemblait son courage, mais finalement il laisse échapper un soupir résigné.

— Je ne sais pas exactement, Lia. Promets-moi simplement de faire attention, d'accord ? dit-il avec un sourire qui n'est que le fantôme de son sourire habituel.

Je hoche lentement la tête, cherchant toujours le sens de ses paroles.

— Bien sûr.

Nous jouons encore une vingtaine de minutes aux échecs, mais le cœur n'y est plus. Henry bâille quand nous rangeons finalement le jeu et que tante Virginia arrive pour l'aider à aller se coucher.

Il me souhaite bonne nuit ; ses yeux sont assombris par l'inquiétude et quelque chose que, malgré moi, je considère comme de la peur.

— Merci, Lia. Merci beaucoup.

— Il n'y a pas de quoi. À ta disposition pour te battre quand tu voudras…

Je le taquine pour tenter de le dérider. Je me penche et je pose un baiser sur sa joue lisse.

— Bonne nuit. Dors bien.

— Dors bien, Lia.

Tout en poussant son fauteuil, tante Virginia me sourit pour me remercier.

— Bonne nuit, tante Virginia.

La pièce tombe dans le silence après leur départ. M'approchant de la grande fenêtre, je contemple les ténèbres comme le faisait Alice, en me demandant ce qu'elle distinguait dans cette obscurité. Je scrute intensément le dehors et le seul bruit dans la pièce, c'est le crépitement du feu derrière moi. Mais je ne vois rien, absolument rien. Ni le ciel magnifique de mes rêves nocturnes ni les réponses dont j'ai tant besoin.

Je ne vois que la nuit noire.

***

Quand je monte enfin me coucher, j'entends qu'il y a quelqu'un dans la bibliothèque. Un bruit de pas traînants, de choses qu'on déplace. Je fais silencieusement demi-tour sur les marches recouvertes d'un tapis.

La porte est entrouverte et je vois Alice occupée à sortir des livres de leurs étagères. Je l'observe un instant : pourquoi suis-je inquiète alors que ces livres lui appartiennent tout autant qu'à moi ? Sans doute parce qu'elle ne s'est jamais intéressée aux collections de Papa et qu'il avait depuis belle lurette renoncé à lui faire partager sa passion des livres.

Elle sent ma présence, car elle se retourne avant que j'aie prononcé un mot. Le rouge lui monte aussitôt aux joues. Je ne me souviens pas de la dernière fois où j'ai vu Alice s'empourprer.

— Oh, Lia ! Qu'est-ce que tu fais là ?

Elle se redresse, lisse sa jupe et repousse une mèche de cheveux derrière son oreille.

— J'ai vu la porte ouverte. Qu'est-ce que tu cherches ?

Les traits de son visage se figent, comme étouffés sous une couverture.

— Quelque chose à lire dans mon lit. Ces derniers temps, je ne dors pas très bien, m'explique-t-elle.

— Oui, je vois ce que tu veux dire. Si tu veux un conseil, je suis à ta disposition, lui dis-je.

Elle me regarde, l'air impassible.

— Je n'hésiterai pas. Si je n'y arrive pas toute seule, évidemment.

Nous restons là, face à face. À l'évidence, elle n'a pas l'intention de s'en aller et moi, je n'ai aucun droit particulier sur cette pièce.

— Bonne nuit, Alice.

J'ai du mal à m'éloigner, mais je le fais tout de même et je la laisse dans l'atmosphère sacrée de cette bibliothèque que j'ai si souvent partagée avec mon père.

Je remonte l'escalier, un mélange de peur et de colère coulant dans mes veines. Je ne sais pas pourquoi il me faut impérativement soustraire le livre à Alice, mais brusquement je suis très heureuse de l'avoir caché au fond de l'armoire, dans ma chambre.

Chapitre 11

Deux jours plus tard, alors que je regarde par la grande fenêtre du salon, une voiture s'engage dans l'allée. En dépit de la raison exceptionnelle qui a motivé ce thé avec Luisa et Sonia, la perspective de leur compagnie me réjouit. L'enfant en moi a envie de dévaler les marches de pierre pour ouvrir leur portière à toute volée. Au lieu de cela, je m'oblige à me lever lentement en lissant les plis de ma jupe et à marcher avec componction jusqu'au vestibule. Tante Virginia lève les yeux de son ouvrage et pose son aiguille pour me rejoindre tandis que je descends l'escalier.

Je n'ai jamais invité personne pour le thé. La surprise de tante Virginia était bien compréhensible quand je lui ai fait part de mon désir de recevoir deux camarades de classe, mais elle n'a fait aucune objection. Après tout, Birchwood est ma demeure. Je n'ai pas cherché à révéler mes projets à Alice, mais il est difficile de croire qu'elle n'en sait rien, au vu de l'agitation qui règne. N'empêche, elle s'est esquivée et je lui en suis reconnaissante, qu'elle ait agi en toute ignorance ou délibérément.

La voiture s'arrête sur le gravier, là où nous l'attendons, tante Virginia et moi-même. Edmund ouvre la portière et tend le bras pour aider ses occupantes. Une main gantée se montre, je sais que c'est celle de Sonia. Une main aussi enfantine ne peut être que la sienne. Elle descend de la voiture, l'air hésitant.

— Sonia ! Je suis si contente que tu aies pu venir !

Je lui prends la main.

Elle sourit et son regard passe de tante Virginia à moi.

— Merci de m'avoir invitée.

L'expression de son visage est indéchiffrable, mais je vois avec quel soin elle choisit ses mots et je me rends compte qu'elle a peur de faire mauvaise impression.

Je la présente à tante Virginia, qui sourit avec chaleur.

— Je suis enchantée de faire votre connaissance, Miss Sorrensen.

Luisa ignore la main d'Edmund et bondit de la voiture en souplesse, avec un sourire radieux.

— Oh, Lia, merci de m'avoir invitée ! s'exclame-t-elle.

Elle m'enveloppe dans une brève étreinte, les joues couleur abricot mûr sur sa peau mate.

— Personne ne m'a jamais invitée pour le thé ! reprend-elle. Pas une seule fois depuis que je suis à Wycliffe ! Tu aurais dû voir la tête des autres filles quand l'invitation est arrivée !

Elle prend à peine le temps de respirer, et je pose la main sur son bras pour faire les présentations.

— Tante Virginia, Luisa Torelli. Luisa, Virginia Spencer.

— Je suis ravie de vous rencontrer, Miss Torelli.

Les yeux verts de tante Virginia pétillent.

— Merci ! Moi aussi je suis enchantée de vous rencontrer, Miss… euh, Mrs Spencer.

Je dissimule un sourire tandis que Luisa s'emmêle dans la situation de famille de ma tante.

— Vous aviez raison d'emblée, Miss Torelli. Je n'ai jamais été mariée.

— Oh, comme c'est audacieux de votre part, Miss Spencer, souffle Luisa. J'ai tant d'admiration pour les femmes indépendantes.

Je sais que je dois l'arrêter, sinon nous serons encore plantées là à l'heure du dîner, Luisa bavardant comme si nous avions tout notre temps.

— Si nous rentrions ? je propose. Le feu est allumé et la table est dressée.

Je prends le bras de Sonia d'un côté et celui de Luisa de l'autre. Nous allons d'abord profiter de notre thé. Ensuite, nous tenterons de trouver le fil sombre qui nous lie les unes aux autres.

***

— Je n'y crois pas.

Luisa en est presque muette. Presque, mais pas tout à fait.

— Et dire que pendant tout ce temps je croyais être la seule.

— Et moi de même, chuchote Sonia.

Elle ne parvient pas à détacher son regard de nos poignets, exposés sur les balles de foin sur lesquelles nous sommes assises. Les marques, ces trois marques, sont bien la preuve que, quelles que soient les forces à l'œuvre, elles nous concernent toutes les trois.

Je les ai amenées dans l'écurie pour que nous trouvions

un peu d'intimité, loin des regards indiscrets et des oreilles curieuses de la maison. Il est suffisamment tard pour que tous les palefreniers soient partis, et nous n'avons pour seule compagnie que le doux hennissement des chevaux et le parfum sucré du foin.

Je replie mon bras.

— C'est absolument indéniable, désormais. Quelle qu'en soit la signification, il va falloir la découvrir ensemble.

— Mais comment ? intervient Sonia en secouant la tête. Je t'ai dit tout ce que je sais, Lia. Je n'ai rien omis.

— Quoi ? Qu'est-ce que tu sais ? réplique Luisa en nous dévisageant, les yeux plissés.

Je soupire et je m'approche d'un sac en cuir souple pendu au mur de l'écurie. Je fourre ma main à l'intérieur et j'en sors une poignée d'avoine sèche et craquante. Je me dirige vers la première stalle.

— Sonia m'a raconté une histoire, plutôt une légende, dans laquelle il y a deux sœurs jumelles et des anges qui…

Luisa se dirige à son tour vers la musette.

— L'histoire de Maari et Katla ? Des Guetteurs ?

Elle pose la question comme si c'était la plus évidente du monde.

Dans mon étonnement, j'en oublie le cheval noir devant moi. Il me pousse l'épaule de son museau et j'ouvre ma main sans faire attention.

— Tu la connais ?

— Ma grand-mère me la racontait quand j'étais petite, répond-elle avec un haussement d'épaules. Mais quel rapport avec nous ? Avec la marque ?

Elle s'avance vers une stalle et plonge la main dans l'ouverture sans hésitation.

Je m'essuie sur ma jupe, puis je fouille dans ma bourse et j'en sors le livre sous le regard intéressé de Luisa. Sonia n'a fait aucun geste vers les chevaux, elle est restée sur la balle de foin comme s'il n'était pas question qu'elle nourrisse ces grosses bêtes. Je m'assieds à côté d'elle et je pose le livre sur mes genoux, les mains dessus. Ce n'est pas encore le moment. D'abord, il faut que nous démarrions du même point.

— Dis-nous ce que tu sais des Sœurs, je demande à Luisa.

Elle me jette un regard interrogateur. Et puis elle se met à parler. Au début, son débit est haché mais, petit à petit, elle se lance dans les détails tandis que toute l'histoire remonte des brumes de l'enfance. Quand elle se tait enfin, nous restons silencieuses.

Je passe mes doigts sur la couverture du livre, les paroles de Luisa résonnant encore à mes oreilles. Des paroles identiques à celles que Sonia a prononcées sur la colline, au-dessus du lac. Identiques à celles que James a traduites dans le livre.

— Je pensais que seuls des gens dans mon genre – voyantes, bohémiennes, tout ça – connaissaient la prophétie, déclare Sonia en secouant la tête.

Luisa hausse les épaules avec un petit sourire triste, puis elle frotte ses mains gantées l'une contre l'autre pour se débarrasser des restes d'avoine.

— Ma mère était anglaise. À en croire les rumeurs, elle descendait d'une longue lignée de païens. Des bêtises, tout cela, j'en suis sûre, mais l'histoire de ma grand-mère en vient tout droit.

Sonia observe le livre avec passion.

— Tu vas nous dire de quoi il s'agit, Lia ?

— Mon père était collectionneur. Il aimait les ouvrages rares, dis-je en leur tendant le livre. Après sa mort, on a trouvé celui-ci caché derrière un panneau secret dans la bibliothèque.

Luisa nous rejoint en quelques pas rapides, prend le livre et se laisse tomber à côté de nous dans le foin. Elle l'ouvre avec précaution, mais elle le referme brutalement.

— Je ne peux pas lire, Lia. C'est en latin ! Après toutes ces années, je suis à peine capable de parler ma langue maternelle, l'italien. Comment savons-nous que ce livre a un rapport avec la marque si nous sommes incapables de le déchiffrer ?

Sonia s'empare du livre avant que je n'aie eu le temps de répondre. Elle l'examine de plus près, mais, après l'avoir ouvert, elle le referme aussi vite que l'a fait Luisa. Puis elle hausse les épaules et me regarde.

— Je crains de ne pas pouvoir comprendre le latin, moi non plus, Lia.

Je sors les notes de James de mon sac en soie.

— Je ne suis guère plus compétente que vous, mais il se trouve que j'ai dans mes relations quelqu'un qui maîtrise assez bien cette langue.

Je leur passe la traduction en leur laissant le temps de la lire, de se l'échanger, de méditer les mots écrits par la main soigneuse de James.

Lorsqu'elle a terminé sa lecture, Sonia pose le papier sur ses genoux, le visage sans expression. Luisa mordille sa lèvre inférieure avant de tirer sur un morceau de paille. Elle se lève et marche de long en large, ses pas résonnant dans l'écurie.

— D'accord, déclare-t-elle. Mettons tout cela à plat, d'accord ? Si la légende est vraie, si la marque a un lien avec elle et si Alice et toi êtes sœurs…

— Cela fait beaucoup de si, Luisa.

Je ne veux pas la contredire. J'ai déjà moi-même songé

à tout cela. Pourtant, il paraît important de faire entendre la voix de la raison, même si cette raison m'échappe de plus en plus.

— Peut-être, acquiesce Luisa avec un hochement de tête. Mais, si on rassemble tous les éléments, le livre, la légende, Alice et toi, la marque… Eh bien, la ressemblance déterminante entre la prophétie et ce qui nous concerne, c'est Alice et toi, Lia. Vous êtes jumelles. Il ne peut s'agir d'une simple coïncidence.

Elle cesse d'arpenter l'écurie et hausse les épaules.

— Bon, ça pourrait en être une, mais décidons pour l'instant que ce n'est pas le cas, d'accord ? Voyons où cela nous entraîne.

J'approuve d'un mouvement de tête, soulagée que quelqu'un d'autre accepte d'endosser le fardeau de la prophétie pendant un moment.

— Très bien, affirme-t-elle en reprenant ses déambulations. Tu es la Gardienne et ta sœur la Porte. Ça fonctionne. Ta marque est différente et tu as déjà dit qu'Alice n'en avait aucune. En outre, soyons franches, il est difficile de l'imaginer en gardienne d'autre chose que de ses propres intérêts.

Luisa m'adresse un sourire gêné.

— Sans vouloir t'offenser, ajoute-t-elle.

Jadis, j'aurais pris la mouche. J'aurais soutenu ma sœur. Mais je ne puis réfuter cette facette d'Alice et, soudain, il me semble plus important de déchiffrer la prophétie que de me montrer loyale à l'égard d'une sœur qui me paraît de plus en plus étrange.

— Ne t'inquiète pas.

— Bien, dit Luisa, rassurée. Il s'agit donc de toi. Tu dois être la Gardienne. Et, si tu es la Gardienne, Alice est la Porte.

Je hoche la tête, surprise et contente de l'entendre énoncer les choses si simplement. Heureuse que Luisa accepte avec autant de facilité ce que la logique me refusait avec obstination.

— Oui. Du moins, c'est ce que je crois. Mais comment allons-nous débrouiller le reste ?

Tombées des cieux, les Âmes seront perdues
Tant que les sœurs continueront le combat
Jusqu'à ce que les Portes exigent leur retour,
Ou que l'Ange offre les Clés des Abysses.

La voix de Sonia résonne dans l'écurie qui s'assombrit.

— C'est ce qui vient ensuite dans la prophétie. Après les sœurs. C'est peut-être notre prochain indice.

Luisa s'appuie contre le mur, les bras croisés.

— Je crois que tu as raison, Sonia. Nous devons identifier l'Ange et trouver les Clés. Peut-être nous permettront-elles de comprendre le reste.

— Oui, sauf si…

Sonia baisse la voix en se mordant la lèvre.

— Sauf si quoi ? s'enquiert Luisa.

Sonia scrute les recoins sombres de l'écurie.

— Et si Alice les trouve la première ? Si on estime qu'elles résolvent l'énigme de la prophétie, ne va-t-elle pas les chercher partout avec autant d'ardeur que nous ?

En entendant Sonia parler d'Alice, je me sens soudain oppressée. Je ne puis dire à voix haute ce que je ressens – l'étrange comportement d'Alice m'a amenée à craindre ma propre sœur. J'ai peur non seulement qu'elle trouve les Clés avant nous, mais aussi de ce qu'elle peut faire d'ici là.

Je repousse vigoureusement ces idées.

— J'ai le livre. Sans lui, Alice ignore peut-être l'ampleur de cette prophétie. Elle a peut-être une vision tout aussi confuse de son rôle que moi du mien. Je peux lui cacher l'existence du livre, cela nous laissera le temps de trouver les Clés et de comprendre leur mode d'emploi.

— Peut-être, acquiesce pensivement Sonia.

Un silence lourd de secrets partagés emplit l'écurie. Je pense aux nombreuses questions qui nous attendent, à l'impossibilité presque évidente de trouver les réponses, et une idée toute nouvelle me vient à l'esprit.

— Luisa ?

Adossée contre le mur, elle mâchonne l'extrémité du brin de paille qu'elle tripotait entre ses doigts.

— Hmmm ?

— Toi aussi, tu voyages ? La nuit, je veux dire. Tu fais ces bizarres rêves de voyage ?

Elle hésite et danse nerveusement d'un pied sur l'autre.

— Eh bien, tout le monde rêve, Lia...

Sonia se lève pour examiner les selles et les brides alignées sur les murs.

— Inutile d'avoir peur, Luisa. Je voyage depuis des années. Lia vient juste de commencer. Il serait normal que tu possèdes également ce don, étant donné que nous avons toutes cette même marque.

— Mais ce ne sont que des rêves ! se défend Luisa. Que des rêves étranges au cours desquels je vole. Beaucoup de gens volent dans leurs rêves, c'est évident !

Les mots se pressent sur ses lèvres, comme si elle souhaitait les prononcer depuis très très longtemps.

Sonia sourit. Un sourire que j'identifie déjà comme celui qu'elle fait lorsqu'elle s'apprête à dire quelque chose qui sera difficile à accepter.

— À dire vrai, l'âme peut voyager sans le corps ; ce n'est pas si difficile à expliquer, pas plus qu'il n'est difficile de s'y habituer une fois qu'on a compris ce dont il s'agit.

***

Sous le choc, Luisa s'adosse à une des stalles, pâle comme un linge. Elle a dépassé le stade des protestations et du déni, car Sonia a trop précisément décrit, avec tous les détails, la sensation de voyage. Voyage dont nous avons toutes les trois l'expérience et qu'il nous faut dorénavant accepter comme partie intégrante de la prophétie et de sa marque.

Luisa se redresse, l'air effrayé.

— Je ne veux plus de ces voyages ! Ce doit être dangereux – voler partout sans son corps ! Imaginez que quelqu'un tombe sur nous par hasard pendant que nous voyageons. On nous croira mortes !

J'échange un regard avec Sonia ; je sais qu'elle pense à notre conversation sur la colline. Au Néant. Elle hoche la tête de façon presque imperceptible, mais j'ai compris : il ne faut faire aucune allusion au Néant devant Luisa. Elle est déjà bien assez terrifiée comme cela.

Sonia lui sourit gentiment.

— C'est peu probable, car l'âme et le corps auquel elle appartient sont intimement liés. Tu n'as aucune raison de penser que tu cours un quelconque danger, Luisa.

J'entends les mots que Sonia n'a pas prononcés : « C'est après Lia qu'ils en ont. »

Luisa se frotte les bras comme si elle sentait seulement maintenant le froid qui s'est insinué dans le bâtiment sombre. Ce geste semble l'arracher à une profonde rêverie et, brusquement, elle se redresse.

— Seigneur ! La nuit tombe. Il doit être tard ! Miss Gray va être en colère.

— Tante Virginia écrira une lettre d'excuses dans laquelle elle expliquera que c'est à cause de nous si tu es en retard, dis-je en me dirigeant vers la porte. Miss Gray ne peut pas être en colère contre tante Virginia, tu sais.

Fermant la porte de l'écurie derrière nous, je croise les bras sur ma poitrine dans un vain effort pour conserver un peu de chaleur. Au milieu des chevaux, dans ce calme, il était facile de perdre la notion du temps, mais je me rends compte qu'effectivement, la nuit est tombée. Les lampes sont déjà allumées dans la maison, et nous nous dirigeons vers cette lumière accueillante.

Nous nous arrêtons dans le patio, près de la serre. Sans nous être concertées, nous pensons toutes les trois la même chose : tout ce qui est vraiment important doit être dit avant que nous rentrions dans la maison.

— Qu'allons-nous faire, Lia ? demande Sonia d'une voix où perce le désespoir. Il faut trouver les Clés, et le livre demeure toujours aussi obscur.

— Je vais chercher un moyen pour que nous nous rencontrions à nouveau toutes les trois, dis-je en touchant le bras de chacune. Pour l'instant, ne parlons à personne du livre, de la prophétie, de la marque… de tout cela. Même si rien ne nous oblige à garder l'histoire secrète, je suis persuadée que c'est ce qu'il faut faire.

— Il y a déjà une bonne raison pour ne rien raconter ! rétorque Luisa. On nous prendrait pour des folles, voilà la raison !

Je ne puis m'empêcher de rire et je les serre contre mon cœur l'une après l'autre.

— Soyez prudentes. Je regrette de vous avoir entraînées dans cette terrifiante aventure.

— Lia, notre implication dans la prophétie date de fort longtemps, répond Sonia en souriant. Tu n'es pas plus responsable de cette situation que nous ne le sommes. Quoi qu'il arrive, nous ferons face ensemble.

***

Enlever ma robe et enfiler ma chemise de nuit douillette, c'est comme abandonner une vieille peau ; je pousse un soupir d'aise en défaisant mes épingles à cheveux.

Puis je m'assieds à ma table et je commence par le commencement : je relis la prophétie, sans m'attarder sur le passage à propos de la Gardienne et de la Porte, que je connais déjà et que j'ai compris.

J'ai beau relire encore et encore, je n'arrive à rien. Aucune signification n'apparaît en dépit de mes efforts. Les notes de James sont étalées sur la table, mélangées à mes propres papiers. J'en fais une pile bien nette, histoire de m'occuper les mains. J'ai soudain l'étrange envie de courir dans les champs en criant pour laisser sortir ma frustration et ma colère devant ce qui échappe à ma compréhension.

Je prends le livre, prête à le fermer pour la nuit, prête à tomber sans me battre dans les rêves qui m'attendent, lorsque je sens, à l'intérieur de la couverture, le papier de la page de garde se soulever à l'angle. Je le lisse du bout des doigts, une vieille habitude héritée de Papa, en songeant qu'il faudra le faire recoller pour que le livre ne s'abîme pas davantage.

Mais l'angle refuse de se laisser lisser. Plus j'appuie, plus il se décolle, comme si quelque chose poussait de l'intérieur, décidé à sortir.

En passant la paume de la main à plat, il devient évident qu'il y a quelque chose. Quelque chose qui ne devrait pas y être. Je ne prends pas la peine de réfléchir et, pourtant, déchirer la reliure d'un livre aussi ancien pourrait me valoir un exil à vie de la bibliothèque si Papa était encore de ce monde. Je tire aussi doucement que possible, et je suis étonnée de voir à quel point le papier se décolle facilement. Je suis encore plus surprise quand je vois ce qui m'attendait, dissimulé à l'intérieur du livre.

Je soulève la reliure et je récupère avec maintes précautions un paquet de feuilles pliées. Ce n'est pas du papier ordinaire. Pas de ce papier à lettres épais, luxueux qu'on utilise pour les invitations convoitées et les messages prétentieux qu'affectionne la haute société. Celui-ci est fin comme une pelure d'oignon, comme les pages d'une bible. Je déplie chaque feuille une par une et, lorsque j'ai terminé, les dessins que j'y vois me coupent le souffle.

Le premier représente un serpent qui se mord la queue. Au-dessous est écrit le mot « Jorgumand ».

Après, c'est un dessin légendé « Les Âmes perdues » : une armée de démons à califourchon sur des chevaux blancs brandissent au-dessus de leurs têtes des épées dégoulinantes de sang. Celui-là m'effraie, mais pas autant que le suivant : un serpent qui se mord la queue, avec un C au centre du cercle.

Je le sors très lentement de la pile. Quand enfin je le vois entier, je reste à le contempler, le cœur battant la chamade.

Il n'y a pas à s'y tromper. Un dessin aussi familier pour moi que la marque sur mon poignet. Le disque doré pend au centre, le ruban s'enroule autour. Le voir ainsi représenté en détail m'emplit non de peur – comme je m'y attendais – mais d'un désir infiniment plus inquiétant.

En revanche, les mots écrits sous l'illustration me donnent aussitôt la chair de poule.

« Médaillon du Chaos, marque de l'authentique Porte. »

Chapitre 12

Je secoue la tête dans la chambre vide. Je regarde mon poignet, puis le médaillon posé à côté du livre. C'est le même.

Le même. Le même. Le même.

« Médaillon du Chaos, marque de l'authentique Porte. »

C'est impossible. La logique s'y oppose. La Porte, c'est Alice. Je le sais. C'est forcément elle.

Mais, au fond de moi, je sais que ce n'est pas vrai. Face à l'appel silencieux du médaillon et des Âmes menaçantes, un désir inconnu me submerge. C'est à la fois terrifiant et réconfortant.

En tout cas, c'est une réalité indéniable.

Le médaillon est la marque de la Porte. L'« authentique Porte », même si j'ignore ce que cela signifie. Il s'adapte parfaitement à mon poignet. Il m'a été donné. Il correspond à ma marque, qui est différente de toutes les autres. Cela signifie seulement que, pendant tout ce temps, je me suis trompée.

Mais je suis lasse du livre et de ses secrets. Le moment est venu d'aller voir l'autre Sœur.

***

J'attends que la maison soit plongée dans le silence, que les pas des domestiques aient cessé d'arpenter les planchers. Puis je veille encore. Lorsque je suis sûre qu'il n'y a plus personne debout, j'ouvre ma porte et je descends dans le vestibule, pieds nus. Quand la maison est si tranquille, même les chaussons font du bruit.

Je frappe doucement à la porte de la chambre de tante Virginia. Aucune réaction. La maison continue son voyage silencieux vers le matin. Je lève la main, prête à frapper de nouveau. La porte s'ouvre et tante Virginia apparaît devant moi, comme si elle savait qui la demandait.

— Entre, Lia, chuchote-t-elle d'un ton impératif. Vite.

Elle me saisit le bras, m'attire dans sa chambre chauffée et referme la porte.

— Je suis désolée. Je… je ne pensais pas que tu m'attendais.

Elle me précède dans la pièce, apporte une chaise près du feu et me fait signe de m'asseoir en face d'elle.

— Bien au contraire, Lia. Voilà déjà quelque temps que je t'attends.

Je m'installe dans la chaise à haut dossier et j'examine ma tante à la dérobée. Elle paraît différente, avec ses longs cheveux répandus sur sa chemise de nuit au lieu d'être serrés sur sa nuque en un chignon sévère. Maintenant que je suis là, je ne sais plus très bien par où commencer. J'apprécie que tante Virginia prenne l'initiative.

— Alors, as-tu trouvé le livre ?

Je hoche la tête, fixant mes mains pour éviter de croiser son regard.

— Bien, dit-elle avec un sourire triste. Il voulait que tu le trouves, tu sais.

— Papa ? je demande en relevant la tête.

— Oui, bien sûr. Tu ne crois pas qu'il a été découvert par hasard, tout de même ? Que les Douglas ne sont ici que pour dresser le catalogue des collections ?

— Je… je ne sais plus du tout quoi penser.

— Eh bien, commençons par le commencement, d'accord ?

Elle parle d'une voix triste, et je pense qu'elle ne sait pas plus que moi comment faire.

Mais il faut bien commencer quelque part. Après tout, comment parvenir à la fin si on n'a pas le début ?

— Oui. Allons-y.

Elle me dévisage en silence, attendant que je me lance. À l'évidence, je suis censée révéler mes secrets la première. Et qu'y a-t-il d'autre à faire ? La prophétie et la place que j'y occupe tourbillonnent dans un nuage de confusion. Sans aide, il me sera impossible d'aller de l'avant.

Je lui raconte donc ce que je sais, ce que je crois savoir, répétant mes conversations avec Sonia, mes interprétations du livre. Elle ne m'interrompt pas une seule fois.

— Miss Sorrensen a raison, dit-elle quand j'ai terminé. La prophétie existe depuis toujours, depuis des années, depuis des siècles. Nous ne sommes qu'un maillon de la chaîne.

— J'ai cru…

Ma gorge se serre, les mots se bloquent, je tousse pour pouvoir continuer.

— Au début, j'ai cru que j'étais la Gardienne.

Elle détourne les yeux pour contempler le feu.

— Oui, murmure-t-elle. Je vois pourquoi tu aurais pu l'être.

La facilité avec laquelle elle accepte mon hypothèse m'oppresse tant que j'en ai le souffle coupé.

— Alors, c'est vrai !

C'est douloureux, même si je suis déjà arrivée à cette conclusion.

Elle acquiesce de façon presque imperceptible, comme pour rendre cette affirmation un peu moins terrible.

La colère qui m'envahit alors me surprend. Je me lève et j'arpente nerveusement la chambre tant j'ai peur de sortir de mes gonds si je ne bouge pas.

— Mais pourquoi ? Pourquoi est-ce obligatoire que ce soit moi ?

Elle soupire, et une lourde vague de tristesse s'échappe dans ce souffle.

— Parce que tu es la plus âgée, Lia. C'est toujours la plus âgée.

Je m'immobilise, sidérée. C'est donc ça ? Si je suis l'esclave de cette prophétie, c'est pour une raison aussi simple, aussi aléatoire que l'ordre dans lequel nous sommes sorties du ventre de notre mère ?

— Mais je n'ai rien demandé. Je ne veux pas de cela. Comment cela peut-il m'arriver si je ne l'accepte pas ?

Elle se pince les lèvres du bout des doigts.

— C'est une erreur, sans doute.

— Comment… Mais comment ça ?

Je me rassois à côté de Virginia.

Elle se penche en avant et me regarde droit dans les yeux.

— Ta mère a eu un accouchement très difficile. Elle a dû rester alitée pendant presque toute la grossesse et, à la fin…

Elle fixe à nouveau le feu et son regard se perd dans le vague.

— À la fin, quoi ?

— À la fin, Alice aurait dû naître la première. Elle avait la tête en bas, elle était prête à sortir, alors que toi tu avais les pieds en bas et la tête en haut. C'est assez fréquent chez les jumeaux, d'après le médecin. En d'autres circonstances, cela n'aurait sans doute pas eu d'importance. Mais ta mère… elle n'arrivait pas à accoucher d'Alice. Les douleurs étaient abominables, Lia, à tel point que j'ai cru qu'elle allait en mourir.

— Mais ça n'a pas été le cas.

— Non, pourtant j'imagine qu'il y a encore peu de temps, une mère serait morte lors d'un tel accouchement. Mais ton père était un homme riche qui voulait le meilleur pour son épouse et ses enfants à naître. Le médecin qui suivait ta mère, qui vous a mises au monde, Alice et toi, pratiquait des techniques considérées à l'époque et encore aujourd'hui comme dangereuses, dont l'accouchement par césarienne.

— De quoi s'agit-il ?

Son regard croise le mien.

— Il lui a ouvert le ventre, Lia. Il l'a endormie et il lui a ouvert le ventre. C'était le seul moyen pour vous sauver la vie, à toutes les trois. Au lieu de commencer par sortir Alice, c'est toi qu'il a attrapée. Alice était plus près de la sortie par les voies naturelles, mais toi tu étais plus près de l'incision faite par le médecin. Il n'était donc pas prévu que tu sois l'aînée.

— Mais comment le sais-tu ? Comment sais-tu tout cela ?

— Je ne savais rien. Nous ne savions rien, répond-elle. Lorsque ta mère s'est réveillée, nous avons dit une prière de reconnaissance parce qu'elle avait survécu ainsi qu'Alice et toi, et on n'en a plus jamais reparlé. Ce n'est qu'après avoir commencé à soupçonner que tu étais peut-être la Porte que je me suis dit que l'intervention du médecin dans ta naissance avait sans doute eu des conséquences.

— Mais, même ainsi… Comment sais-tu que ce n'est pas exactement comme c'était censé être d'emblée ?

— Parce que je vois quelque chose dans les yeux d'Alice, Lia. Et, quand elle te regarde, cela me fait peur.

Elle jette un œil autour d'elle, comme si quelqu'un avait pu s'introduire en silence dans la pièce.

— Je vois sa colère, son désir et ses besoins. Chez toi…

— Chez moi, quoi ?

Elle hausse les épaules.

— Chez toi, je vois autre chose, quelque chose… d'authentique qui existe depuis que tu es une toute petite fille.

Les flammes ont diminué dans la cheminée et le froid revenu donne à la chambre une atmosphère lugubre ; on dirait qu'elle est vide, morte. Un long moment s'écoule avant que le regard de tante Virginia se pose sur ma main.

— Puis-je la voir ? demande-t-elle doucement, comme s'il s'agissait de lui montrer quelque chose de beaucoup plus intime que mon poignet.

Je le tends vers elle. Ses mains sont chaudes et sèches sur la peau tendre de mon bras quand elle repousse la manche de ma chemise de nuit.

— Oh ! dit-elle d'une voix surprise. Elle est… elle est différente.

— Comment cela ?

— Je n'en ai jamais vue de telle, dit-elle en suivant le contour de la marque du bout du doigt.

— Les Portes… Eh bien, reprend-elle, elles ont toujours

la marque du Jorgumand. Mais je n'en ai jamais vu avec ce C.

Puisque nous discutons de la marque, je me rends soudain compte que je ne lui ai pas encore parlé de Sonia et de Luisa.

— Il y a encore autre chose…

— Quoi donc ?

— Sonia et Luisa ont elles aussi une marque, sauf qu'elle est exactement telle que tu la décris. Les leurs n'ont pas de C, contrairement à la mienne. À ton avis, qu'est-ce que cela signifie ?

— Je l'ignore, répond-elle, mais je me demande si cela a un rapport avec les autres…

— Quels autres ? dis-je en me redressant soudain sur mon siège.

— Les autres enfants qui ont une marque. Ceux que ton père recherchait et qu'il a amenés à New York.

J'ai l'impression que mon cœur s'arrête de battre et je me sens assaillie par une intuition.

— Je crois qu'il vaudrait mieux que tu me racontes tout.

— Cela a commencé après la mort de ta mère, m'explique-t-elle. Ton père s'est mis à passer des heures et des heures dans la bibliothèque.

Ses yeux brillent tandis que les souvenirs remontent.

— Il a toujours adoré la bibliothèque, bien sûr, mais là… Eh bien, c'est devenu son refuge. Nous ne le voyions que rarement et, très vite, il a reçu des lettres étranges et il s'est mis à entreprendre de longs voyages.

— Quel est le rapport avec les autres ?

— Il travaillait à partir d'une liste. Une liste de noms et d'endroits.

— Je ne comprends pas, dis-je en secouant la tête. À quoi pouvait bien lui servir cette liste ?

— Je l'ignore. Il ne me racontait rien. Mais il a ramené deux personnes ici.

— Qui ? Qui a-t-il ramené ici ?

— Des filles. Deux. L'une d'Angleterre, l'autre d'Italie. Mais il n'a jamais voulu me dire pourquoi.

Je range cette information dans un coin de ma cervelle. J'y réfléchirai plus tard. Tante Virginia se lève et tente de ranimer le feu tandis que je contemple les braises en essayant d'articuler les éléments que nous avons évoqués. Avec tout ce que j'ai appris, le mystère ne fait que s'épaissir.

Il y a cependant une question qui peut être résolue tout de suite.

— Puis-je voir, tante Virginia ?

Elle se retourne. Elle sait ce dont je parle. Elle se rassoit et me tend sa main sans prononcer un mot. Lorsque je relève la manche de sa chemise de nuit, je ne vois que la peau pâle et lisse de son élégant poignet. Elle n'a pas la moindre marque.

— C'est bien ce que je pensais…

Ma voix sonne faux dans la pièce silencieuse. Je ne la reconnais pas.

— Lia. Je suis désolée. Je n'ai jamais souhaité que tu apprennes tout cela.

Elle est vraiment désolée. Je le vois dans les plis d'inquiétude autour de ses yeux, dans ses lèvres crispées. J'essaie de lui sourire, mais j'ai le visage en bois.

— Tout va bien, tante Virginia. Je crois que je le savais. Depuis toujours.

Maintenant, au moins, je sais que je n'ai rien à craindre de ma tante. Je ne puis me résoudre à en tirer les conclusions qui s'imposent en ce qui concerne ma mère. Je préfère me concentrer sur ce que je peux encore changer.

— Où sont les Clés, tante Virginia ?

— Quelles clés ?

Je l'observe attentivement, mais je ne discerne nulle fourberie sur ses traits. Nul secret.

— Les Clés dont parle la prophétie. Dans le livre. Les Clés sur lesquelles la prophétie s'achève.

Elle secoue la tête.

— Je te l'ai dit : ton père était très réservé. Je crains de n'avoir jamais vu le livre.

— Mais comment as-tu assumé ton rôle de Gardienne si tu ne connaissais pas la prophétie ?

— Ma tante Abigail était, elle aussi, Gardienne et c'est elle qui m'a initiée.

Elle baisse les yeux vers ses mains croisées avant de me regarder à nouveau.

— Et maintenant, reprend-elle, c'est à moi d'initier Alice à son rôle de Gardienne. J'aurais déjà dû le faire, pour être franche. Mais je dois avouer que je n'ai rien tenté du tout.

— Pourquoi ?

— J'aimerais te répondre que je l'ignore, mais ce serait un mensonge, répond-elle en soupirant. J'ai espéré que je me trompais – que tu étais la Gardienne et Alice la Porte, parce que je ne me vois pas plus initier Alice que je ne la vois remplir ce rôle.

— Mais, si tu l'inities… Si tu lui apprends à être une bonne Gardienne…

Elle ne me laisse pas terminer.

— Il y a une chose que tu dois comprendre, Lia ; parmi les différents acteurs de cette prophétie, tous ne disposent pas des mêmes forces. La compétence d'une Gardienne réside autant dans son désir d'assumer ce rôle que dans son pouvoir inné. La plupart souhaitent accomplir cette tâche qui est la leur, mais ce n'est pas le cas pour toutes. Là encore, il y en a qui naissent avec une force extraordinaire et d'autres… Je crains de faire moi-même partie de celles qui ne sont guère puissantes. Ta mère l'était bien plus que moi. Elle était capable de jeter des sorts, alors que moi je ne pouvais guère espérer aller au-delà du voyage dans l'Espace.

Je commence à comprendre, mais je n'aime guère l'endroit où me mène ce cheminement.

— La Gardienne n'a aucune garantie de pouvoir empêcher les Âmes d'entrer ?

— La tâche d'Alice serait déjà assez lourde si elle avait envie de l'assumer, mais elle deviendra impossible si elle ne souhaite pas jouer le rôle qui lui revient. La Gardienne n'est là que pour surveiller… Une sentinelle, si tu veux. Son devoir, c'est de surveiller sa sœur la Porte, d'utiliser toutes les forces disponibles pour empêcher les Âmes de pénétrer dans notre Univers et de supplier la Porte de se battre contre ce rôle qui est le sien. Mais ce n'est pas infaillible. Les Âmes ont réussi à se faufiler, par centaines, peut-être par milliers, au cours des siècles passés. Personne ne sait avec certitude combien se sont rassemblées pour attendre Samaël, mais nous faisons de notre mieux pour limiter leur nombre. Si la Ruine des Dieux doit se produire, nous avons tout intérêt à nous assurer que Samaël se bat avec le moins d'Âmes possible. C'est tout ce que nous pouvons faire, conclut-elle avec un haussement d'épaules.

Je ne sais pas exactement ce que j'attendais. En tout cas pas cela. J'espérais sans doute une réponse définitive… des informations que tante Virginia aurait eues en sa possession et qui m'auraient permis de combattre les Âmes et de trouver les Clés.

Mais ce ne sera pas si simple. Cette prophétie, qui oriente ma vie dans une direction toujours plus funeste, ne connaîtra pas un dénouement rapide et évident.

***

Ma chambre est froide, le feu n'est plus qu'une pâle lueur orangée. Je n'ai aucune idée de l'heure qu'il est ; sûrement suffisamment tard pour que j'aie envie de dormir. Mais je ne puis cesser de réfléchir, je ne puis arrêter de mouliner tout ce que je viens d'apprendre. Je laisse mon esprit vagabonder dans l'obscurité.

Je ne suis pas la Gardienne, je suis la Porte. Hasard ou destin, il me faut l'accepter si je veux trouver le moyen d'échapper à ce lugubre avenir.

Si je suis la Porte, Alice est la Gardienne.

Je secoue la tête et en dépit de ma solitude, j'ai envie de protester, de crier : « C'est impossible ! »

Pourtant, c'est bien ainsi.

Et, si je suis la Porte, ne devrais-je pas redouter de trouver les Clés avant Alice ? C'est peut-être moi qui risque d'en faire mauvais usage.

Je repousse ces idées. Je connais mes intentions et, même s'il est vrai que j'ai ressenti cette bizarre affinité avec les voyages dans l'Espace, avec le médaillon qui est venu jusqu'à moi, il est également vrai que je ne cherche nullement à nuire. Jamais. J'en suis aussi certaine que je suis en vie.

De façon tout aussi catégorique, je sais qu'Alice ne cherche nullement à faire le bien, en dépit de ce que la prophétie nous assigne. En dépit des noms qu'elle nous attribue.

J'ai l'impression d'être au bord du désespoir, comme si je cherchais à me rassurer avec des fausses vérités et des arguments fallacieux. Mais beaucoup trop de choses échappent encore à mon entendement. La prophétie est trop longue, trop tortueuse, pour s'en tenir là. Je vais plutôt continuer avec ce que j'ai déjà débrouillé.

Mon père s'est mis en quête d'une chose après la mort de ma mère, une chose liée à une liste d'enfants. D'enfants qu'il a ramenés ici.

Une d'Angleterre, une d'Italie.

Sonia et Luisa.

Je n'ai aucune preuve. Je n'ai jamais demandé dans quelles circonstances Sonia était venue vivre avec Mrs Millburn. Le temps a manqué. Mais je suis prête à parier que Sonia vient d'Angleterre.

Pourquoi Papa les aurait-il ramenées ici ? Pourquoi me les aurait-il amenées à moi, car c'est bien ainsi que je le ressens. S'il leur a fait faire tout ce trajet pour moi, j'ignore totalement à quelle fin.

Le sommeil se décide finalement à venir. Je tends le bras pour éteindre la lampe, mais je n'achève pas mon geste. Je *sens* le médaillon dans le tiroir de ma table de chevet. Je le sens battre comme quelque chose de vivant ; un signal silencieux mais impératif, destiné à moi seule. Une partie de moi croit que le médaillon est mien, qu'il est lié à mon poignet. L'autre partie, celle qui raisonne, considère qu'il n'est pas sage de le porter tant que je ne sais pas en quoi consiste mon rôle.

Je suis surprise de la volonté que je dois mobiliser pour ne pas le prendre. J'éteins la lumière et, brutalement, ma décision d'attendre est dépassée par mon désir, mon besoin presque, de le porter et de sentir sa caresse sur la peau chaude de mon poignet. Étrangement, j'ai comme oublié la raison pour laquelle je dois le laisser où il est.

Et puis, du fond de mon esprit, je trouve la force de me détourner. Je m'enfouis sous mes couvertures et je m'oblige à m'endormir.

Je ne cesse de rêver. Je suis à la fois dans ces rêves et au-dessus, à les regarder se dérouler. À certains moments, j'ai conscience de voler. Mais, à d'autres, je sais, même dans cet état d'endormissement, qu'il s'agit d'un rêve.

Il y a des visions éclairs : la tombe de ma mère avec les ténèbres qui sourdent de terre ; la falaise du haut de laquelle elle est tombée ; mon père et son expression torturée, terrifiée, lorsqu'on l'a découvert dans la Chambre sombre. Dans mon rêve, je suis poursuivie par les énormes démons ailés, mais cette fois, l'armée est conduite par une créature encore plus effrayante. Son cœur bat à l'unisson du mien, bloquant toute pensée rationnelle tandis qu'elle approche dans un bruit de tonnerre ; le tonnerre de milliers de sabots.

Plus fort, plus fort, plus fort.

Et puis je tombe, je tombe dans le vide, dans l'infini des ténèbres. Au début, je crois que c'est le sifflement du monstre de mon rêve qui me réveille brutalement, le souffle court, le cœur battant à tout rompre. Mais un rapide coup d'œil au pied de mon lit suffit pour que je voie Ari crachant dans ma direction, de peur ou de colère. Il m'examine avec circonspection, le dos arqué, les babines retroussées.

Et puis il fait quelque chose de tout à fait étrange.

Il saute au bas du lit et se dirige d'un pas décidé vers le mur, devant lequel il s'assoit en me tournant le dos, comme s'il refusait de considérer ma présence. Je ne puis détacher mon regard de sa silhouette, masse menaçante dans l'angle de la pièce, alors qu'il s'agit pourtant du chat que j'aime depuis des années.

Aucune lumière ne filtre par les fenêtres et, pendant une minute, je pense que c'est peut-être encore la nuit. Mais j'entends alors les domestiques s'agiter. Je me souviens que l'hiver est bientôt là et que, à l'heure où nous nous réveillons, il fait encore bien sombre.

Tout cela se déroule en quelques secondes – l'obscurité, le comportement inhabituel d'Ari, les bruits de la maison qui s'éveille lentement. Un instant plus tard, je remarque le poids de mon poignet. Comme il fait trop noir pour que je distingue quelque chose, je le tâte de mon autre main, pour être sûre. Mais toujours dans le doute, je fouille à la recherche d'une allumette et j'allume maladroitement la lampe de chevet, éclairant ainsi le médaillon accroché à mon poignet.

Chapitre 13

Il me faut la moitié de la matinée pour réussir à fuir la maison avec le médaillon sans être vue.

J'ai beau me répéter qu'il est impossible qu'Alice connaisse mes projets, elle me paraît plus vigilante qu'à l'accoutumée tandis que nous prenons notre petit déjeuner puis que nous lisons. N'empêche, je ne disparais pas tant qu'elle n'est pas partie dans sa chambre travailler sur un devoir de français pour Wycliffe.

Le vent glacé me coupe le souffle, mais ne me décourage pas. Je suis déjà résolument engagée dans la tâche à accomplir. Je fais le tour de la maison pour descendre vers la rivière. Je cours aussi vite que je peux en dépit de mes jupes encombrantes, tenant mon sac à bout de bras sans jamais ralentir l'allure. Je ne sens plus le froid. À vrai dire, je ne sens ni n'entends plus rien. Tout est silencieux, immobile, comme si le monde lui-même était au courant de mes intentions.

En arrivant au bord de l'eau, je plonge la main dans ma

bourse et cherche le médaillon. Je m'attends presque à ce qu'il ait disparu, emporté par la nécessité de se mettre à l'abri, comme s'il avait des désirs propres. Mais ce n'est qu'un objet, après tout, et il se trouve dans mon sac, à l'endroit exact où je l'ai rangé avant le petit déjeuner.

Tout ce que je veux, c'est m'en débarrasser.

Je lève le bras et je n'hésite qu'une seconde avant de le jeter résolument dans la rivière. Un petit nuage de vapeur s'élève à l'endroit où il touche l'eau. Je m'approche du bord autant que possible sans prendre le risque de tomber.

Il est là, emporté par le courant rugissant, le velours noir s'enroulant comme un serpent autour du disque doré, étincelant dans l'eau alors même qu'il n'y a pas un rayon de soleil dans le ciel.

Je m'accorde un petit moment de réflexion près de la rivière. J'ignore le lien entre le médaillon et la prophétie, mais je suis persuadée qu'il a quelque chose à voir avec les Âmes et leur retour. Le voilà désormais plongé dans les eaux froides et agitées de la rivière. Il va s'enfoncer pour se retrouver au milieu des cailloux. J'adresse une prière à un Dieu auquel je ne crois guère pour que personne ne le revoie jamais.

Je m'assieds ensuite sur les feuilles sèches, adossée au gros rocher où nous passons du temps, James et moi. Penser à lui me met soudain mal à l'aise. Si tant est qu'il croie à la prophétie, il ne lui accorde qu'une valeur légendaire. Évidemment, le nouveau rôle de Porte qui m'est échu serait déjà difficile à accepter pour quelqu'un de très imaginatif, alors ne parlons pas d'un individu aussi rationnel que James.

Je tente d'anticiper sa réaction, au cas où j'aurais le courage de tout lui raconter. Je me rappelle à moi-même que nous sommes plus que des fiancés. Nous sommes des amis intimes. Mais, même si je suis sûre de son amour pour moi, je n'en ressens pas moins une sourde inquiétude. Une petite voix qui chuchote : « Et s'il ne veut plus de toi ? Et s'il refuse d'épouser une personne aussi étrange jouant un rôle très étrange dans un conte non moins étrange ? Il dira qu'il t'aime vraiment, mais plus jamais il ne te regardera avec autant d'amour et de confiance. » Je secoue la tête, refusant d'acquiescer à mes propres pensées.

— Mais pourquoi secoues-tu la tête alors que tu es toute seule ?

La voix de James me fait sursauter.

— Seigneur ! Que fais-tu ici ? On est dimanche !

Il a surgi, appuyé contre le tronc d'un arbre, aussi brusquement que si je l'avais fait apparaître par la seule force de ma pensée.

Il penche la tête avec un petit sourire moqueur.

— Ne puis-je venir ici simplement par plaisir ?

Je suis déchirée entre le plaisir de le voir et la difficulté croissante que je ressens à garder tant de secrets.

— Euh… oui. Oui, évidemment. Simplement, je ne t'attendais pas.

Il s'avance vers moi, écrasant les graviers sous ses bottes.

— Papa n'avait pas besoin de la voiture et je ne voulais pas attendre demain pour te voir. J'espérais te trouver ici.

Il tend la main vers moi, je la prends et il m'attire contre lui.

— Bonjour, me dit-il d'une voix rauque et basse.

L'intensité de son regard m'embarrasse, même s'il m'a déjà regardée ainsi des milliers de fois.

— Bonjour.

La tête inclinée, j'évite son regard et je m'écarte de la chaleur de son corps.

— Comment va ton père ?

Une question idiote. Mr Douglas va évidemment bien, sinon James ne serait pas là avec moi. Qu'importe, cela me donne l'occasion de m'éloigner de lui sans en avoir l'air.

Mais James me connaît trop bien. Il ignore ma question.

— Qu'y a-t-il ? Il se passe quelque chose ?

Il me prend la main et je sens qu'il m'observe tandis que je contemple l'eau tourbillonnante.

— Tu n'es pas contente de me voir ?

« Maintenant. C'est maintenant que tu dois parler. Dis-lui tout. Aie confiance en son amour. » Un vent qui souffle obstinément sur mon cœur, mais un vent que je choisis de ne pas écouter, même si la raison me condamne.

— Bien sûr que si.

Je souris, en me donnant du mal pour paraître aussi gaie et insouciante que possible.

— Simplement, je ne me sens pas dans mon assiette aujourd'hui. Je vais peut-être me reposer dans ma chambre cet après-midi.

Il est déçu. Déçu que je ne passe pas la journée avec lui alors qu'il a fait tout ce chemin.

— Très bien. D'accord. Je vais te raccompagner chez toi et demander ma voiture à Edmund.

Il masque son regard blessé derrière un sourire auquel croirait toute personne qui ne le connaît pas aussi bien que moi.

***

Nous nous séparons, James et moi, dans la cour. En remontant de la rivière, notre conversation était tendue. Il me tenait la main comme s'il tentait de m'empêcher de lui échapper. Je regarde sa voiture disparaître après le virage, puis je reviens vers la maison.

Une petite voix s'élève derrière moi au moment où je monte les marches menant à la porte.

— Mademoiselle ? Vous avez perdu quelque chose, mademoiselle.

C'est la petite fille que j'ai croisée en ville, celle qui m'a donné mon peigne et le bracelet. Elle est vêtue de la même robe chasuble bleue et ses boucles couleur de lin ondulent sur ses épaules.

J'examine les alentours, abasourdie par l'apparition de cette enfant ici, si loin de la ville. Pas de trace d'adulte, ni de voiture, ni même de cheval. Je descends vers elle, les yeux plissés par le soupçon. Après tout, c'est elle qui m'a donné le médaillon, en dépit de son visage innocent.

— Je n'ai rien perdu. Comment t'appelles-tu ? Comment es-tu arrivée ici ?

Elle ignore mes questions et me tend son poing fermé.

— Je suis bien certaine que cela vous appartient, mademoiselle. Et je suis venue de loin.

Elle a un geste si preste que, par réflexe, je saisis ce qu'elle me donne. Elle fait alors volte-face et repart dans l'allée bordée d'arbres, en fredonnant le même air qu'elle fredonnait déjà en ville.

Ce n'est qu'à ce moment-là que je sens l'eau qui ruisselle. Qui ruisselle de mes doigts. Ma main tremble violemment lorsque je l'ouvre pour voir ce que la petite y a déposé.

C'est impossible.

Le médaillon est revenu, le velours encore plus noir d'être trempé. Le bracelet n'est pas humide : il dégouline littéralement sur les marches de pierre, comme si on venait juste de l'arracher à la rivière.

Il faut que je retienne cette petite fille.

La petite, la petite, la petite.

Je dévale l'escalier en serrant dans ma main la chose

haïssable dont je ne veux pas. J'arrive dans l'allée qui mène à la route. Je cours jusqu'à ce que la voûte des arbres forme une ombre épaisse autour de moi. Je demeure là plus longtemps qu'il n'est raisonnable, les yeux fixés dans la direction où je l'ai vue filer, et le vent qui souffle dans les branches murmure follement à mes oreilles. Mais cela ne sert à rien. Elle a disparu et je savais d'emblée qu'il en serait ainsi.

***

— Il fait très froid dehors ? demande Henry lorsque je pénètre dans le vestibule en me frottant les mains.

Il joue aux cartes avec tante Virginia et le feu crépite dans la cheminée.

— Plutôt. D'après moi, nous ne passerons plus beaucoup de temps près de la rivière avant le printemps.

J'accroche mon manteau, puis je me tourne vers eux avec un sourire qui, je l'espère, dissimule mon malaise.

— Qui gagne ?

— Moi, bien sûr ! s'exclame Henry d'un air triomphant.

— Bien sûr ? Oh, petit monstre ! se moque tante Virginia. Viens jouer avec nous, Lia !

— Pas tout de suite. Je suis frigorifiée. Je crois que je vais aller mettre des vêtements plus chauds. Après le repas, peut-être ?

Tante Virginia hoche la tête d'un air absent.

— Où est Alice ?

— Elle est montée se reposer dans sa chambre, murmure tante Virginia en étudiant son jeu avec beaucoup de concentration.

Je me dirige vers ma chambre, la poitrine oppressée

par un profond malaise. En voyant la silhouette penchée occupée à fouiller le premier tiroir de ma commode, je comprends.

— Je peux t'aider, peut-être ?

Ma voix glacée me paraît peu familière.

Alice fait volte-face. Elle m'observe avec un visage impassible ; elle pèse ses mots tout en avançant tranquillement vers moi.

— Oui. Je cherchais la broche que je t'ai prêtée l'été dernier.

Je lui barre la route et elle s'arrête devant moi.

— Je te l'ai rendue, Alice. Avant qu'on ne retourne en cours, à l'automne.

— C'est vrai, j'avais oublié, répond-elle avec un petit sourire dur. Excuse-moi, ajoute-t-elle, je voudrais passer.

J'attends un moment, savourant son malaise, la façon dont elle se tortille sous mon regard, pour une fois. Je finis par faire un pas de côté.

Une demi-heure plus tard, je suis installée devant ma table, une couverture sur les épaules, et je m'interroge sur les intentions d'Alice.

Le livre est encore dans l'armoire, là où je l'avais dissimulé. Il n'était pas si bien caché et Alice aurait pu le trouver si elle l'avait cherché. Soit elle a manqué de temps pour fouiller l'armoire, soit elle l'a découvert mais il ne l'intéressait pas.

Le médaillon, lui, ne m'a pas quittée un instant malgré mes efforts insistants pour m'en débarrasser. En tout cas, il est clair qu'il n'a pas l'intention de me lâcher aussi facilement. Avec tout ce qu'Alice paraît savoir, j'ai du mal à penser qu'elle ne s'en rend pas compte, si toutefois elle est au courant de son existence.

Mais, si elle ne cherchait ni le livre ni le médaillon, que cherchait-elle ?

Je baisse les yeux vers le livre, ouvert devant moi. La prophétie m'est si familière que je pourrais la réciter de mémoire ; je me demande pourtant si la relire encore une fois ne me révélerait pas des éléments manquants. J'entends la voix de papa, aussi distincte que s'il était assis à côté de moi, énoncer une phrase qu'il répétait souvent : « Parfois, l'arbre cache la forêt. »

Je cherche à avoir l'esprit ouvert, à lire cette prophétie comme si c'était la première fois.

Les premières lignes sont exactement conformes à mon souvenir. Mais, quand j'arrive au passage mentionnant les Clés, je retiens soudain mon souffle.

Les Clés. Alice pense que j'ai les Clés.

Savoir que ce sont les Clés qu'elle cherche me rassure, car cela signifie qu'elle ne les a pas encore trouvées. Que j'ai encore le temps de les découvrir la première.

La porte s'entrouvre en grinçant, m'arrachant à mes pensées. Ivy entre avec un plateau.

— Vous êtes là, mademoiselle. Rien de tel qu'une bonne tasse de thé pour vous réchauffer par une journée aussi froide.

Elle pose le plateau sur la table et reste plantée à côté de moi.

Pendant un moment, je ne comprends pas pourquoi elle a monté du thé dans ma chambre sans que je l'en ai priée ni pourquoi elle ne bouge pas, comme si elle attendait quelque chose. Mais j'aperçois alors le bout de papier qui dépasse de sous la soucoupe.

— Qu'est-ce ?

Elle se balance d'un pied sur l'autre en évitant mon regard, sans cesser de tripoter son tablier.

— C'est… c'est un message, mademoiselle. Qui vient de la ville.

Je suis tellement surprise que je n'ai pas la réaction attendue, la plus simple, à savoir prendre le papier pour lire ce message. Au lieu de cela, je demande :

— Un message ? De qui ?

Elle se penche, jette un regard méfiant comme si quelqu'un risquait d'écouter. À voir ses yeux brillants, il est évident qu'elle apprécie ce brin de mystère.

— D'une amie à moi. Servante dans la maison de cette demoiselle. Celle qui est bizarre.

***

Pendant que Henry fait la sieste, tante Virginia réunit la cuisinière et Margaret pour discuter du dîner de Thanksgiving, qui doit avoir lieu la semaine suivante. C'est un bon moment pour m'esquiver discrètement, conformément au message de Sonia.

Dans la remise, Edmund surveille un jeune garçon qui nettoie l'une de nos voitures. Celui-ci ne remarque pas mon arrivée, mais Edmund relève la tête.

— Miss Amalia ! Y a-t-il un problème ?

Je ne suis pas entrée dans la remise depuis l'époque où nous étions petites, Alice et moi, et où nous l'utilisions pour nos parties de cache-cache.

Je m'approche en tournant le dos au jeune garçon.

— J'aurais besoin d'aller en ville, Edmund. Seule. Je ne le demanderais pas si ce n'était… important.

Il soutient mon regard et j'ai peur qu'il ne refuse. J'ai peur d'être obligée de lui rappeler que tante Virginia n'est qu'une tutrice, qu'Alice, Henry et moi sommes les maîtres de Birchwood. Heureusement, il m'épargne l'humiliation de me livrer à pareille représentation.

— Très bien. Nous prendrons l'autre voiture. Elle est derrière l'écurie.

Il se dirige vers la porte tout en murmurant :

— Votre tante Virginia aura ma tête sur un plateau.

Chapitre 14

Je regarde le bout de papier qu'Ivy m'a apporté avec le thé. J'ignore ce que Sonia me réserve, mais il faut que je lui manifeste la même confiance qu'elle a montrée à mon égard. Son écriture est aussi précise et droite que celle d'un enfant.

Lia chérie,

J'ai trouvé quelqu'un susceptible de nous aider pour notre voyage. Fais-moi confiance et viens au 778 York Street à une heure de l'après-midi.

S. S.

J'ai donné l'adresse à Edmund et, à voir sa mine, j'ai compris que nous nous rendions dans un quartier de la ville qu'il n'apprécie pas. Néanmoins, il ne me pose aucune question et je serais prête à l'embrasser pour cette loyauté exemplaire.

La voiture se dirige vers la ville avec force cahots sur la

route dure. Il n'a pas plu une seule fois depuis le lendemain de l'enterrement de Papa, il y a neuf jours. Cela me semble approprié, comme si Dieu avait consacré toutes ses larmes disponibles à la juste cause que représentait la mort de Papa. Cette absence de pluie est longuement commentée par les domestiques. Ils secouent la tête en faisant claquer leur langue, en se demandant si cela présage un hiver exceptionnellement froid ou exceptionnellement chaud.

Nous traversons la partie familière de la ville en un éclair. Nous passons devant Wycliffe, la librairie, les auberges et les restaurants à la mode, la confiserie, la maison de Sonia. Assez vite, Edmund fait tourner les chevaux dans une voie calme, cachée derrière les rues animées et bien entretenues.

Cette allée sombre est bordée des deux côtés par des immeubles destinés aux moins fortunés. À travers les vitres de la voiture, j'aperçois du linge qui sèche sur des cordes tendues en travers de la rue, jonchée d'ordures. Je suis de plus en plus secouée, la terre est de plus en plus sèche, comme si même l'eau n'avait nulle envie de s'attarder ici. Je commence à avoir sérieusement mal au cœur lorsque Edmund arrête enfin les chevaux en leur disant :

— Tout doux, mes beaux.

Je n'arrive pas à comprendre pourquoi Sonia m'a demandé de la rejoindre dans un endroit pareil, mais Edmund est déjà à la portière et il l'ouvre sans me laisser le temps de décider si j'ai eu raison de venir.

— Êtes-vous certaine de vouloir vous arrêter ici, mademoiselle ?

Je descends de voiture, déterminée à mener cette expédition jusqu'au bout. Pas question de couardise dans cette histoire…

— Oui. Tout à fait certaine, Edmund.

Edmund tient son chapeau à la main tandis que nous attendons Sonia. Deux petits garçons donnent des coups de pied dans une grosse pierre. Ils sont bruyants, mais leurs rires joyeux nous distraient agréablement du silence de la rue déserte.

— Où est-ce ? je demande à Edmund.

D'un signe de tête, il montre une porte étroite à quelques mètres de la voiture.

— C'est celle-là.

Je commence à croire que j'ai fait une erreur lorsque Sonia arrive en courant, hors d'haleine et les joucs roses.

— Oh, Seigneur ! Désolée d'être en retard ! C'est très difficile d'échapper à la surveillance de Mrs Millburn ! Elle m'organise tellement de séances que j'ai à peine le temps de respirer !

— Ce n'est pas grave, Sonia, mais… que faisons-nous ici ?

Elle reste immobile, la main sur la poitrine, tentant de reprendre son souffle.

— J'ai posé la question autour de moi, discrètement bien sûr, et j'ai trouvé quelqu'un qui pourrait avoir des réponses à…

Elle s'interrompt en examinant Edmund d'un œil circonspect.

— … aux questions que nous nous posions.

Edmund ne paraît guère amusé.

— Très bien, dis-je.

Sonia m'entraîne jusqu'à la porte sombre.

— J'ai réfléchi encore et encore à la prophétie, mais rien ne s'est éclairci depuis le moment où tu m'as montré le livre. Je me suis dit qu'un peu d'aide ne serait pas superflue. Ça n'a pas été facile de trouver la bonne personne. Mais, si quelqu'un peut nous aider à obtenir des réponses, c'est bien Mme Berrier.

Le nom lui-même est mystérieux, mais je suis Sonia. Elle frappe et, quelques instants plus tard, une femme svelte et habillée à la mode vient nous ouvrir.

— Bonjour. Entrez, je vous en prie.

À l'évidence, cette femme est française, mais elle a une pointe d'accent exotique que je ne parviens pas à situer. Elle nous précède dans un salon encombré. Son regard se fixe par-dessus mon épaule et c'est à ce moment-là que je me rends compte qu'Edmund est entré avec nous. Elle le jauge d'un œil approbateur, examinant son visage avec intérêt.

— Edmund, j'interviens, pourriez-vous attendre ici pendant que nous avons une conversation privée ?

Il prend le temps de réfléchir, en se frottant la mâchoire.

— Nous ne bougerons pas de cet endroit.

Il acquiesce sans conviction, mais il case sa grande carcasse sur un petit banc, contre le mur.

— Suivez-moi.

Mme Berrier nous entraîne dans un couloir étroit avec des portes de chaque côté.

— Merci, madame, de nous recevoir aussi rapidement. Je sais à quel point vous êtes occupée.

La voix de Sonia résonne dans l'ombre du couloir mal éclairé. Elle se tourne vers moi.

— Mme Berrier est l'une des plus célèbres voyantes de New York. Certains de ses clients parcourent des centaines de kilomètres pour la consulter.

Je souris, comme si j'avais toujours eu une amie voyante et comme si j'étais habituée à rencontrer dans les quartiers mal famés de la ville des femmes possédant des pouvoirs occultes.

Mme Berrier marche devant nous et sa voix nous parvient assourdie :

— Vous êtes les bienvenues. Vous-même, ma chère, vous n'êtes pas dénuée de pouvoirs. Il me paraît normal que nous nous entraidions, non ? En outre, je n'ai pas très souvent l'occasion de parler de la prophétie des Sœurs.

— La prophétie des Sœurs ?

J'articule silencieusement ces mots pour Sonia, tandis que Mme Berrier nous précède dans un appartement élégant qui ne semble pas à sa place derrière cette façade décrépie.

Sonia hausse les épaules et suit notre hôte dans un salon bien meublé.

— Asseyez-vous, je vous en prie.

Mme Berrier nous montre un canapé de velours rouge et s'installe en face, sur une chaise sculptée. Entre elle et nous, il y a une petite table en bois qui brille comme une pomme bien astiquée. Dessus sont posées une cafetière d'argent, des tasses et des soucoupes en porcelaine fine ainsi qu'une petite assiette de biscuits.

— Un peu de café vous ferait plaisir ? À moins que vous ne préfériez du thé, dans la tradition anglaise ?

— Du café, s'il vous plaît.

Ma voix est plus ferme que je ne l'aurais imaginé compte tenu des circonstances.

— Et pour vous ? demande-t-elle à Sonia en prenant la cafetière sur la table.

— Rien pour moi, merci. Parfois, cela brouille mes séances.

Mme Berrier acquiesce d'un hochement de tête et repose la cafetière sur le plateau d'argent.

— Oui, le thé et le café me faisaient également cet effet lorsque j'étais plus jeune et plus sensible aux stimulations extérieures. Je dirais volontiers que ces choses-là vous dérangent de moins en moins au fur et à mesure que vos pouvoirs s'affirment, ma chère enfant.

Sonia hoche la tête et s'oblige à retenir les paroles qui lui brûlent les lèvres.

Mme Berrier prend les devants.

— Sonia me dit que vous vous trouvez… dans une situation particulière, Miss Milthorpe.

Je ne réponds pas d'emblée, parce que j'hésite à avouer à une inconnue ce que j'ai eu tant de mal à garder secret jusqu'ici. Mais, à la fin, je me demande à quoi cela rime de tenter de découvrir des réponses si je refuse de parler à ceux qui sont susceptibles de me les donner ?

— Puis-je voir votre main ?

Elle me tend la sienne par-dessus la table avec une telle autorité que je n'ai guère le choix.

Je tends mon bras au-dessus du café et du sucre.

Relevant la manche de ma robe, elle examine tranquillement la marque avant de me lâcher la main.

— Hmmm… Très intéressant. Vraiment très intéressant. J'en avais déjà vu avant, évidemment. Dans les contes de la prophétie et sur les quelques élues qui y jouent un rôle. Mais jamais comme celle-là. C'est très inhabituel. Cependant, ajoute-t-elle, on pouvait s'y attendre, évidemment.

Ses dernières paroles m'étonnent.

— Pourquoi… Pourquoi fallait-il s'y attendre ?

Elle repose sa tasse, qui cliquette sur la soucoupe.

— Parce que la prophétie l'impose, ma chère enfant ! La prophétie le promet !

Je secoue la tête, plus perdue que jamais.

— Je suis vraiment désolée, madame. Je crains de ne pas comprendre.

Elle incline la tête, comme pour évaluer mon ignorance :

ruse ou sottise ? Puis elle se penche en avant et déclare à voix basse d'un ton impératif :

— Les Âmes sont impuissantes sans Samaël. Elles rassemblent une armée depuis des siècles, mais, d'après la prophétie, sans la présence de Samaël à sa tête, rien ne peut être tenté pour provoquer la Ruine des Dieux. Samaël l'Antéchrist. Et un seul être pourra le mander. Un seul être est le dépositaire de cette marque d'autorité.

Elle s'interrompt pour me regarder avec un mélange de respect et de crainte.

— À l'évidence, cet être unique, c'est vous. Vous êtes l'Ange, ma chère enfant. L'Ange du Chaos.

En dépit de la violence du choc, cette révélation a la force d'un chant primitif, un roulement de tambour qui démarre doucement dans mes os avant de déployer ses ailes dans tout mon corps. Impossible d'apprivoiser cette idée, cette menaçante appréhension. Il a déjà été très difficile d'accepter mon rôle de Porte. Que signifie donc cette nouvelle attribution par rapport à ma place dans la prophétie ?

— Mais… je croyais que Lia était la Gardienne ? C'est vrai ou non ?

La voix de Sonia me parvient comme étouffée, et je me souviens que je n'ai pas eu le loisir de lui raconter comment j'avais découvert que j'étais la Porte.

La surprise voile le regard de Mme Berrier.

— Mais non ! On ne trouve cette marque sur personne d'autre ! Elle désigne votre amie comme étant la Porte. Et pas n'importe laquelle : l'Ange, la seule Porte ayant le pouvoir de mander Samaël. La seule Porte disposant d'un choix : le faire entrer ou le détruire pour toujours.

— Mais… Lia ? Est-ce vrai ?

Sonia se tourne vers moi, implorant une réponse que je regrette vivement d'avoir à confirmer.

J'examine mes mains croisées comme si elles contenaient la réponse. Mais je suis l'unique détentrice de cette réponse. Je relève les yeux et j'acquiesce d'un signe de tête.

— Oui, je murmure. Je n'ai pas eu le temps de te le raconter. Je ne le sais que depuis la nuit dernière et j'ignorais jusqu'à présent que j'étais l'Ange…

Mme Berrier est sidérée et, lorsqu'elle se tourne vers moi, elle a les yeux tellement sombres qu'ils n'ont plus de couleur.

— Vous n'étiez pas au courant de votre rôle ? Votre mère ne vous enseigne donc pas la prophétie ni la place que vous y tenez ? Elle-même n'y a-t-elle pas eu sa place ?

— Sa mère est décédée, madame, quand elle était encore enfant. Et son père aussi, mais plus récemment, chuchote Sonia d'une voix douce et calme, comme si elle réfléchissait tout haut.

Mme Berrier écarquille les yeux d'un air compatissant.

— Ah, voilà qui explique tout, car il revient aux plus âgées et aux plus sages des Sœurs de la prophétie de la transmettre. Et votre père, lui aussi, est mort ?

La question, prononcée d'une voix basse et rauque, s'adresse plus à elle-même qu'à moi.

— Bien, reprend-elle. c'est la raison de votre présence. Vous avez perdu votre protection. Vous avez perdu le voile.

Les mots du livre me reviennent, tournant au ralenti dans ma mémoire comme des volutes de fumée : « Protégé seulement par le plus arachnéen des voiles. »

— Le voile ? je répète d'une voix étranglée.

Elle finit par perdre patience en levant les mains au ciel d'un air découragé.

— Mais vous affrontez donc la prophétie sans rien en connaître ? Comment comptez-vous vous battre si vous ignorez tout de votre ennemi ? Si vous ignorez tout des armes dont vous disposez ? s'exclame-t-elle avant de pousser un profond soupir. La prédiction dit que l'Ange bénéficiera d'un protecteur. Un protecteur terrestre, mais un protecteur tout de même. Sinon, l'Ange serait impuissant et Samaël saurait le circonvenir avant même qu'il ait atteint l'âge de maîtriser le pouvoir qui est le sien. L'âge de faire un choix. Et tout le monde peut choisir, ma chère enfant, comme cela a été imposé aux débuts des temps. C'est grâce à la protection de ce voile que la Porte a le temps de grandir suffisamment pour faire ce choix. Tant que ce protecteur est en vie, l'Antéchrist ne peut s'emparer de vous. Quand votre père est-il mort, ma chère petite ?

— Il… il y a deux semaines environ.

— Et… les circonstances de sa mort ont-elles été… inhabituelles ?

— Oui, réponds-je en chuchotant.

Elle tamponne le coin de ses lèvres avec sa serviette.

— Je suis tout à fait navrée. La prophétie est déjà un fardeau pour les plus instruites et les mieux préparées de notre Fraternité. Alors, pour quelqu'un qui est autant à la dérive que vous… pour quelqu'un qui a votre rôle… Vous devez être tout à fait accablée. Je vais tenter de vous éclairer le plus possible. Commençons par votre père. Par sa mort.

À ces mots, ma gorge se serre.

— Quel rapport y a-t-il entre la mort de mon père et la prophétie ?

— Elles sont étroitement liées. Les Âmes attendent depuis des siècles de pouvoir revenir dans notre monde. Vous êtes leur Ange, l'Ange qui a le pouvoir de réaliser leur désir ou de les bannir à jamais. Ne commettez aucune erreur, car elles sont prêtes à tout pour s'emparer de vous.

L'absurdité de cette déclaration me donne d'abord envie de rire. Puis je pense au visage de Papa quand il est mort. Ses yeux ouverts. La grimace inconnue sur un visage trop horrifié pour être le sien. Je pense à tout cela et je suis envahie par une tristesse dévastatrice qui se transforme soudain en colère. En même temps, je refuse d'y croire.

Je relève la tête vers Mme Berrier et ma question est devenue une affirmation.

— Il a été tué par les Âmes. Il a été tué à cause de moi.

— Vous n'avez pas à vous sentir responsable de la mort de votre père, Miss Milthorpe, répond-elle en secouant la tête. Aucun protecteur ne joue involontairement le rôle de voile. Pour l'accepter, il devait vous aimer énormément, ma chère enfant. Lui aussi a dû faire un choix.

Elle parle d'une voix aussi apaisante que celle d'une mère.

— C'est un miracle qu'elles ne se soient pas emparées de lui plus tôt, reprend-elle. Leur résister si longtemps… Il devait être très fort et bien décidé à vous protéger.

J'essaie d'envisager la mort de mon père à la lumière de cette révélation.

— Mais il ne voyageait pas dans l'Espace. Il n'y a jamais fait allusion devant moi et, s'il avait été au courant, il n'aurait pas manqué de m'en parler.

— Peut-être, rétorque Mme Berrier après avoir réfléchi un moment. Mais les Âmes sont rusées, mon enfant, et Samaël bien plus encore. Il est possible que les Âmes l'aient attiré cette seule et unique fois avec quelque chose de très important pour lui. Quelque chose qu'il chérissait tendrement.

En entendant ces mots, l'image de la Chambre sombre traverse mon esprit.

Et je comprends. Je sais comment elles l'ont entraîné dans le voyage.

— Ma mère.

Chapitre 15

Sa voix n'est nullement surprise et ses questions n'en sont pas vraiment.

— N'aurait-il pas succombé au désir de voir son visage, d'entendre sa voix ? Surtout s'il était inquiet pour sa fille, pour le rôle qu'elle devait jouer dans cette prophétie dont peu d'hommes ont connaissance et à laquelle encore moins croient ?

Je revois la porte de la Chambre sombre le jour où mon père est mort, l'air froid qui sortait de cette pièce abandonnée dans la lumière grise du matin.

La Chambre sombre. La chambre de ma mère.

Je me souviens de mes voyages sans effort, de la facilité avec laquelle je les ai acceptés, sans avoir conscience qu'il ne s'agissait pas d'un simple rêve.

— Il ne savait pas, je murmure. Il ignorait qu'il était en train de voyager. Il ignorait à quel point il serait vulnérable face aux esprits des Autres Mondes.

— On résiste mal à l'appel des esprits quand il prend

l'aspect d'un rêve agréable ; les Âmes avaient toutes les raisons de retenir l'âme de votre père et de l'envoyer dériver dans les Autres Mondes.

La vague d'angoisse qui monte alors en moi menace de me submerger.

— Êtes-vous… êtes-vous en train de me dire que son âme erre dans le Néant ?

Elle relève le menton, comme si les mots qu'elle cherche étaient inscrits au plafond.

— Miss Sorrensen a fait état d'un message de votre père reçu lors de l'une de ses séances.

Au souvenir de ce premier et déroutant échange avec Sonia, je m'agite sur mon siège.

— Oui. Enfin, je crois. Je ne l'ai pas vraiment entendu. Il m'a été transmis par l'intermédiaire de Sonia.

Mme Berrier sourit d'un air encourageant.

— Miss Sorrensen possède un don fabuleux. Si elle affirme que le message venait de lui, c'est la vérité. Et, dans ce cas, cela signifie qu'il a réussi à fuir le Néant. C'est possible, ajoute-t-elle en haussant les épaules. Il existe dans les Autres Mondes des êtres dotés d'un pouvoir suffisant pour aider quelqu'un à fuir le Néant, même si c'est très dangereux. Votre mère, peut-être ?

Une remarque de tante Virginia surgit dans mon esprit.

— D'après ma tante, ma mère était capable de jeter des sorts.

— Ah, approuve Mme Berrier. Dans ce cas, elle a très bien pu intercéder en sa faveur. Ceux qui sont authentiquement capables de jeter des sorts ne sont pas légion, mais certainement assez puissants pour orchestrer une intervention. L'âme de votre père restera échouée dans les Autres Mondes, mais il sera libre d'y circuler comme il le souhaite.

Si douloureux que ce soit d'imaginer l'âme de mon père à la dérive dans les Autres Mondes, je me réjouis à l'idée qu'il lui soit possible d'échapper au Néant, surtout si cela le rapproche de ma mère.

C'est Sonia qui pose la question que j'aurais dû poser d'emblée.

— Vous avez dit qu'il existait un choix, madame, dit-elle d'un ton plein d'espoir. Que Lia avait la possibilité de choisir.

— Mais bien entendu. Miss Milthorpe a un choix à faire, comme n'importe lequel d'entre nous ; le sien est indubitablement plus compliqué et plus dangereux… Elle peut décider d'ouvrir la Porte à l'Antéchrist ou de la fermer à jamais, comme son rôle d'Ange lui en donne le droit.

Elle se penche vers nous, cachant son sourire derrière une expression ironique.

— En ce qui me concerne, j'espère sincèrement qu'elle choisira la seconde solution.

Je secoue la tête. Il est difficile d'imaginer qu'on puisse choisir de laisser la voie libre à l'Antéchrist.

— Eh bien, c'est évident ! Je choisis de fermer cette Porte, bien entendu ! Mais j'ignore tout de cette prophétie, mis à part ce que nous avons lu.

— C'est la raison de notre visite, madame, intervient Sonia. Nous avons entendu dire qu'il existe un moyen de clore définitivement cette prophétie. Un moyen de fermer la Porte à tout jamais. Il est fait référence à des Clés… D'après nous, elles constituent un élément essentiel, mais nous ne savons pas où les trouver ni même par où commencer nos recherches.

Mme Berrier prend le temps de réfléchir à la déclaration de Sonia.

— Eh bien, il existe en effet une rumeur sur les moyens

dont dispose l'Ange pour fermer définitivement la Porte, mais je n'ai jamais été dans le secret de la prophétie. Ils sont peu nombreux, ceux qui ont pu poser les yeux sur ce texte ancien, et ils sont assurément concernés de façon très directe.

— Madame, nous l'avons vu, réplique Sonia en haussant les sourcils. Et dedans il est question de Clés ainsi que d'une autre chose, qui me paraît assez familière mais que je ne parviens pas à définir. Quelque chose dont le nom est Samhain.

Mme Berrier pince les lèvres. Je vois tourner les rouages de son esprit et, finalement, elle répond par une question.

— Dans quel contexte Samhain est-il mentionné par rapport aux Clés ?

Sonia se passe la langue sur les lèvres dans son effort pour raviver ses souvenirs.

— Il est question de premier souffle… le…

— « Nées dans le premier souffle de Samhain », dis-je en croisant le regard de Mme Berrier. Voilà ce qui est écrit :

« Quatre Marques, quatre Clés, Cercle de feu.

Nées dans le premier souffle de Samhain. »

Elle tape du bout des doigts sur la table, réfléchissant à ces paroles.

— Allons nous promener, voulez-vous ? Je crois savoir où trouver certaines des réponses que vous cherchez.

***

Les rues sont animées, pleines de monde. Les sabots des chevaux claquent, les roues des voitures qu'ils tirent résonnent sur la chaussée poussiéreuse. Edmund, toujours vigilant, nous escorte sans dire un mot.

Nous marchons pendant un petit moment et je m'étonne

de l'étrange autorité qu'exerce Mme Berrier : nous la suivons d'emblée, sans poser la moindre question sur notre destination. Elle avance d'un pas si décidé qu'il paraîtrait presque grossier de l'interroger ; nous nous contentons donc d'accélérer l'allure pour ne pas nous laisser distancer.

Après avoir dépassé la boutique du tailleur, celle de la modiste, la confiserie et plusieurs tavernes, Mme Berrier s'engage dans une ruelle nettement plus calme. D'étroites maisons se dressent des deux côtés, comme de sombres sentinelles. Elles n'ont pas la majesté des demeures de Main Street, mais elles sont simples et de bonne facture, tout à fait comme Mme Berrier elle-même. Nous nous dirigeons vers une maison semblable aux autres, mais la plaque apposée sur la façade m'apprend qu'il s'agit de la bibliothèque municipale.

— Vos paroles ont évoqué quelque chose de familier, ma chère petite, explique Mme Berrier en regardant Sonia. Mais, avec toutes ces traductions, toutes ces prononciations, mieux vaut vérifier, d'autant qu'il s'agit d'une affaire importante.

Sans attendre la réponse, elle avance d'un pas toujours aussi ferme vers la porte, qu'elle pousse avec assurance.

Nous pénétrons dans un hall vaste et peu éclairé. La bibliothèque est plus que calme, elle est déserte. Je ne vois âme qui vive tandis que nous progressons sur le sol de marbre éraflé. Non seulement il n'y a personne, mais on sent tout le poids de ces livres entassés sur les étagères et qui n'ont jamais été lus. Après tout ce temps passé dans la bien-aimée bibliothèque de Birchwood, on dirait que j'entends le chuchotement de ces ouvrages dont les pages se tendent dans l'attente d'un lecteur.

Mme Berrier s'arrête devant une grande table, au milieu

de la salle, et jette un regard significatif à Edmund avant de se tourner vers moi, l'air interrogateur.

— Edmund, dis-je après avoir pris mon souffle, cela vous ennuierait-il d'aller faire un tour ?

Congédier à nouveau Edmund me met mal à l'aise, mais le comportement de Mme Berrier ne laisse aucun doute : notre visite à la bibliothèque doit rester confidentielle. Edmund n'en paraît guère perturbé. Il se dirige aussitôt vers de grandes étagères derrière lesquelles il disparaît.

Nous examinons la salle, cherchant à qui nous adresser. Des pièces plus petites s'ouvrent de chaque côté et un escalier étroit monte à l'étage.

— Peut-être devrions-nous…

Je suis interrompue par un pas lourd venant du fond.

Une femme nous sourit d'un air accueillant. Pas très longtemps. Dès qu'elle aperçoit Mme Berrier, son visage rond se ferme et sa bouche n'est plus qu'une ligne mince.

Mme Berrier lui adresse, elle, un sourire resplendissant.

— *Bonjour*, Mrs Harding. Comment allez-vous par ce bel après-midi ?

À coup sûr, Mme Berrier doit sentir l'inimitié de la bibliothécaire, mais elle n'en a cure. Elle la salue même comme si elle retrouvait une amie perdue de vue depuis longtemps.

La femme qui répond au nom de Mrs Harding fait un petit signe de tête contraint.

— Que puis-je pour vous ? demande-t-elle comme si elle voyait Mme Berrier pour la première fois alors que, manifestement, elles ont déjà eu l'occasion de se rencontrer.

— Allons, Mrs Harding, ironise Mme Berrier en penchant la tête, un sourire amusé sur ses lèvres peintes. Je suis persuadée que vous savez pourquoi je suis là, ajoute-t-elle en tendant la main, paume ouverte.

Les traits de Mrs Harding se durcissent un peu plus. Elle fouille dans sa poche et en sort quelque chose qu'elle donne à Mme Berrier. Les doigts de cette dernière se referment vivement sur l'objet, mais j'ai eu le temps de voir un reflet d'argent et de comprendre qu'il s'agissait d'une clé.

— *Merci*, Mrs Harding. Je vous la rendrai lorsque j'aurai terminé, comme d'habitude ! crie Mme Berrier en se dirigeant vers le fond de la bibliothèque.

L'expression renfrognée de la bibliothécaire, nous voyant plantées là, nous force à réagir, Sonia et moi. Nous nous dépêchons de rattraper Mme Berrier, qui est déjà au milieu du couloir menant à l'arrière du bâtiment. Lorsque nous parvenons à sa hauteur, elle a ouvert la porte du fond et se tient sous un petit porche.

— Où allons-nous ? s'enquiert Sonia, perplexe.

Mme Berrier montre de la main le jardin situé derrière la bibliothèque.

— La réponse que vous cherchez, ma chère enfant, ne se trouve pas dans les livres soigneusement répertoriés de la bibliothèque, mais dans ceux qu'on a rejetés, cachés honteusement.

Nous n'avons pas le temps de poser d'autres questions. Mme Berrier descend quelques marches et nous précède dans le jardin soigné, magnifique en dépit de l'hiver qui approche. J'ai l'impression que nous avons atteint les limites de la propriété lorsque nous contournons un abri de bois qui, malgré ses dimensions modestes, est mieux entretenu que le bâtiment décrépi vers lequel se dirige Mme Berrier.

Elle insère dans un cadenas la clé que lui a donnée Mrs Harding. Un déclic et il cède ; Mme Berrier tire les portes, qui s'ouvrent avec force grincements. Nous la suivons à l'intérieur, les yeux braqués vers le haut.

— Oh ! C'est… c'est incroyable !

Je ne parviens pas à masquer ma surprise, une surprise mêlée de tristesse. Papa aurait pleuré en voyant ces livres empilés partout sans le moindre égard.

— Quel est cet endroit ?

Le plafond se trouve trois étages plus haut. Même d'en bas, j'aperçois des petits trous dans le toit. À sentir l'odeur d'humidité qui imprègne le bâtiment, il est clair que nul ne s'inquiète de la pluie qui ruisselle à l'intérieur et coule sur les livres.

Mme Berrier tend son cou aussi blanc que celui d'un cygne et examine les lieux avec un respect craintif, comme si, bien qu'elle sache ce qu'ils contiennent, elle ne pouvait s'empêcher d'être impressionnée.

— C'est une vieille remise à voitures. On l'utilisait lorsque la bibliothèque était encore une demeure.

— Oui, mais tous ces livres ! Pourquoi ne sont-ils pas catalogués et rangés avec les autres ?

C'est une question que mon père aurait posée, mais d'une voix bien plus énervée, j'en suis persuadée.

Elle répond par un sourire triste.

— Ce sont les livres que la municipalité ne souhaite pas voir figurer en bonne place aux côtés des… offres traditionnelles. On ne peut pas non plus les détruire. Car il convient de respecter les apparences. Mais on peut toujours, comme vous le voyez, les conserver à part.

— Mais pourquoi ?

Sonia a les yeux qui brillent dans le clair-obscur de la remise.

— Parce que ce sont les livres qui traitent de sujets que les gens ne comprennent pas, des sujets que vous et moi savons aussi réels que le monde dans lequel nous vivons en ce moment même. Des livres sur l'univers des esprits, sur la magie et son histoire, sur les sorcières… tout ce qui ne rentre pas dans des cases bien définies, bien propres, je dirais, répond Mme Berrier en soupirant.

Elle avance d'un pas, délogeant un oiseau qui s'envole vers le plafond avant de disparaître dans un battement d'ailes quelque part au-dessus de nos têtes.

Ce mouvement brusque m'arrache à mon apathie.

— Je ne comprends pas le rapport entre cet endroit et les clés, madame, mais j'avoue que je suis absolument consternée par ce que je vois. Mon père en aurait fait une maladie !

— Alors, me répond-elle en souriant, je suis certaine que j'aurais beaucoup aimé votre père, ma chère petite. Quant à votre question, ajoute-t-elle en nous faisant signe de la suivre, je crois qu'il existe une référence à Samhain dans un vieux texte druidique que j'ai vu traîner par ici. De ce que je sais, je suis la seule personne à venir ici. Je suis donc à peu près sûre de le retrouver.

Sonia et moi sur ses talons, elle dépasse des piles de livres maculés de fientes d'oiseaux et de traces de moisissure. Nous enjambons avec précaution tout ce que nous ne parvenons pas à identifier et manquons de percuter Mme Berrier lorsqu'elle s'arrête devant une bibliothèque toute de guingois.

— Attendez… Je crois que c'était par ici. C'est peut-être cela… Non, pas là. Plutôt par là-bas.

Elle marmonne pour elle-même comme si elle était toute seule, passant d'une étagère à une autre.

— Ah ! Voilà. Voyons voir ! dit-elle soudain.

Tenant le livre d'une main, elle le feuillette de l'autre. C'est une vision absurde – cette élégante dame parfaitement à l'aise au milieu de toute cette crasse. J'adresse un sourire nerveux à Sonia, soucieuse de ne pas interrompre le train de pensées qui semble aller de pair avec les marmonnements de Mme Berrier.

— Ah ! Oui, oui ! Je le savais ! Voilà ! Approchez-vous, mesdemoiselles, et nous allons voir si cela peut nous aider.

Nous obéissons, et elle commence à lire.

— « Depuis deux mille trois cents ans avant Jésus-Christ, les feux de Beltain ont signifié le début de la lumière, cette saison joyeuse où les jours regorgeront d'abondance et les nuits de passion. La saison de la Lumière, ou Beltain, commence le premier mai et dure six mois, jusqu'à Samhain, la saison des Ténèbres. Après les moissons et la célébration de la lumière vient le temps de la noirceur, cette triste saison où règne la nuit, où la terre est plongée dans l'obscurité, alors que le voile entre le monde physique et l'autre monde est au plus fin, presque transparent. Cette période commence le premier novembre. »

Sa voix résonne dans la remise. Devant notre silence, Mme Berrier finit par lever les yeux de son livre.

— Cela vous évoque-t-il quelque chose ? Serait-ce un indice pour les Clés que vous recherchez ?

— Je ne crois pas, dis-je. Cela ne m'évoque rien. Rien du tout. Je…

— C'est mon anniversaire, chuchote soudain Sonia. Du moins, à en croire Mrs Millburn.

Cette remarque n'éclaire en rien ma lanterne.

— Comment cela ? Ton anniversaire, c'est le premier novembre ?

— Oui, je suis née le premier novembre mille huit cent soixante-quatorze.

Mme Berrier paraît aussi surprise que moi.

— S'agit-il d'une coïncidence ?

En me mordant la lèvre, je me pose la même question. Je me laisse tomber sur un tabouret délabré, ignorant le nuage de poussière qui s'élève aussitôt. Je tente de repousser la vague d'anxiété qui menace de me submerger. Tout cela pour finalement n'aboutir à rien.

— Ne te désespère pas, Lia. Nous allons finir par y voir clair.

Sonia parle d'une voix calme, réconfortante, et je me demande comment elle réussit à garder son optimisme alors que je meurs d'envie de hurler et de lancer n'importe quoi contre le mur.

— Mais, je rétorque, nous ne savons toujours pas où trouver les Clés. La date… Eh bien, que ton anniversaire soit le premier novembre, c'est intéressant, mais ça ne donne pas beaucoup de renseignements sur les Clés. J'avais espéré…

— Quoi donc, ma chère enfant ? m'interrompt Mme Berrier en me regardant avec compassion.

— Je ne sais pas. J'espérais sans doute que Samhain était un repère géographique, une ville peut-être. J'espérais que cela nous mènerait facilement jusqu'aux Clés.

J'ai honte de sentir des larmes brûlantes derrière mes paupières. Des larmes d'énervement, pas de tristesse. Je cligne des yeux, j'inspire l'air poussiéreux et je tente de me calmer.

— Très bien, dit Sonia, nous allons simplement mettre ce fait de côté pour le moment. La référence à Samhain renvoie nettement à une date. Ce sera peut-être important ultérieurement. Mais il y a une suite, non ?

J'acquiesce d'un hochement de tête et je sors les notes de James de mon sac.

— Oui. Bon, voyons… voilà.

« Nées dans le premier souffle de Samhain
Dans l'ombre du Serpent de Pierre Occulte d'Aubur. »

Je regarde Mme Berrier.

— Vous permettez ? dit-elle en tendant la main.

J'hésite. Le choc que j'ai ressenti en apprenant d'abord

que j'étais la Porte et ensuite que j'étais l'Ange me pousse à croire qu'il ne faut pas se fier aux apparences. Ni à la mienne ni à celle d'Alice, en tout cas. Ni à celle de Papa, qui s'est acharné à me protéger pendant toutes ces années alors que je baignais dans l'ignorance. Il n'empêche que Mme Berrier tente de nous aider, et il est évident que nous devons élargir le cercle si nous voulons avoir une chance de découvrir les Clés.

— Peut-être y comprendrez-vous quelque chose, dis-je en lui tendant les notes.

Elle penche la tête et, à la voir lire de si près, je me demande si elle n'est pas myope. Les sourcils froncés par la concentration, elle s'absorbe un moment dans sa lecture, puis elle me rend les papiers.

— Je suis absolument désolée, mais… enfin, je ne suis pas très sûre, ça me dit quelque chose, mais c'est seulement un mot qui m'est familier, il n'évoque rien de précis.

— Comment cela ? s'enquiert Sonia.

— Le mot Aubur, explique Mme Berrier. Il sonne anglais ou… peut-être celtique. Mais, d'après ce que je sais, ce n'est pas un nom de lieu.

Elle se tapote les lèvres du bout des doigts, comme si cela l'aidait à trouver la bonne réponse.

— Laissez-moi un peu de temps, reprend-elle. Et partons d'ici. Nous avons réfléchi trop longtemps et trop intensément à la prophétie. J'ai envie de retrouver la lumière du soleil, de quitter les ombres du passé et celles qui sont à venir.

***

Nous nous arrêtons devant la maison de Mme Berrier avant de nous séparer. Un vent mordant soulève son chapeau et elle le retient du plat de la main en jetant un coup d'œil à Edmund qui attend quelques mètres plus loin.

— Il y a une chose que je dois vous dire…

L'appréhension me serre la gorge.

— De quoi s'agit-il ?

— Si ce que j'ai entendu est vrai, la chose la plus simple à faire pour vous protéger des Âmes, c'est d'éviter de porter l'amulette.

Elle prononce ces mots avec tant de nonchalance que je suis prise au dépourvu.

— L'amulette ?

Mme Berrier fait un geste de la main, comme si elle disait quelque chose d'évident.

— L'amulette. Le bracelet. Le médaillon. Celui de la marque.

Mon regard glisse vers Sonia. J'ai préféré ne pas lui parler du médaillon, parce que j'ignorais sa place dans la prophétie.

— Le médaillon ? je répète en tentant de masquer toute émotion. Qu'en est-il ?

— Comment, qu'en est-il ! s'exclame Mme Berrier, sidérée. Ma chère petite, on dit que chaque Porte se retrouve en possession d'un médaillon qui correspond parfaitement à la marque sur son poignet. Les Âmes ne peuvent revenir que lorsque la marque du médaillon est parfaitement alignée sur celle de la Porte. Mais pour vous… Eh bien, pour vous, ce médaillon est encore plus dangereux. Vous êtes le canal qu'empruntera Samaël lui-même. La seule protection, c'est de fuir le médaillon, d'éviter de le porter. Et encore, je ne suis pas sûre que ce sera suffisant…

Cette déclaration ne m'étonne pas tant que cela. D'instinct, je savais que ce bijou était d'une manière ou d'une autre lié au retour de Samaël. Cette nouvelle preuve ne fait qu'attiser une question issue des profondeurs de mon esprit. Une question que je n'ai pas encore osé formuler à voix haute.

— Il y a quelque chose que je ne comprends pas, madame. Même si je venais à porter le médaillon, comment Samaël pourrait-il s'introduire dans notre monde ? C'est un esprit, n'est-ce pas ? Une âme vide. Comment peut-il entrer dans notre monde s'il n'a pas de corps ?

— Cela, ma chère enfant, est assez simple, répond Mme Berrier avec un sourire contraint. Il utilisera le vôtre.

Chapitre 16

— Je suis navrée, Sonia. Je ne… Sincèrement, je ne savais rien jusqu'à hier soir.

Sonia ne répond rien tandis qu'Edmund la ramène chez elle. Ce silence plante en moi des graines de peur. Peur qu'elle ne veuille plus être mon amie, car qui pourrait s'allier avec quelqu'un comme moi ?

— Si Luisa et toi souhaitez travailler ensemble, je le comprendrai.

Elle se tourne vers moi.

— Qu'est-ce que cela fait d'être la Porte ? Tu ressens quelque chose de… fâcheux ?

J'ai le visage en feu et je suis contente qu'elle ne me voie pas bien dans le clair-obscur de la voiture. J'aurais trop peur qu'elle ne prenne cet empourprement pour un aveu de culpabilité.

— Sincèrement, je me sens égale à moi-même la plupart du temps, même si je suis inquiète et pleine de doutes.

Mais Sonia a l'oreille affûtée et elle me reprend doucement.

— La plupart du temps ?

— Il y a des moments… pas souvent, mais parfois… où je sens comme une attraction. Oh ! C'est tellement difficile à expliquer ! Je ne suis pas du tout sur le point de commettre un acte répréhensible, non, c'est simplement que… Eh bien, de temps en temps, je me sens liée à ce médaillon. Je suis attirée par lui. Je désire le porter et m'endormir pour me lancer dans ce voyage où il m'entraîne. Et puis…

— Et puis ?

— Et puis je reprends immédiatement mes esprits et je me souviens que c'est mon destin de combattre ce désir.

— Et tu t'en souviens même maintenant ? Alors que tu sais précisément que ce n'est pas ton destin ? Que tu n'es pas la Gardienne, mais la Porte ?

— Maintenant plus que jamais.

La force de cette certitude me réconforte.

Elle hoche la tête.

Lorsque nous arrivons devant la maison de Mrs Millburn, je descends de voiture et parle à Sonia sur le trottoir tandis qu'Edmund, un peu plus loin, tape du pied pour me rappeler de façon peu subtile que le temps passe. Les gens qui circulent autour de nous paraissent bizarrement menaçants et les paroles de Mme Berrier résonnent dans ma tête : « L'Antéchrist et son armée peuvent prendre la forme qu'ils désirent : un humain, un démon, un animal, peut-être même une ombre. » Il y a sans doute déjà des milliers d'Âmes dans notre monde, passées par les Portes précédentes. Elles peuvent se trouver n'importe où. Partout. Attendant toutes un moment de faiblesse de ma part.

Sonia me prend la main.

— Il y a une raison pour laquelle tu as été choisie pour être l'Ange, Lia. Si la prophétie dans toute sa force te juge digne de ce rôle, pourquoi le contesterais-je ?

Elle a un sourire un peu crispé, mais sincère.

— Nous allons rester soudées, reprend-elle. C'est le meilleur moyen pour trouver les réponses dont nous avons besoin. Luisa prendra sa décision toute seule, mais moi je ne te lâche pas.

— Merci, Sonia. Je ne te décevrai pas. Je te le promets.

Je la prends dans mes bras, débordant de gratitude devant cette preuve de son amitié.

Elle frissonne et resserre son manteau autour de ses épaules tandis que le froid du soir descend.

Je pense aux enfants, celles que Papa a amenées d'Angleterre et d'Italie et celles qu'il n'avait pas encore trouvées.

— Oh, nous avons tant de choses à nous dire ! Et jamais le temps ! Avec Luisa à Wycliffe, toi ici avec Mrs Millburn, moi à Birchwood et bientôt…

Je m'interromps, car une idée est en train de prendre forme dans ma tête.

— Bientôt quoi ? Seigneur, Lia ! Je vais mourir de froid si on ne se dit pas au revoir tout de suite !

Je hoche la tête. J'ai pris une décision.

— Nous devons passer plus de temps ensemble toutes les trois. C'est bien cela l'important, non ? Laisse-moi faire. Je m'occupe de tout.

***

J'ai dit au revoir à Sonia et je suis presque arrivée à la voiture quand je sens une main sur mon bras.

Je me retourne pour me dégager, et je me retrouve nez à nez avec James.

— Lia, dit-il avec dans les yeux une expression que je ne lui connais pas.

Une expression trop proche de la colère pour qu'on l'appelle autrement.

— James ! Qu'est-ce que tu… ? Qu'est-ce que tu fais ici ?

J'examine les alentours, dans l'espoir de trouver une explication à ma présence en ville.

— Il se trouve que j'habite ici. À vrai dire, il est très rare qu'il se passe un jour sans que j'aie à sortir dans la rue pour une raison ou pour une autre. Toi, en revanche, tu vis à une certaine distance, répond-il sans aménité.

Je sens la moutarde me monter au nez en l'entendant me parler ainsi, et la pression de ses doigts sur mon poignet me dérange. J'ai du mal à me dégager, mais je le fais. Je recule d'un pas, les joues empourprées de colère.

— Dois-je rester chez moi comme une petite fille bien élevée ? C'est cela que tu voudrais ? Dois-je faire des travaux de couture et m'inquiéter à l'idée de m'abîmer le teint en prenant trop de soleil ? Oh, tu es… tu es… beurk !

Il a l'air tout aussi fâché que moi. Mais, au bout d'un moment, il baisse les yeux en secouant la tête.

— Bien sûr que non, Lia. Bien sûr que non.

Il garde le silence et je jette un regard à Edmund. Si cette altercation en public n'avait pas eu lieu avec James, il m'aurait entraînée dans la voiture depuis belle lurette. Mais lorsque nos yeux se croisent, il détourne les siens, gêné. La voix de James, plus douce, me fait oublier Edmund.

— Tu ne vois donc pas que je m'inquiète ? Depuis la mort de ton père, tu es… distante. Je sais que tu es perturbée, mais je ne peux m'empêcher de penser qu'il y a un problème entre nous. Et là… Eh bien, tu te promènes en ville sans chaperon, en compagnie de gens que je ne connais pas et…

Sous le choc, je reste bouche bée.

— Tu m'as suivie ? Tu m'as suivie dans les rues ?

Il secoue la tête.

— Ce n'est pas exactement cela. J'étais moi-même à la bibliothèque quand tu en es partie. Je n'ai jamais vu la femme et la jeune fille avec lesquelles tu étais. Tu ne m'as jamais parlé de ces nouvelles relations. Je n'ai pas réfléchi, d'accord ? J'ai commencé à te suivre, poussé par la curiosité et… je dirais par le souci que me cause ton étrange comportement de ces derniers jours. Ne comprends-tu donc pas pourquoi je me sens contraint d'agir ainsi ?

La souffrance qu'il exprime me pique au vif. Je ne puis réfuter ses paroles. Je l'ai tenu à distance, je l'ai gardé en dehors de la prophétie alors même que je m'enfonçais toujours plus profondément dedans. À sa place, n'aurais-je pas ressenti la même inquiétude ? N'aurais-je pas eu envie de découvrir tout ce qui pouvait expliquer un tel comportement de la part de mon bien-aimé ?

Je prends une grande inspiration et toute ma colère s'envole. Ce que je regrette, car je préfère sentir la fureur battre dans mes veines plutôt que cette toute nouvelle émotion. Ce sentiment d'impuissance qui ne fait que grandir et s'affirmer : je ne trouverai jamais le moyen de concilier mon rôle dans la prophétie, les obligations qui en découlent et mon amour pour James.

Je le regarde au fond des yeux et je lui prends la main.

— Tu as raison, bien sûr. Je te prie de m'excuser, James.

Énervé, il secoue la tête. Ce ne sont pas des excuses qu'il demande.

— Pourquoi ne me parles-tu pas ? Tu m'aimes toujours ?

— Bien sûr, James. Cela ne changera jamais. Cette… cette sortie n'a strictement rien à voir avec toi ou avec l'amour que je te porte.

Je tente de sourire mais mon visage s'y refuse, comme si c'était un masque qui ne s'adaptait plus à mes traits. Je ne peux pas faire mieux. Je prends hâtivement la décision de coller le plus possible à la vérité.

— Je me suis offert une promenade avec l'une de mes amies de Wycliffe, c'est tout. Elle entretient des relations avec une femme versée dans la sorcellerie, et…

— La sorcellerie ? répète-t-il en haussant les sourcils.

— Oh, des bêtises ! dis-je pour décourager sa curiosité. Tu ne me croiras jamais ! J'étais simplement curieuse, et l'amie de Sonia a proposé de nous montrer quelques livres sur ce sujet, c'est tout.

Je me tourne vers Edmund, qui consulte ouvertement sa montre à gousset.

— Et maintenant, il faut que j'y aille, sinon tante Virginia va découvrir que je suis partie et une innocente petite promenade en ville va devenir une source d'ennuis inépuisable.

Il me regarde droit dans les yeux et je sais qu'il essaie de déterminer si mon histoire est vraie ou non. Je soutiens son regard jusqu'à ce qu'il hoche lentement la tête. Mais, quand je regagne la voiture après lui avoir dit au revoir, c'est de la résignation et non de la compréhension que je lis dans le bleu de ses yeux.

***

Je suis dans le salon, occupée à lire à côté de Henry, lorsque j'entends la voix de Margaret sur le seuil de la porte.

— Quelque chose est arrivé pour vous, mademoiselle.

— Pour moi ? dis-je en me levant.

— Un messager l'a apportée il y a un instant.

Elle me tend une enveloppe crème.

Je la saisis, puis j'attends que le bruit de ses pas ait décru dans le vestibule.

— Qu'est-ce que c'est, Lia ? demande Henry.

— Je ne sais pas, dis-je en retournant m'asseoir près du feu.

J'ouvre l'enveloppe et j'en retire une feuille épaisse. Je remarque l'écriture raffinée, élégante, qui court sur sa surface lisse.

Chère miss Milthorpe,

Je crois que je connais quelqu'un susceptible de vous aider.

Alastair Wigan
Lerwick Farm

Vous pouvez avoir confiance en lui comme vous avez confiance en moi. Il attend votre visite.

Mme Berrier

— Qui t'a écrit ?

Henry, à côté de moi, est tout agité ; ses journées sont tellement prévisibles que l'arrivée d'une simple lettre provoque un réel enthousiasme. Cela m'attriste et me réconforte en même temps.

— Sonia, je réponds en souriant. Elle dit qu'elle a obtenu l'autorisation de venir passer quelques jours ici.

Je rejette le pincement de culpabilité que provoque chez moi ce nouveau mensonge, qui n'est d'ailleurs qu'un demi-mensonge. J'ai déjà demandé à tante Virginia l'autorisation d'inviter Sonia et Luisa à la maison.

Il est rayonnant.

— Eh bien, quelle somptueuse nouvelle, non ?

Je replie la feuille de papier et je la remets dans l'enveloppe, un coin de mon cœur gonflé d'espoir.

— Oui, Henry. C'est une somptueuse nouvelle.

Chapitre 17

— Tu es contente, hein, Lia ? demande Henry derrière moi tandis que je guette la voiture par la fenêtre du salon.

— Seigneur ! je m'exclame en me tournant vers lui. Pour la dernière fois, oui ! Mais je suis prête à parier que tu l'es plus que moi, vu le nombre de fois où tu m'as posé cette question !

Il rougit, mais sans chercher à dissimuler le sourire qui, parti de ses lèvres, remonte jusqu'à ses yeux. Couvé comme il l'est, on oublie facilement qu'il a dix ans, mais j'ai vu la façon dont il regardait Sonia lorsqu'elle est venue prendre le thé et je sais qu'il est heureux de la revoir.

Je reviens à la fenêtre au moment où la voiture sort de l'allée bordée d'arbres. J'oublie presque que j'ai seize ans et que je dois être plus raisonnable que Henry.

— Elles sont là !

Je me précipite vers la porte, je l'ouvre à la volée et je piétine avec impatience tandis qu'Edmund aide Luisa et Sonia à descendre.

Mes hôtes, je les accueille seule. Tante Virginia est occupée avec Margaret ; quant à Alice, elle est encore plus maussade depuis qu'elle a appris que j'avais invité Sonia et Luisa. Elle doit être partie bouder quelque part.

Luisa bondit sur les marches comme un jeune chiot enthousiaste, au mépris de toute convenance, et je ris derrière ma main gantée.

— Je n'en reviens pas que Miss Gray m'ait laissée venir ! J'ai cru que j'allais encore passer la soirée de Thanksgiving dans ce sinistre réfectoire de Wycliffe ! Tu m'as sauvée !

Son enthousiasme est contagieux et je me sens moi-même prête à pouffer.

— N'exagérons rien ! Je suis tellement heureuse que vous soyez là, toutes les deux.

Je pose un baiser sur sa joue fraîche, puis sur celle de Sonia.

— Vous êtes prêtes pour les vacances ?

Sonia sourit, un sourire radieux qui illumine son visage en dépit de la grisaille ambiante.

— Oh oui ! s'exclame-t-elle. Je suis surexcitée depuis des jours ! J'ai cru que Mrs Millburn allait devenir folle !

Je les entraîne dans la maison. Je suis ravie à l'idée de passer ces trois jours avec elles et j'espère qu'à nous trois, nous allons découvrir ces clés manquantes. Après un déjeuner pris tous ensemble dans le rire et la bonne humeur, nous passons au salon, rassasiées et heureuses. Tante Virginia, gentiment, retient Henry pour nous laisser un peu d'intimité. Il passe la tête de temps en temps par la porte pour observer Sonia avec mélancolie, mais nous faisons mine de ne rien remarquer. Nous bavardons en riant et, pendant un moment, nous sommes des jeunes filles ordinaires. Insouciantes, préoccupées seulement de robes, de livres et de beaux partis. Ce n'est que lorsque Luisa lève la tête pour contempler un tableau accroché à côté de la cheminée que je me rappelle le motif de notre réunion.

— Ce monsieur m'est familier. Qui est-ce ?

J'avale ma salive, sentant la corde qui nous lie se tendre.

— Mon père.

— Peut-être l'ai-je croisé à Wycliffe. Avant…

— Peut-être.

Finalement, nous ne sommes pas des jeunes filles ordinaires, et je me demande comment raconter à Sonia et à Luisa la seule chose qu'elles ignorent encore.

Sonia penche la tête, inquiète.

— Que se passe-t-il, Lia ? Tu as l'air si grave !

Je jette un œil vers la porte. À l'évidence, Alice est toujours absente et cela fait un moment que le visage empourpré de Henry n'a plus réapparu. Pourtant, il ne faut pas prendre le moindre risque.

— J'irais volontiers faire une petite promenade. Vous montez à cheval ?

***

— Je n'aime pas ça ! Je n'aime pas ça du tout !

Sonia proteste d'une voix chevrotante tout en tressautant sur le dos de Clair de Lune, la jument la plus calme de toute l'écurie.

— Allons donc ! Tout va bien. Tu bouges à peine et Clair de Lune ne ferait pas de mal à une mouche. Tu es parfaitement en sécurité. Je vais venir derrière toi et elle fera le reste.

— C'est facile à dire pour toi ! marmonne Sonia. Tu montes tout le temps.

Luisa est devant nous. Elle a l'aisance d'une bonne cavalière, même si je doute qu'elle ait souvent l'occasion de monter à Wycliffe. Sortir à cheval m'a paru être un bon moyen de s'échapper de la maison, et il n'a pas été difficile de trouver une tenue pour mes deux amies. Mais, en regardant Sonia retomber avec raideur sur le dos de Clair de Lune, je me demande si je n'ai pas commis une erreur d'appréciation… Je l'escorte sans rien dire pendant un moment et j'attends qu'elle se détende, que son corps soit plus en harmonie avec l'allure du cheval, pour la rejoindre.

— Ça va mieux ? dis-je en souriant.

— Hmmph ! marmonne-t-elle, le regard fixé droit devant elle.

Devant nous, Luisa ralentit puis effectue une volte-face rapide qui dément it le caractère habituellement placide du cheval. Elle revient au trot vers nous pour prendre position de l'autre côté de Sonia.

L'excitation et le vent ont rosi ses joues.

— Oh, quel bonheur, Lia ! Je te remercie vraiment. Il y a tellement longtemps que je n'étais pas montée à cheval !

Je lui souris en retour, heureuse de sa joie, jusqu'à ce que je me souvienne de la raison de notre promenade.

— À vrai dire, j'ai proposé qu'on parte à cheval parce que je souhaitais vous parler sans témoin.

Je jette un œil vers Sonia, qui n'a toujours pas l'air très rassurée.

— Je me demande si une promenade jusqu'à la rivière n'aurait pas été plus adaptée, j'ajoute.

— Je parie qu'elle ne nous entend même pas, tellement elle a peur ! s'exclame Luisa en riant.

— Je vous entends très bien ! réplique Sonia entre ses dents.

Je retiens mon rire à grand-peine.

— Alors ? demande Luisa avec curiosité. Que se passe-t-il, Lia ? De quoi voulais-tu parler ? À part ce qu'on sait déjà : la prophétie, la fin du monde, ce genre de bricoles !

En dépit des efforts que fait Luisa pour alléger l'atmosphère, je ne parviens pas à me dérider. Que se passera-t-il si Sonia et elle me reprochent les circonstances de leur vie ? La seule façon de le savoir, c'est de le leur demander et donc de tout leur raconter.

— Je crois savoir pourquoi le visage de mon père te paraît familier.

Luisa hausse les sourcils.

— Je l'ai sans doute croisé à Wycliffe, ou alors…

— Ce n'est pas pour ça, l'interromps-je. On descend de cheval ?

Nous sommes parvenues près d'un petit étang où Alice et moi venions souvent nourrir les canards quand nous étions petites. Après la mort de notre mère, ce lieu semblait un refuge plus sûr que le lac avec ses berges en pente douce, bordées d'arbres qui fournissent une ombre épaisse même en été.

Après avoir attaché nos chevaux à un bosquet, nous remarquons, Luisa et moi, que Sonia est toujours perchée sur Clair de Lune.

— Tu descends ?

Elle se tourne vers moi et, devant son visage terrifié, j'ai un élan de compassion.

— Descendre ? Maintenant que je suis montée, tu veux que je descende ?

Sa voix est proche de l'hystérie.

— Tout ira bien, Sonia. Fais-moi confiance. Je vais t'aider.

Je lui donne des instructions précises et je l'aide à descendre de Clair de Lune. Ce n'est qu'à ce moment-là qu'elle retrouve un semblant de calme. Elle se laisse tomber dans l'herbe en gémissant.

— Je ne pourrai plus jamais m'asseoir normalement !

Je me mets à côté d'elle ; le silence s'installe, le temps que je rassemble mon courage. Je regarde Luisa, adossée à un arbre près de l'eau, les yeux clos, un petit sourire de satisfaction sur les lèvres.

— Luisa ? Comment es-tu arrivée à Wycliffe alors que tu vivais en Italie ? Cela paraît bizarre que tu sois venue suivre des cours si loin de chez toi.

Elle ouvre les yeux ; avec un rire rauque, elle se penche et ramasse une poignée de cailloux.

— Bizarre, on peut le dire ! Mon père avait décidé de m'envoyer à Londres, mais l'une de ses relations d'affaires l'a convaincu que l'Amérique était le meilleur endroit pour recevoir une éducation moderne. « Le fin du fin en matière d'instruction », a dit mon père. Sans doute les mots employés pour le convaincre de m'envoyer à l'autre bout du monde, à Wycliffe.

Elle jette avec colère l'un des cailloux dans l'eau.

— Je crois que c'était mon père.

— Comment cela ? répond-elle. Qui était donc ton père ?

— Je crois que cette relation d'affaires qui a recommandé Wycliffe à ton père, c'était le mien.

Luisa s'avance vers moi, l'air perplexe.

— Mais… Comment ton père aurait-il connu le mien et, même s'ils se sont croisés, pourquoi se serait-il intéressé à mon éducation ?

— Je ne sais pas, mais nous avons toutes des marques. Même si la mienne est différente, elles se ressemblent suffisamment pour que ce soit étrange. Et le fait que nous nous retrouvions dans la même ville, dans le même quartier, n'est-il pas encore plus étrange ?

Sonia ne réagit d'aucune manière, mais elle se met à parler.

— Mes parents étaient anglais. Ils… ils étaient très pauvres, en fait.

Elle a un rire forcé, qui ne ressemble pas à son rire habituel.

— En tout cas, reprend-elle, ils n'avaient besoin d'aucune excuse pour m'envoyer vivre ailleurs. Quand j'ai commencé à montrer des signes de… enfin, vous voyez, toutes ces choses inhabituelles que je vois et que je fais, ils ont pensé que je serais peut-être plus heureuse au milieu de gens comme moi. Du moins, c'est ce que raconte Mrs Millburn. Probablement étaient-ils heureux d'avoir une bouche de moins à nourrir.

— Eh bien, dis-je en souriant, en tout cas je suis contente que tu sois ici, Sonia. Ces dernières semaines, je n'aurais pas survécu sans ton amitié !

Elle me sourit à son tour, d'un sourire timide, et je continue.

— Mais ce n'est pas une coïncidence si nous nous retrouvons toutes au même endroit, si nous avons toutes la marque. Ma tante m'a raconté que mon père avait cherché dans le monde entier des enfants qui la portaient. Elle m'a dit…

Je m'arrête. Vont-elles être fâchées ? Vont-elles m'en vouloir de tout cela ?

— Quoi donc, Lia ? Que t'a-t-elle dit ? demande Sonia d'une voix douce.

— Elle m'a dit qu'il avait commencé à les amener ici… Qu'il s'était débrouillé pour qu'ils viennent en Amérique.

Deux enfants seulement avant qu'il meure. L'un d'Angleterre et l'autre d'Italie.

Luisa cligne des paupières dans le soleil qui décroît.

— Mais… pourquoi ton père aurait-il désiré notre présence ? Et, de toute façon, comment aurait-il pu nous découvrir ? Comment aurait-il pu savoir que nous avions la marque ?

— J'y ai réfléchi. Sonia et toi, vous avez la marque depuis votre naissance. J'imagine que, en disposant de moyens adéquats, il ne devait pas être trop difficile de vous repérer. Mon père était un homme important, un homme déterminé. Même si vos marques étaient gardées secrètes, bien des gens les ont vues, non ? Des médecins, des professeurs, des nourrices, des membres de votre famille…

Je soupire : dites à voix haute, ces paroles n'ont plus beaucoup de sens.

— Je suis désolée, reprends-je. Je ne suis sûre de rien, d'accord ? Je retourne ces questions dans ma tête depuis des semaines. Elles font partie de l'énigme, d'après moi. Il n'y a pas d'autre solution.

Luisa se lève d'un bond et se met à marcher de long en large, comme un lion en cage.

— Peut-être devrions-nous abandonner tout ça ? Après tout, quelle est la pire chose qui puisse arriver si nous renonçons ? N'est-ce pas mieux que de creuser cette histoire à laquelle nous ne comprenons rien ?

— Nous sommes contraintes d'agir, Luisa.

La réponse de Sonia me surprend.

Luisa tend ses paumes ouvertes et le vent soulève une boucle de ses cheveux d'un noir de jais.

— Mais pourquoi ? Pourquoi est-ce impossible ?

En soupirant, Sonia se lève, s'époussette et s'avance avec raideur vers Luisa.

— Parce que j'ai de plus en plus de visions depuis que nous nous sommes rencontrées. Les esprits se montrent toujours plus insistants. Ils tentent de me dire quelque chose, de m'entraîner dans leur univers, et ils ne cesseront pas tant que je ne leur répondrai pas.

Elle prend les mains de Luisa.

— Dis-moi, les esprits ne te pourchassent-ils pas, toi aussi ? Ne te retrouves-tu pas de plus en plus souvent entraînée dans des rêves bizarres qui ne te lâchent pas ? Dans des voyages qui te mènent vers des lieux sombres et terrifiants ?

Je suis à nouveau surprise. Sonia sait quelque chose que j'ignore.

Les traits de Luisa reflètent le combat qui se livre en elle. Soudain, elle s'effondre et enfouit son visage entre ses mains.

— Oui. Oui, d'accord ! crie-t-elle en relevant la tête. Mais cela ne signifie pas que nous devons les poursuivre nous aussi. Les Âmes sont peut-être fâchées parce que nous nous montrons trop insistantes. Si nous les ignorions… si nous cessions de chercher des réponses, peut-être nous laisseraient-elles en paix.

Cela ne se passera pas ainsi. J'en suis persuadée. Cette chose qui veille dans l'ombre de nos rêves, de mes rêves, attend le bon moment. Et elle refusera qu'on l'ignore.

Sonia passe son bras autour des épaules de Luisa.

— Je suis navrée, mais je ne crois pas que les Âmes fonctionnent ainsi. Elles veulent quelque chose de nous, elles veulent quelque chose de Lia, et désormais… Eh bien, désormais, elles nous harcèleront tant que nous ne leur aurons pas donné ce qu'elles veulent.

Chapitre 18

La journée de Thanksgiving se passe dans la gaieté. James et son père nous rejoignent, et des odeurs délicieuses nous parviennent de la cuisine tandis que nous jouons à des jeux de société dans le salon. Le visage de Henry s'illumine comme une étoile filante lorsque Sonia accepte de faire une partie d'échecs. Elle le bat à plate couture, mais cela n'a pas l'air de le déranger, d'autant qu'elle le gratifie d'un sourire enchanteur au moment de le mettre échec et mat.

Alice est sur ses gardes. Comme un animal qui sent le danger, elle reste à distance et nous regarde rire à la lueur du feu. Lorsque nous passons dans la salle à manger, je m'assois à la droite de James. Alice me surprend en exigeant d'être installée à sa gauche. Sa présence me rend nerveuse, même si je ne la vois pratiquement pas. Je lutte contre ce malaise. Le festin est somptueux, le vin et la conversation coulent délicieusement pendant deux heures de bonheur.

Repus, nous revenons au salon. Si Miss Gray voyait les

quantités de nourriture que nous ingurgitons, elle s'inquiéterait sûrement de notre voracité.

Après maintes sollicitations, tante Virginia accepte de se mettre au piano. Nous nous regroupons autour d'elle pour chanter ; nous rions en nous donnant force coups de coude chaque fois que des paroles nous échappent. Même Alice vient se joindre au chœur, sans toutefois s'approcher de Sonia et de Luisa. Et, quand le refrain de notre dernière ballade s'éteint, le salon devient silencieux. Le feu se consume doucement dans l'âtre, et tante Virginia, qui d'habitude ne montre jamais la moindre lassitude, masque un bâillement d'une main fatiguée. Henry dort dans son fauteuil près du poêle, et ses cheveux épais tombent sur ses paupières closes.

— Eh bien, je ne voudrais pas casser l'ambiance, mais je crois qu'il y a quelqu'un qui a bien besoin d'aller se coucher, déclare James avec un coup d'œil par-dessus mon épaule.

Mon regard dévie vers Henry mais, l'œil pétillant, James désigne Mr Douglas, qui dort tout courbé sur le canapé. Je réprime un rire pour ne pas les réveiller, ni l'un ni l'autre.

— Oui… il est assez tard. Dois-je demander à Edmund de vous aider à aller jusqu'à la voiture ? dis-je en montrant Mr Douglas.

— Non, merci, je vais me débrouiller.

James entraîne son père engourdi de sommeil et l'installe dans la voiture qui attend. Après de joyeux au revoir, tante Virginia disparaît pour surveiller le nettoyage de la cuisine, et Luisa et Sonia montent se préparer pour la nuit. Quand il n'y a plus personne, James et moi nous glissons sur la terrasse.

Sans perdre de temps, il m'attire dans ses bras en enroulant une mèche de mes cheveux autour de son doigt ; tout de suite, il pose ses lèvres sur les miennes ; ma bouche s'ouvre sous son baiser comme s'épanouit un bouton de rose aux pétales humides et gonflés. Dans ces moments-là, je me sens une tout autre Lia – une Lia qui se fiche de Miss Gray et de ses innombrables livres remplis de règles. Une Lia qui se moque de ce qu'on peut attendre d'elle. Je me dis qu'une sensation si bouleversante, qui irradie des pieds à la tête, ne peut être que bonne.

C'est James qui s'écarte. C'est toujours lui qui s'écarte en premier, même si c'est toujours lui qui m'attire contre lui.

— Lia, Lia… Je suis si heureux d'être avec toi. Tu le sais, non ? demande-t-il avec une certaine rudesse.

Je souris, moqueuse.

— Oui, évidemment, quand je ne te rends pas complètement fou avec ma manie de discuter et ma curiosité !

— Tu me rends complètement fou avec autre chose, réplique-t-il en riant. C'est vrai, reprend-il avec gravité, que de cela nous n'avons jamais discuté sérieusement. Et je ne peux t'offrir la vie à laquelle tu es habituée. Mais je veux que tu sois tout à moi un jour, quand le moment sera venu…

J'acquiesce plus lentement que je ne l'aurais voulu.

— Sauf que…

— Sauf que quoi ?

L'inquiétude assombrit soudain son regard. Toute la soirée, nous avons ri et nous nous sommes amusés en tentant d'oublier la distance qui s'était installée entre nous. Une distance due uniquement à mes secrets et à mes incertitudes, mais cela James l'ignore et je suis incapable de le lui dire.

— Ce n'est rien, dis-je en secouant la tête. Je suis seulement triste que papa ne soit pas là pour les fêtes. Noël ne sera pas pareil sans lui.

Ma voix vibre de sincérité et, l'espace d'un instant, je parviens à me convaincre que mon chagrin est l'unique chose qui nous sépare, James et moi.

— C'est seulement cela, alors ? La seule raison pour laquelle tu es maussade et silencieuse depuis plusieurs semaines ? Parce que je ne peux pas m'empêcher de penser qu'il y a autre chose.

« Parle-lui. Parle-lui maintenant, avant qu'il ne soit trop tard, avant qu'il ne se sente vraiment rejeté. » Mais cette voix n'est pas assez insistante. Je hoche la tête en souriant à James avec l'air le plus assuré possible.

— Je suis désolée de t'avoir rendu inquiet. Avec le temps, je vais aller mieux.

Je voudrais croire que je cherche à le protéger, mais en fait, c'est la honte qui m'empêche de parler. Tout au fond de moi, je ne puis nier que j'ai peur que James ne veuille plus de moi quand il saura dans quelle histoire je suis impliquée.

***

— Miss Gray n'approuverait pas.

C'est par ces mots qu'Alice m'accueille lorsque je referme la porte ; ce n'est pas la nouvelle Alice, si dure, celle que j'observe toujours d'un œil circonspect. Elle parle d'une voix enjouée et je devine sa silhouette assise sur les marches. Décontractée, elle est affalée en arrière, appuyée sur les coudes.

Je vais m'asseoir à côté d'elle.

— Oui, bon, je suis prête à parier qu'elle n'approuverait pas non plus ta position.

Ses dents brillent dans l'obscurité, nos sourires se font écho dans le mystère de la maison silencieuse.

— Tu vas l'épouser ?

— Je ne sais pas. Je l'ai cru. J'en étais plus sûre que de n'importe quoi au monde.

— Et maintenant ?

— Et maintenant, la situation n'est plus aussi simple.

— Non, répond-elle au bout d'un moment, je dirais que non. Mais il y a peut-être un moyen. Un moyen pour nous deux d'obtenir ce que nous désirons le plus.

Je crois comprendre où elle veut en venir. Mais je ne suis pas prête à lui révéler mes connaissances chèrement acquises. Pas avant qu'elle ne dévoile ses propres batteries.

— Je ne vois pas de quoi tu parles.

— Je suis bien sûre que si, Lia, dit-elle plus bas. Tu as envie de te marier et d'avoir des enfants, de mener une vie tranquille avec James. Tu dois bien savoir à quel point ce rêve est irréalisable vu… vu la situation actuelle. Vu que tu dois te battre contre les Âmes.

La brutalité de ses paroles me prend par surprise. D'un seul coup, le masque est tombé. Elle en sait autant que moi, peut-être même plus. C'est évident à présent, et je me demande comment j'ai pu la croire inconsciente de la prophétie et de ses obligations.

Comme je ne proteste pas, Alice continue.

— Pour trouver la paix, il te suffit de remplir ton devoir envers Samaël. Il te laissera ensuite vivre comme tu le souhaites. Est-ce que ce ne serait pas plus simple pour nous tous qui sommes concernés ? N'y a-t-il pas une petite partie de toi, celle qui est née pour être la Porte, qui désire que cela se passe ainsi ?

Je voudrais pouvoir affirmer que ces paroles ne me touchent pas, que ces sombres suppositions me laissent de marbre. Mais ce serait un mensonge car, au fond de moi, quelque chose vibre d'impatience à l'idée de réaliser les anciennes promesses de la prophétie. Je veux croire que c'est seulement la partie de moi qui brûle d'envie de vivre avec James, comme n'importe quelle fille, mais, quelque part dans l'antre de ma conscience, je sais qu'il y a autre chose. Le rôle qui m'est attribué dans la prophétie me joue son chant des sirènes. C'est la partie de moi la plus profondément enfouie, celle que je m'efforce de nier, celle contre laquelle je dois lutter pour ne pas obéir à la tentation, comme le voudrait Alice.

Je secoue la tête, refusant de trahir ma faiblesse.

— Non. Ce… ça ne se passe pas comme tu le dis.

Ma voix se fait douce pour faire revenir l'Alice de mon enfance, l'Alice que j'aime.

— C'est vrai, je veux vivre avec James, mais pas dans les ténèbres d'un monde régenté par les Âmes. Tu comprends cela, Alice. Nous sommes d'accord sur une chose : il nous faut un objectif commun, un objectif facile à définir. Tu es la Gardienne. C'est ton devoir de protéger le monde des Âmes. Et moi… Eh bien, moi aussi, j'ai le choix. Et je ne les aiderai pas. Je ne ferai rien, absolument rien, pour les aider à détruire les choses, les gens que j'aime. Et cela, n'est-ce pas notre objectif commun ? Protéger Henry et tante Virginia, la seule famille qui nous reste ?

Son visage est à moitié dissimulé dans l'ombre, mais je la vois hésiter en entendant les noms de Henry et de tante Virginia. Elle garde le silence un bon moment, tandis que se succèdent sur ses traits toute une panoplie d'expressions. Le temps d'un battement de cœur, l'incertitude puérile laisse place à la résignation.

— Je n'aurais pas dû être la Gardienne, Lia. Nous le savons parfaitement toutes les deux. Voilà pourquoi je réagis ainsi. Pourquoi je sais depuis l'enfance que j'ai un devoir envers les Âmes, en dépit du nom que me donne la prophétie. Je… je ne peux pas changer ce que je ressens. Ce que je suis.

Je secoue la tête, je refuse de l'écouter. C'est trop dur d'entendre cette Alice-là parler de ces choses-là. Si c'était l'Alice de ces derniers jours, l'Alice au regard glacé, au visage figé, ce serait plus facile de minimiser ses paroles.

Ses lèvres humides luisent dans l'obscurité.

— Si nous agissons de concert, nous serons protégées, Lia. Nous et ceux que nous aimons. Je garantis notre sécurité. Ainsi que celle de James, de Henry et de tante Virginia. C'est bien cela qui rend la vie digne d'être vécue, non ? Tant que cela demeure, à quoi bon se soucier de qui est le maître ? Vivre en paix, cela ne mérite-t-il pas un petit sacrifice de conscience ?

Le désespoir s'infiltre dans ses paroles, m'arrachant à leur envoûtement soyeux. Je secoue vigoureusement la tête, comme pour repousser la séduction de ces promesses chuchotées.

— Je ne peux pas… je ne peux pas faire une chose pareille, Alice. C'est impossible. Moi non plus, je ne peux pas changer ce que je ressens. Ce que je suis.

Moi qui croyais provoquer sa colère, je n'entends que de la tristesse dans sa voix.

— Oui. Je m'attendais à cette réponse. Je suis navrée, Lia.

Elle cherche ma main et la saisit, comme elle faisait quand nous étions petites. Sa main n'est pas plus grande que la mienne et, pourtant, à une certaine époque, je me sentais toujours en sécurité quand je tenais la main d'Alice. J'ignore pourquoi elle me dit qu'elle est navrée, mais j'ai bien peur de le savoir bientôt… Ma main ne sera plus jamais en sécurité dans la sienne.

Chapitre 19

— Lia !

Sonia me fait signe de venir dans la chambre d'amis alors que je me dirige vers la mienne, la conversation avec Alice résonnant encore à mes oreilles.

— Je pensais que vous dormiez déjà après une telle journée, dis-je en entrant.

— Nous avons passé une journée merveilleuse, Lia. Mais il reste du pain sur la planche, pas vrai ?

Le regard de Sonia dérive vers Luisa, assise sur l'un des lits.

J'hésite avant d'acquiescer. Je ne puis qu'espérer que Luisa se montrera aussi compréhensive que Sonia.

— Qu'est-ce qu'il y a, Lia ? dit Luisa en fronçant les sourcils. Il y a un problème ?

— Pas exactement, dis-je en m'asseyant au bout du lit. Mais il y a une chose que je n'ai pas encore eu l'occasion de te dire. Une chose que j'ai découverte après le jour où vous êtes venues prendre le thé, Sonia et toi.

— De quoi s'agit-il ?

Je me passe nerveusement la main sur le front car mes révélations risquent de rompre une amitié qui m'est devenue très précieuse. Ce n'est vraiment pas facile à expliquer, et je me lance le plus vite et le plus simplement possible. Je lui raconte la raison pour laquelle j'ai une marque différente des leurs et je résiste à l'envie d'adoucir ces confidences en les rationalisant ou en les minimisant. Si nous devons travailler main dans la main, Luisa doit savoir exactement qui je suis.

Elle commence par se taire. Nulle colère, nulle protestation, contrairement à ce que j'attendais. Elle me regarde droit dans les yeux, comme si elle pouvait y trouver les réponses à toutes ses questions. Elle finit par me prendre la main, cette main qu'Alice vient juste de laisser définitivement tomber.

— Raconte-moi tout, dit-elle enfin.

Une phrase simple, ouverte sur l'espoir.

Et j'obéis. Je lui raconte la prophétie, mon rôle, le médaillon. Elle accueille tout cela avec un calme stoïque. Découvrir que je suis l'Ange et la Porte ne provoque qu'un infime accroc dans sa détermination. Je parviens à la fin de mon récit en sachant que, la suite, nous l'écrirons toutes ensemble.

— Nous voilà donc revenues au problème des Clés, conclus-je. Mais nous sommes un peu mieux renseignées qu'au départ.

Luisa hoche la tête, faisant danser ses boucles sur sa nuque.

— Et c'est là qu'intervient la mystérieuse Mme B., n'est-ce pas ?

Je regarde Sonia, surprise.

— Je lui ai parlé de notre visite à Mme Berrier, répond-elle en souriant.

— Parfait. Donc, nous savons les mêmes choses toutes les trois.

— Oui, dit Luisa, mais…

— Mais quoi ?

— Mais pourquoi ne m'avez-vous pas invitée à venir ? J'aurais aimé en apprendre davantage sur la prophétie…

Elle fait la moue et je me sens soudain coupable, mais Sonia répond sans se laisser démonter.

— C'est à cause de moi, Luisa. La servante de Mrs Millburn connaît l'une des servantes de Lia. J'avais peur de t'envoyer un mot à Wycliffe. Je n'avais aucune envie de te causer des ennuis, et je savais que rien ne t'arrêterait si tu étais au courant de ce rendez-vous, en dépit des conséquences possibles.

Le silence de Luisa me fait craindre que nous ne l'ayons blessée, mais elle finit par admettre que Sonia n'avait pas tort.

— D'accord, avoue-t-elle en riant d'elle-même. Je peux effectivement être assez obstinée ! Bon. Alors, qu'a-t-elle dit, cette mystérieuse femme ?

— Elle nous a expliqué que Samhain est une ancienne fête druidique, ouvrant une période de ténèbres, dis-je en ôtant mes épingles à cheveux. Apparemment, ça tombe le premier novembre, mais nous ne parvenons pas à comprendre quel rapport il y a avec les Clés. Le seul détail intéressant, c'est que ça coïncide avec l'anniversaire de Sonia.

— Qu'est-ce que tu dis ? réagit Luisa en se redressant.

— Elle a dit que mon anniversaire coïncidait avec le jour de Samhain, le premier novembre, intervient Sonia, la tête appuyée contre le bois de son lit.

Luisa blêmit.

— Luisa ! Que t'arrive-t-il ? je lui demande.

— Euh… C'est tellement étrange…

Les yeux fixés sur le feu, on dirait qu'elle se parle à elle-même.

— Qu'est-ce qui est étrange ? dit Sonia en se glissant au bord du lit.

— Que ton anniversaire soit le premier novembre. C'est étrange, parce que le mien aussi.

Sonia se lève et s'approche du feu.

— Mais, dit-elle en se tournant vers nous, de quelle année ?

Elle a la voix qui tremble.

— Mille huit cent soixante-quatorze, dit Luisa.

À peine un murmure qui se faufile dans les coins sombres de la chambre.

— Oui, acquiesce lentement Sonia. Oui. Moi aussi.

Sans cesser d'arpenter la chambre, j'essaie de cerner le mieux possible les nombreuses pièces disparates de ce puzzle.

— Ça n'a aucun sens. Moi, je ne suis pas née le premier novembre, donc cela ne vous concerne que toutes les deux, je marmonne sans m'adresser à personne en particulier. Comment pouvons-nous résoudre quelque chose d'aussi… d'aussi… ?

— Fou ? propose Luisa.

— Oui. Fou…

Sonia vient s'asseoir sur la banquette, près du feu.

— Et maintenant, dit-elle, qu'est-ce qu'on va faire ? Le fait d'être nées le même jour, c'est une chose, mais ça ne nous aide en rien à trouver les Clés.

— En fait, dis-je en me souvenant soudain de la lettre, j'avais autre chose à vous annoncer. On a peut-être avancé quand même.

— Comment ça ? demande Sonia.

Prenant l'enveloppe dans ma poche, je la lui tends.

— Mme Berrier me l'a envoyée après notre rencontre.

Sonia se lève pour prendre la lettre, l'ouvre et la passe à Luisa dès qu'elle l'a lue.

— Qui est-ce, s'enquiert Luisa, cet Alastair Wigan ?

— Je ne sais pas. Mais demain nous allons le découvrir.

***

Le lendemain, dès que nous sommes descendues, nous enfilons nos manteaux pour sortir dans le matin froid mais ensoleillé. J'ai déjà arrangé cette escapade avec tante Virginia. Elle a parfaitement compris que cette histoire d'aller en ville s'offrir un thé convenable était un mensonge, mais, s'il devait m'arriver quelque chose, c'est à elle que reviendrait la tâche de prendre soin de Henry. Je ne cherche qu'à la protéger. À les protéger tous les deux.

Depuis ma conversation dans l'escalier avec Alice, j'ai le sentiment d'avoir franchi une barrière invisible, un point au-delà duquel on ne trouve que tristesse et malheur. Cette course pour mettre fin à la prophétie comme nous le souhaitons sera dangereuse, peut-être même mortelle. Pourtant, je ne peux qu'aller de l'avant, à moins d'être prête à vivre ma vie entière dans cette ombre.

Et cela, c'est tout simplement exclu.

Chapitre 20

Sonia, Luisa et moi traversons la pelouse en chahutant. Nous avons l'intention de profiter du plaisir de la sortie promise, en dépit de ses sombres objectifs.

Nous gravissons l'escalier de la remise jusqu'à la chambre qu'occupe Edmund. Je toque à la porte et il arrive aussitôt.

Sans nous laisser le temps de prononcer un mot, il prend son manteau.

— Alors ? Où allons-nous aujourd'hui, mademoiselle ?

***

Nous sommes secouées sur les routes qui nous éloignent toujours plus de Birchwood. J'avais compris en lisant l'adresse que nous n'allions pas en ville, mais je n'avais pas imaginé pareille expédition.

Notre destination est lointaine, car le voyage dure si longtemps que notre excitation retombe peu à peu, cédant la place à des soupirs et à des regards perdus. Le silence me repose. J'espère par-dessus tout que Mr Wigan pourra nous aider à découvrir les Clés.

Edmund quitte la grande route et pénètre dans une allée boisée ; dès que nous sommes sous l'arche des arbres, il fait sombre dans la voiture. Nous poussons en chœur un soupir de soulagement lorsque, au bout de l'allée, la lumière revient. Edmund arrête les chevaux.

— Dieu merci ! s'exclame Luisa, en portant la main à son front. J'ai cru que j'allais être malade !

Elle ouvre la portière et descend en vacillant, sans attendre l'aide d'Edmund. J'espère qu'elle ne va pas être malade. Je ne sais pas si Mr Wigan sera heureux de voir trois jeunes filles apparaître sur le seuil de sa porte, mais on peut imaginer qu'il ne le sera pas du tout si l'une d'elles vomit son petit déjeuner dans ses buissons.

Mais Luisa se reprend et s'essuie le front avec un mouchoir. Nous nous avançons vers le cottage délabré construit au milieu d'une petite clairière. Il y a un jardinet sur le côté et, dans la cour, une chèvre nous observe d'un œil nonchalant. Quelques poulets picorent par-ci par-là, mais, malgré ces animaux, Lerwick Farm est un nom bien imposant pour un endroit aussi modeste.

Edmund se tient en retrait lorsque je frappe à la porte, dont la peinture blanche s'écaille sous la pression de mon poing. Personne ne répond et nous attendons au milieu des gloussements des poulets en nous demandant quoi faire. Luisa lève déjà une main autoritaire lorsqu'une voix s'élève derrière nous.

— Eh bien, bonjour ! Vous devez être les jeunes dames dont m'a parlé Sylvia !

Nous faisons volte-face et nous nous retrouvons devant un homme de petite taille, vêtu d'un pantalon de tweed et d'une chemise à moitié déboutonnée. Son crâne chauve brille dans le soleil. J'ai du mal à identifier l'accent du terroir dans sa voix, mais ce doit être un reste d'accent écossais ou irlandais émoussé par une longue vie en Amérique.

— Que se passe-t-il ? Vous avez perdu votre langue ? dit-il en s'avançant vers nous. Alastair Wigan, à votre service. Sylvia Berrier m'a annoncé votre visite.

Il a l'air content de nous voir, comme si nous étions des amies perdues de vue depuis longtemps.

— Bonjour, Mr Wigan. Je m'appelle Lia Milthorpe, et voici mes amies Sonia Sorrensen et Luisa Torelli, ainsi qu'Edmund, notre chauffeur.

Il y a échange de poignées de mains et de formules de bienvenue.

— Eh bien ! s'exclame-t-il. Je ne vais pas vous laisser debout sur le seuil comme des inconnues alors que vous êtes des amies de Sylvia Berrier !

Il se dirige lentement vers la véranda.

— Venez, je vous en prie. Je vais nous préparer un thé à ma façon. Je suis en train d'expérimenter une nouvelle infusion du jardin, vous comprenez, et je n'ai pas souvent l'occasion de la tester sur quelqu'un d'autre qu'Algernon.

— Algernon ? je répète en regardant autour de moi.

Mr Wigan fait un geste en direction de la cour.

— Oui, oui.

Il tient la porte ouverte pour que nous entrions, l'une après l'autre.

Je jette un dernier regard dans la cour. Il n'y a personne, en dehors des poulets et de la chèvre. Oh non…

— Algernon, c'est la chèvre ?

— Mais oui, évidemment !

Mr Wigan se dirige vers le fond de la petite maison.

Nous échangeons un regard, Luisa et moi. Elle a l'œil pétillant de gaieté. À l'évidence, elle trouve cette situation délicieuse. Ma vue s'adapte au clair-obscur de l'endroit. Je suis sidérée par le bric-à-brac dont chaque centimètre carré est encombré.

Des débris de pierre et de plume parsèment les étagères poussiéreuses et remplies à craquer. Des reliques taillées dans le bois côtoient des poupées sinistres, sous le regard de plusieurs squelettes dont certains ont des petites flammes qui dansent dans leurs orbites vides. Il me semble reconnaître la tête grosse comme une noisette d'un écureuil et peut-être un crâne humain fendu posé en serre-livres sur la cheminée. Je frissonne, alors que la pièce est bien chauffée.

Edmund s'adosse au mur près de la porte. Il examine la pièce de façon systématique, comme s'il enregistrait le moindre détail. La ligne obstinée de sa mâchoire me dit qu'il n'a nullement l'intention de nous laisser seules dans cette étrange demeure et, pour être franche, je trouve sa présence rassurante. C'est sans doute égoïste de ma part, mais je suis contente qu'il soit là.

— Et voilà ! s'exclame Mr Wigan en revenant avec un plateau métallique.

Des yeux ; il fait le tour de la pièce à la recherche d'un endroit où le poser.

Sonia vole à son secours.

— Voulez-vous que je débarrasse cette table de ses livres ?

Elle montre une imposante pile d'ouvrages sous laquelle se cache sûrement une table, même si je n'en vois pas la moindre trace d'où je suis.

— Très bonne idée ! dit Mr Wigan.

Je m'empresse d'aider Sonia et, ensemble, nous posons les livres par terre dans un nuage de poussière qui nous fait tousser. J'essaie d'ignorer la saleté de la table, car Mr Wigan ne paraît pas la remarquer et se débarrasse du plateau sans songer à passer un coup de chiffon avant.

— Et voilà ! répète-t-il. Sylvia me dit que vous avez un sacré mystère sur les bras.

Il verse l'infusion dans des tasses dépareillées et nous en tend une à chacun, Edmund compris, à sa grande surprise.

— Elle m'a tout raconté sur la prophétie, reprend Mr Wigan, mais je connaissais déjà tout ça, vous savez, par ma vilaine païenne de mère.

Ses yeux pétillent joyeusement, établissant clairement que ce n'est pas du tout l'opinion qu'il a de sa mère.

— C'est vraiment merveilleux d'en entendre parler ici même ! ajoute-t-il.

— Mais que… ? Oh !

Le goût de la boisson me surprend. Ça sent l'orange et, peut-être, la réglisse.

— C'est très bon ! dis-je.

Mr Wigan se penche en avant, son front déjà ridé plissé de satisfaction.

— Vous trouvez ? Ce n'est pas trop fort ?

— Pas du tout ! C'est délicieux !

Je bois une autre gorgée avant de reposer ma tasse.

— Qu'y a-t-il d'étonnant à évoquer cette prophétie ici tout particulièrement ? je demande.

— Eh bien, parce qu'il s'agit en réalité d'un mythe celtique. Oh, bien sûr, les Guetteurs apparaissent dans la Bible, mais le mythe des Sœurs vient des Celtes, de Bretagne je crois.

— D'accord. Je ne suis pas très sûre de comprendre pourquoi Mme Berrier… euh… Sylvia, a pensé que vous pourriez nous aider…

— Mais si. Je suis un spécialiste des questions du passé. Pas des choses habituelles. Pas de celles que tout le monde connaît. Plutôt de tout ce que la plupart des gens considèrent comme inintéressant, indigne d'être exploré. Mais, quoi qu'il en soit, j'en connais un rayon sur la mythologie celte, la mythologie biblique, les druides, explique-t-il en agitant une main tavelée. Tout ça, c'est du pareil au même, quel que soit le nom qu'on lui donne.

— Bien. Dans ce cas, peut-être pourrez-vous nous aider, Mr Wigan.

Je sors de mon sac la traduction du livre et je la lui tends.

— Il y a encore une partie de la prophétie que nous ne parvenons pas à comprendre. Mme Berrier nous a parlé de Samhain, mais elle n'a pas pu expliquer la référence au Serpent de Pierre. D'après elle, le mot Aubur évoquerait plutôt quelque chose appartenant à votre champ de compétences…

— Très intéressant, vraiment très intéressant, marmonne-t-il en pinçant les lèvres.

Il pose les papiers sur ses genoux, boit une gorgée d'infusion, l'air bien décidé à ne plus ajouter un mot.

— Oui, nous…, je commence.

— Ce que nous devons savoir, Mr Wigan, m'interrompt Luisa, c'est si, oui ou non, vous pouvez situer cette référence.

Il paraît étonné, comme si la question ne se posait même pas. Il se dirige vers l'une des bibliothèques branlantes et examine les volumes entassés là comme s'il les connaissait tous par cœur en dépit de leur rangement aléatoire. En moins de dix secondes, il sort un livre en tissu relié. Il revient s'asseoir près du feu et avale une autre gorgée en feuilletant l'ouvrage.

Luisa se penche tellement en avant que j'ai peur de la voir tomber de son siège. Elle a les lèvres serrées et j'imagine l'énergie qu'elle doit mobiliser pour s'empêcher d'arracher le livre des mains de Mr Wigan. Celui-ci ne dit pas un mot, ne pousse pas un soupir. Il se contente de tourner lentement les pages pour finalement s'arrêter non loin de la fin.

— Ça ne s'appelle plus Aubur, voyez-vous, m'explique-t-il en me tendant le livre. Voilà sans doute la raison pour laquelle Sylvia a eu du mal. Aubur, c'est le nom ancien. Maintenant, c'est Avebury.

Je baisse les yeux sur la page. C'est un dessin d'artiste composé de petits points formant un cercle traversé par un trait. Cela ne m'évoque strictement rien.

— Je ne comprends pas. De quoi s'agit-il ?

Je passe d'abord le livre à Luisa, de crainte qu'elle n'ait une attaque si on ne lui donne pas autre chose à faire qu'attendre et écouter Mr Wigan.

— Eh bien, c'est un cercle de pierres ! Moins connu que d'autres, mais un cercle de pierres tout de même !

Ma mémoire réagit à cette évocation.

— Un cercle de pierres ? Vous voulez dire comme le très célèbre Stonehenge en Angleterre ?

— Oui. Exactement. Stonehenge. C'est celui que tout le monde connaît, mais il en existe beaucoup d'autres, dans les îles Britanniques surtout.

Sonia a le livre sur les genoux. Elle lève les yeux vers Mr Wigan.

— Et cet... Avebury est l'un de ces cercles de pierres ?

— Oui.

Apparemment, il n'a rien de plus à ajouter.

Luisa me jette un regard inquiet avant de continuer.

— Et le Serpent de Pierre ? Pourquoi la prophétie nomme-t-elle Avebury un objet si étrange ?

— Eh bien, justement, c'est bizarre. Peu de gens connaissent le rapport entre Avebury et le serpent mais, si on dessinait le cercle, on s'apercevrait qu'il a une forme de serpent. Un serpent qui passe à travers un cercle.

Les visages affolés de Sonia et Luisa doivent refléter le mien : un serpent passant à travers un cercle, voilà qui est très proche du dessin figurant sur le médaillon et des marques dont nous sommes toutes les trois porteuses.

— Mais quel lien y a-t-il entre nous et un cercle situé là-bas ? Et avec la prophétie ? demande Luisa.

Je prends la traduction sur la table et je lis à voix haute.

« Nées dans le premier souffle de Samhain
Dans l'ombre du Serpent de Pierre Occulte d'Aubur. »

Je secoue la tête en regardant Mr Wigan.

— Les Clés, dis-je. Quelque chose à propos des Clés façonnées près d'Avebury... Et les villes alentour ? Peut-être existe-t-il une ville près d'Avebury, une ville où les Clés ont pu être cachées ou fabriquées ? Une ville connue pour ses forgerons, par exemple ?

Mr Wigan se gratte la tête, le front plissé par la réflexion.

— Eh bien, la plupart des cercles de pierres se trouvent dans des endroits isolés, me semble-t-il... Mais j'ai peut-être quelque chose qui pourrait nous aider.

Il se dirige vers un grand bureau poussé contre un mur, couvert de papiers et de livres. Ouvrant le tiroir du bas, il fouille un bon moment avant d'en sortir un rouleau de papier qu'il brandit triomphalement.

— Voilà ! Venez voir.

Sans se donner la peine de débarrasser la table, il pose le rouleau par-dessus le désordre, le déroulant petit à petit jusqu'à ce qu'il soit évident qu'il s'agit d'une carte. Luisa pose une pierre, deux livres et un flacon de verre aux quatre coins pour l'empêcher de se replier.

Mr Wigan chausse ses lunettes et nous scrutons tous cette carte, Edmund compris. Je croise son regard : j'accepte qu'il connaisse notre secret. Il était le plus vieil employé de mon père. Son plus vieil ami. Si je ne lui fais pas confiance à lui, à qui ferais-je confiance ?

— Très bien, alors. Avebury. Ici.

Mr Wigan désigne d'un index tordu un point à peu près au milieu de la carte.

Je distingue à peine les lettres A-U-B dans le clair-obscur de la pièce.

— Oui, mais j'imagine que les Clés ne seront pas là précisément, intervient Luisa en étudiant la carte sans cesser de se mordre l'ongle du pouce. La prophétie dit « près du Serpent de Pierre », non ?

— Oui, approuve Mr Wigan. Voyons voir.

Il fait glisser son doigt vers le bord de la carte.

— Ici, dit-il, il y a le village de Newbury.

Je ne vois aucun nom correspondant à Newbury, mais il paraît connaître cette carte comme sa poche.

— Et là, continue-t-il, nous avons le village de Swindon.

Nouveau tapotement sur la carte.

— Ensuite, c'est le village de Bath, très célèbre. Vraiment très célèbre. Peut-être…

Mais Sonia l'interrompt.

— Bath ? Mais…

Luisa relève la tête et ses yeux brillent à la lueur du feu.

— Quoi donc ?

Leurs regards se croisent, puis Sonia se tourne vers moi.

— D'abord la date et maintenant…

— Et maintenant quoi ?

J'ai l'estomac noué. J'ignore ce qu'elle va dire, mais je sens que la roue du destin s'est mise en marche.

— Et maintenant Bath. C'est là que je suis née. Mrs Millburn me l'a dit lorsque je lui ai posé la question – je suis née à Bath.

Un déclic se produit dans ma tête.

— Tu n'es pas née en Italie, n'est-ce pas, Luisa ? je lui demande.

— Non, répond-elle dans un murmure apeuré.

— Mais tu as dit que tu étais née en Italie.

La voix de Sonia vibre d'une panique mal contenue.

— Non, répond Luisa. Je n'ai pas dit cela. J'ai dit que j'étais originaire d'Italie. Ce qui est vrai. Mais ma mère était anglaise. Je suis née en Angleterre et je suis partie en Italie alors que je n'étais qu'un bébé.

— Quelles sont les autres villes, Mr Wigan ? Les autres villes proches du Serpent de Pierre d'Avebury ? je demande.

Même lui paraît troublé tandis qu'il se penche à nouveau sur la carte en faisant glisser son doigt dessus.

— Voyons voir… nous avions Newbury, Swindon, Bath.

Il relève la tête brièvement pour regarder Sonia avant de se replonger dans la carte.

— Si on suit cette ligne en cercle, plus ou moins, on trouve Stroud, Trowbridge, Salisbury et… Andover. L'un de ces noms vous évoque-t-il quelque chose, mon enfant ?

Il dévisage Luisa d'un air plein d'espoir. Puis il pousse un gros soupir, scrutant la carte pour trouver d'autres villes, quand Luisa se décide à briser le silence.

— Salisbury, marmonne-t-elle. Je suis née à Salisbury.

« Quatre Marques, quatre Clés, Cercle de feu.
Nées dans le premier souffle de Samhain
Dans l'ombre du Serpent de Pierre Occulte d'Aubur. »

J'entends la prophétie résonner à mon oreille et, soudain, je sais.

— Sonia ? À quelle heure es-tu née ?

— Je n'en ai aucune idée.

— Luisa ? dis-je en me tournant vers elle.

— Vers minuit, à ce qu'on m'a dit.

Maintenant, j'en suis sûre. Et elles aussi elles en sont sûres.

Je relève la tête et j'observe, émerveillée, Luisa et Sonia.

— C'est vous. Vous et toutes celles qui portent la marque. Vous êtes les Clés.

Chapitre 21

La visite chez Mr Wigan nous a fatiguées et l'ambiance festive de la veille a complètement disparu. Le dîner en compagnie de tante Virginia, d'Alice et de Henry se déroule dans une atmosphère assez tendue. Tout le monde est soulagé, je pense, de se retirer dans ses appartements, le dessert avalé. J'ai déjà enfilé ma chemise de nuit et je suis prête à me coucher lorsqu'on frappe à ma porte.

J'ouvre : Luisa et Sonia sont sur le seuil, en chaussons et chemise de nuit.

— Vous ne dormez pas ? Je pensais que vous étiez couchées depuis belle lurette.

— J'ai bien peur que le sommeil ne soit pas pour tout de suite, Lia, répond Sonia.

Je m'efface pour les laisser entrer.

Luisa vient s'adosser au mur tandis que Sonia se perche sur le bord du lit.

Je m'assois à ses côtés et je scrute son visage pâle dans la lueur du feu.

— Que se passe-t-il ?

— Luisa et moi, nous avons discuté d'un certain nombre de choses. Et nous sommes tombées d'accord. Si nous sommes les Clés, plus vite nous mettrons fin à la prophétie, mieux cela vaudra.

— Oui. Mais… vous vous sentez bien ? réponds-je en prenant une profonde inspiration.

Sonia pose sa main sur la mienne.

— C'était tellement… tellement… surprenant. J'en ai eu le souffle coupé. Évidemment, je savais que nous étions partie intégrante de la prophétie, d'une manière ou d'une autre. Autrement, pourquoi aurions-nous eu la marque, Luisa et moi ? Il n'empêche que, brusquement, ça paraît terrifiant de se retrouver dans pareille situation.

— Je comprends, dis-je en souriant. Mais travailler ensemble, c'est mieux que d'assumer cela toute seule, non ?

Elle acquiesce en souriant à son tour. Je m'approche du feu et je leur fais face.

— Très bien. Alors, passons à l'étape suivante : découvrir les autres Clés.

— Mais comment ? répond Luisa en secouant la tête. On doit être quatre, c'est bien cela, deux autres en plus de Luisa et moi ?

— C'est cela, mais nous n'avons pas besoin de tout reprendre depuis le début si nous réussissons à trouver la liste.

— Quelle liste ? demande Luisa, l'air manifestement perdu.

— La liste de noms établie par mon père. Tu t'en souviens ? Je vous ai raconté que, d'après tante Virginia, il était à la recherche d'enfants et qu'il avait dressé une liste de noms et de lieux. S'il savait que les quatre clés étaient nées près d'Avebury aux alentours de minuit le premier novembre de la même année, il n'était pas si difficile de dénicher quatre filles avec la marque. À coup sûr, Sonia et toi vous figuriez sur cette liste, et il y en avait sûrement d'autres. Si on met la main sur cette liste avant Alice, on peut essayer de les retrouver.

Sonia se lève en se massant le front du bout des doigts, pour tenter de se calmer.

— Même si nous avions toutes les Clés, nous ignorerions comment mettre fin à la prophétie !

Je croise le regard de Luisa. Nous sommes habituées à voir Sonia sereine…

Je ne peux que lui offrir la vérité.

— Je sais que c'est à devenir fou. Je le comprends très bien. Mais il a fallu près de dix ans à mon père pour aboutir et, aujourd'hui, il existe un moyen de découvrir les autres Clés sans être obligées de repartir à zéro. En tout état de cause, il nous faut trouver la liste, et sans traîner, car ce serait dangereux qu'elle tombe entre les mains d'Alice. Soit nous trouverons qui sont les autres, soit nous trouverons le moyen de les dénicher à l'aide des indices dont nous disposons déjà.

Sonia se rassoit sur le lit, la tête dans les mains, sans rien dire.

— Très bien, Lia, déclare calmement Luisa.

Je suis soulagée de voir qu'elle a de nouveau les yeux pétillants.

— Où va-t-on chercher ? reprend-elle. Où cette liste peut-elle être cachée ?

— J'y ai un peu réfléchi. Il n'y a qu'une seule personne, une seule, qui en sache plus sur la prophétie que n'importe laquelle d'entre nous…

— Qui ? s'enquiert Sonia.

— Mon père.

— Mais, Lia, intervient Luisa, ton père… Je veux dire… Ton père est…

— Je sais parfaitement que mon père est mort, Luisa. Mais il se trouve que Sonia s'entretient parfois avec les morts, n'est-ce pas, Sonia ?

Le visage de la voyante, lisse comme de l'albâtre à la lueur du feu, ne trahit nulle émotion.

— Oui, parfois. Mais pas toujours, répond-elle en s'approchant de moi. Je ne peux pas décider qui viendra et qui ne viendra pas. Je ne peux pas contrôler les messages qui sont transmis d'un monde dans l'autre. Ce n'est pas pour me justifier que j'affirme à mes clients que je travaille suivant la volonté des esprits. C'est tout à fait vrai.

— Oui, mais tu pourrais essayer, non ? De… de l'appeler ? De susciter sa présence ?

Elle répond plus lentement et avec moins d'enthousiasme que je ne l'espérais.

— Probablement. Mais, et Virginia ? Tu as dit qu'elle était la Gardienne autrefois. Pourquoi ne pas l'interroger, simplement ?

— Mon père a toujours agi en secret. Elle a su qu'il existait une liste, mais elle ignore où elle est cachée et elle ne connaît qu'une partie de la prophétie. Celle qui concerne son rôle à elle et celui de ma mère. Et, évidemment, Alice refusera de partager quoi que ce soit avec nous. Non, dis-je en secouant la tête, il faut parler à mon père. C'est la seule solution.

— Même si on y arrive, ça ne suffira pas. Les esprits ne peuvent pas intervenir dans le monde qu'ils ont laissé derrière eux. Ils peuvent nous parler des Autres Mondes et de la situation telle qu'elle était avant leur disparition, mais ils ne voient rien de ce qui se passe dans notre monde depuis qu'ils l'ont quitté.

Elle s'interrompt, les lèvres serrées, pour tenter de trouver les mots qu'il faut.

— Une fois que l'âme est passée dans un Autre Monde, c'est comme si un rideau se tirait entre elle et nous. Parfois, le tissu devient plus mince et on peut communiquer, mais ton père ne pourra rien raconter de ce qui s'est passé après sa mort.

— Eh bien, il pourra tout de même nous dire où il a caché la liste avant sa mort, non ?

— Je pense, répond-elle.

Une lueur d'espoir.

— Peut-être y sera-t-elle toujours… Ça vaut le coup d'essayer, non ? C'est un bon début !

— Très bien ! dit Sonia. On essaie, alors !

Nous nous installons aussitôt par terre, en cercle devant le feu. Nous nous prenons par la main, comme si cela suffisait à nous protéger de ce qui nous attend de l'autre côté. Je me souviens de cette première rencontre dans le salon de Mrs Millburn. Comme cela me semble lointain ! Incroyable que nous nous retrouvions ensemble à Birchwood en train de former à nouveau un cercle, cette fois sans Alice et pour quelque chose de bien plus dangereux.

Sonia ferme les yeux. Je regarde Luisa, dont les cils immenses viennent ombrer la joue délicate. Il n'y a rien d'autre à faire que de les rejoindre. Je ferme les yeux à mon tour et j'attends en écoutant la douce respiration de Sonia. Il ne se passe rien. Je rouvre les yeux et je vois Sonia qui me regarde.

— Quelque chose ne va pas ? je demande.

Elle est si émue qu'elle a du mal à parler.

— Euh… je… bon… Bon, je crois que j'ai peur. Vous

voulez bien me surveiller ? S'il se passe quelque chose, quelque chose de grave, vous briserez le cercle pour m'arracher à ma transe.

Je comprends ce qu'elle veut dire. J'ai déjà connu la puissance des ténèbres. J'ai entendu le battement sourd des Âmes, j'ai senti leur souffle brûlant dans mon dos.

— On te surveille, Sonia. Je te le promets.

Elle hoche la tête et ferme les yeux pour conjurer sa peur.

Pendant un moment, rien ne se passe. Je glisse dans un état proche de l'hypnose, aidée par le crépitement du feu et le silence de la pièce. J'ai cessé d'attendre quoi que ce soit lorsque je sens la présence de mon père, comme cela m'est déjà arrivé. L'odeur atténuée de sa pipe mêlée à celle de la laine de sa veste préférée, qui sent le bois de cèdre de l'armoire.

La voix de Sonia brise le silence.

— Est-ce Thomas Milthorpe ? Le père de Lia, Alice et Henry ?

Silence. Elle reprend, d'une voix plus douce.

— Oui, oui. Nous ne ferons pas de bruit.

Ses yeux s'ouvrent, et son regard offre une acuité inhabituelle. Le bleu de ses pupilles est plus vif, le cercle noir mieux défini. Une étrange énergie, presque palpable, a envahi la pièce.

— Avant que Lia ne te parle, esprit, tu dois me dire une chose qu'elle seule connaît. Une chose qui prouvera ton identité.

Je m'étonne de cette requête et je me demande ce qui a poussé Sonia à la formuler. J'attends qu'elle transmette la réponse de mon père. Un picotement envahit ma paume, là où elle touche celle de Sonia, et très vite ma main entière devient brûlante. J'entends alors la voix, rauque et venant de très très loin.

— Lia ? Lia ? Tu m'entends, ma petite fille ?

Je secoue la tête, incapable d'y croire. C'est la voix de mon père, j'en suis certaine, mais je ne comprends pas comment elle me parvient, comment j'entre en contact avec mon père mort rien qu'en tenant la main de Sonia. Mon regard dévie vers Luisa, dont la main est également brûlante dans la mienne. Elle écarquille les yeux en fixant le visage de Sonia. Elle aussi entend la voix.

Cette voix qui, venant de partout et de nulle part, force mon attention.

— Lia… Écoute. Il y a beaucoup de choses dont il faut discuter…

La voix grésille et se brise au milieu de certains mots.

— Je vais te donner la preuve que réclame la voyante, mais il faut faire vite. Ils vont venir bientôt…

La voix disparaît puis revient.

— Lia… ma petite fille… te souviens-tu lorsque tu as essayé de construire un radeau ? Le bateau de Henry est tombé… dans l'eau et… tu t'en souviens ? Tu étais si petite, mais persuadée… que tu pourrais le rattraper si… tu pagayais assez vite. Tu n'as jamais été très douée… construire des choses, Lia. Tu t'en souviens ? Mais tu as quand même essayé. Tu t'es acharnée, alors qu'à l'évidence… c'était infaisable…

Les larmes me piquent les yeux tandis que ce souvenir me revient : j'avais décidé de construire un radeau de fortune pour récupérer le petit bateau de Henry ; j'étais certaine de le rattraper alors qu'il était parti au fil de l'eau. Alice restait là à répéter que c'était impossible. Même le malheureux Henry savait qu'on ne retrouverait jamais son jouet, et pourtant le courant n'était pas très fort car il n'avait pas plu depuis longtemps. Vêtue de ma plus belle robe chasuble, j'ai cloué des planches en me servant des outils et des bouts de bois que les ouvriers de mon père avaient abandonnés là le temps d'aller déjeuner. J'ai travaillé avec ardeur, mais sans beaucoup d'adresse. Quand j'ai enfin lancé le radeau, il a coulé avant même que j'aie posé le pied dessus. Je crois que j'étais plus désespérée de ne pouvoir récupérer le bateau de Henry que lui de l'avoir perdu.

— Je m'en souviens, dis-je dans un souffle.

Le silence s'installe et j'ai peur que nous n'ayons perdu ce fragile contact avec les Autres Mondes. Mais la voix revient, un peu plus faible.

— Très bien, Lia. Il faut que tu… trouves… les Clés. J'ai essayé… j'ai essayé… J'en ai trouvé, mais seulement deux… Tu dois… liste… pour achever le cercle. Je l'ai laissée dans… derrière… C'est le seul moyen… en finir avec la prophétie. Tu es la… C'est ton… une bonne fois pour toutes… mais pas sans les quatre…

Je le sens s'éloigner. L'énergie dont la chambre était saturée s'évanouit après un ultime sursaut.

Sonia intervient : elle est nettement plus autoritaire lorsqu'elle est en transe que dans son état normal.

— Mr Milthorpe, nous devons trouver la liste des Clés. Votre présence s'amenuise… Nous n'avons pas compris tout ce que vous avez dit. Pouvez-vous répéter ? Pouvez-vous rester avec nous, Mr Milthorpe ?

Nous attendons sa réponse en silence. Un chuchotement nous parvient enfin, insistant.

— Chhhut ! Il vient… Je… partir. Lia… tu dois trouver la liste… ce sont les Clés. Écoute… Du voile… il ne reste que Henry. Nous sommes… toi, ma petite fille. Nous… toi.

Cette fois, il est parti. La chambre qui, avant, était identique à n'importe quelle autre semble maintenant vide, privée de la chaleur de l'âme de mon père. La tête de Sonia bascule en avant comme si elle était profondément endormie.

— Sonia ? C'est fini, Sonia ! Tu peux…

Mais je ne finis pas ma phrase. Brusquement sa tête se relève, ses yeux bleus s'ouvrent et se fixent sur moi, encore plus vibrants que tout à l'heure. La voix qui sort de sa bouche n'est pas la sienne ni celle de mon père.

— *Vous jouez un jeu dangereux, maîtresse.*

Un frisson coule comme une goutte de pluie glacée le long de ma colonne vertébrale. Sonia a l'œil vitreux et je sais que ce n'est pas elle qui parle.

Je me redresse sur mon siège, m'efforçant de paraître calme malgré le tumulte intérieur qui m'agite.

— Partez, dis-je. Vous n'avez rien à faire ici.

— *Vous vous trompez. Pourquoi ne me laissez-vous pas passer ? Pourquoi faut-il que vous cherchiez les Clés alors que je suis là, moi qui peux vous offrir tout ce que vous désirez ? Appelez-moi, maîtresse, et que vienne le règne du chaos.*

Je suis fascinée par ces yeux : ce sont ceux de Sonia et ce ne sont pas ceux de Sonia. C'est à la fois effrayant et captivant d'entendre cette voix spectrale sortir de la bouche délicate de mon amie.

— Partez, esprit. Vous n'êtes pas le bienvenu.

Je m'efforce de parler d'un ton uni, mais la présence du mal et la certitude d'être beaucoup trop près de quelque chose que je ne comprends pas me terrifient.

— *Aucune paix n'est possible si vous n'ouvrez pas la Porte.*

C'est une psalmodie chantée par un millier de voix, douce et insidieuse : « Ouvrez la Porte… Ouvrez la Porte… Ouvrez la… »

Je recule brusquement, brisant le cercle. Luisa plonge pour attraper Sonia par les épaules. Elle la secoue…

— Sonia ! Réveille-toi ! Reviens tout de suite !

Ses appels se font de plus en plus insistants, affolés. Plus elle secoue Sonia, plus les paroles du spectre se déforment et se voilent.

— *Le temps est venu… Que vienne le règne du chaos.*

Le corps de Sonia se raidit, son visage se tord dans une expression de souffrance et de terreur, puis elle s'écroule par terre. Elle est libérée, et moi avec. Je me jette à côté d'elle et je pose sa tête sur mes genoux.

— Oh mon Dieu ! Oh mon Dieu ! répète Luisa sans pouvoir s'arrêter.

J'ai le cœur qui bat tellement fort que je ne parviens pas à parler.

— Sonia ! dis-je enfin. Réveille-toi, Sonia ! Reviens !

Je m'adresse à elle sans douceur, je voudrais la faire revenir par la force de ma peur.

Je ne me rends pas compte que nous faisons beaucoup de bruit. Dans l'atmosphère close de la pièce, nous avons oublié le monde extérieur. Lorsque la porte s'ouvre et se referme aussi vite, je prends conscience de la maison endormie.

Des pas rapides mais légers traversent la chambre. J'ai à peine eu le temps de remarquer sa présence que déjà tante Virginia est là. Elle voit le cercle brisé, nos visages affolés, Sonia allongée par terre les yeux toujours fermés, d'une pâleur mortelle.

Elle me dévisage avec une expression angoissée.

— Qu'est-ce que vous faites ? Oh, Lia ! Qu'est-ce que vous avez fait ?

Chapitre 22

— J'ai l'impression que ma tête va exploser.

Sonia est allongée sur le lit le plus proche de la fenêtre et ses cheveux clairs s'étalent sur l'oreiller.

Je ne sais pas quoi dire car, à coup sûr, c'est ma faute. Si je n'avais pas poussé Sonia à prendre contact avec Papa, elle ne se serait pas retrouvée aux prises avec cet abominable spectre.

— Tu… tu vas bien ? demande Luisa d'une voix hésitante.

Elle ne sait pas ce qu'elle peut dire devant tante Virginia.

Sonia se masse les tempes.

— Oui. Oui, je suis sûre que ça va aller.

Elle reste évasive sur ce que nous étions en train de faire au moment où tante Virginia est entrée. Mais ma tante ne se laisse pas démonter. Convaincue que sa malade est en bonne santé ou du moins en voie de guérison, elle se redresse.

— Mais qu'est-ce que vous fabriquiez ? À quoi pensiez-vous ? Vous ne savez donc pas à quel point les Autres Mondes peuvent être dangereux ?

Il ne me reste plus qu'à assumer mes responsabilités.

— C'est ma faute, dis-je. Je… j'ai voulu parler à Papa. J'ai forcé Sonia à tenir une séance… pour essayer d'entrer en contact avec lui.

Aucune incrédulité sur son visage, seulement une résignation à la fois calme et inquiète.

— Tu ne sais pas avec quoi tu joues. Et vous non plus, d'ailleurs.

Elle nous dévisage l'une après l'autre, même Sonia, qui se recroqueville sous son regard comme harcelée par sa migraine.

Mon sang ne fait qu'un tour et je m'avance vers ma tante.

— Je comprendrais sûrement mieux si toi ou Papa, ou Maman ou n'importe qui, vous m'aviez expliqué les choses au bon moment ! Au lieu de cela, j'ai été contrainte de partir seule à la recherche de réponses à des questions qui me dépassaient. Nous avons fouillé partout dans l'espoir de déchiffrer l'énigme de la prophétie. Et tu sais quoi ? Nous avons trouvé la réponse ! Oui. Mais ce n'est pas si évident que cela.

J'ai peur d'être submergée par la folie, je me sens poussée au bord d'un précipice dans lequel je préférerais me jeter plutôt que de continuer à le redouter ainsi.

— Les Clés sont les enfants, tante Virginia. Ceux que Papa a cherchés et ceux qu'il n'avait pas encore découverts au moment de sa mort. Il n'a ramené que Luisa et Sonia. Il nous faut la liste pour trouver les autres Clés et j'ai pensé que Papa pourrait nous dire où il l'avait cachée, tu comprends ? Voilà pourquoi j'ai demandé à Sonia d'entrer en contact avec lui.

La colère me fait haleter et je souffle comme si j'avais couru longtemps, alors que je ne fais que vider mon sac de toute l'amertume et de tous les reproches qui m'étranglent comme un nœud coulant.

Tante Virginia se laisse tomber sur le lit à côté de Sonia.

— C'est impossible, murmure-t-elle.

Je m'assois à côté d'elle, un peu plus calme.

— Mais si. C'est ainsi. Nous avons rencontré quelqu'un aujourd'hui, tante Virginia. Quelqu'un qui nous a permis de trouver la réponse.

Je lui prends la main et je lui raconte nos visites chez Mme Berrier puis chez Mr Wigan, en espérant qu'elle pourra combler nos lacunes et nous guider jusqu'à la liste.

— As-tu une idée quelconque de l'endroit où Papa a pu la dissimuler ? je lui demande à la fin de mon récit.

Tante Virginia a toujours l'air extrêmement surprise. On la dirait plongée dans une espèce de stupeur, comme si son âme tentait de nier ce que son esprit accepte.

— Je n'en ai pas la moindre idée, Lia. Je te l'ai déjà dit, il ne me l'a jamais montrée. Il était très secret sur ce sujet, je comprends pourquoi maintenant. Selon la prophétie, il faut être en possession des quatre clés pour ligoter la Bête. S'il s'agit effectivement de personnes… et si leur identité était révélée…

Elle regarde Luisa et Sonia d'un air angoissé.

— Elles courraient un grave danger, termine-t-elle.

Elle pense à Alice. L'idée que ma sœur représente un danger pour Sonia et Luisa m'épouvante.

— D'après toi, tante Virginia, faut-il les éloigner de Birchwood ? Doivent-elles partir tout de suite, avant qu'Alice ne découvre tout ce que nous avons découvert ?

Ce n'est pas ma tante qui répond, mais Luisa, les bras croisés sur la poitrine.

— J'ignore ce qu'en pense Sonia, mais moi je n'ai pas l'intention de partir. Ce combat est aussi le mien et je suis bien décidée à le livrer. En outre, Alice ne sait peut-être encore rien des Clés. Notre départ précipité ne pourrait qu'attirer inconsidérément son attention sur nous.

Sonia se redresse en grimaçant.

— Luisa a raison, déclare-t-elle. Si nous partons maintenant alors que nous devions rester jusqu'à dimanche, cela va paraître suspect. Et puis, qui sait quand nous disposerons encore de temps toutes ensemble pour chercher les autres Clés ? Sans compter que, dans les Autres Mondes, nous allons être confrontées à des choses bien plus terrifiantes. Pas question d'avoir peur d'une fille, même s'il s'agit d'Alice.

« Elles ne connaissent pas Alice, me dis-je. Elles ne savent pas de quoi elle est capable. »

Mais ces remarques, je les garde pour moi car, qui que soit Alice, elle est toujours ma sœur. De toute façon, chacune de nous prend des risques pour voir la prophétie prendre fin.

L'ampleur de la tâche qui nous attend, les dangers qui nous guettent, tout cela me frappe brutalement en pleine figure. Comment trouver ces deux Clés supplémentaires ? Même avec la liste, Sonia et Luisa sont bien la preuve que les autres Clés peuvent être éparpillées d'un bout à l'autre de la planète.

— Et si nous ne parvenons pas à les trouver, tante Virginia ? Que se passera-t-il si nous ne réussissons pas ?

Elle serre les lèvres, puis elle va ouvrir le tiroir de la commode. Elle en sort une petite bible. D'une main tremblante, elle l'ouvre tout près de la fin.

Elle se met à lire tout à trac.

— Et j'ai entendu une voix qui, dans le temple, s'adressait aux sept anges : « Partez et versez sur la terre les sept bols de la colère de Dieu. » Le premier s'en est allé verser son bol sur la terre ; est tombé un ulcère fétide et douloureux sur les hommes marqués par la Bête et sur ceux qui adoraient son image. Le deuxième a versé son bol sur la mer ; et c'est devenu le sang d'un homme mort : tous les êtres vivants ont péri dans l'océan. Le troisième ange a versé son bol dans les fleuves et les sources ; l'eau s'est transformée en sang. Et j'ai entendu l'ange des eaux dire…

— Les Sept Plaies, l'interrompt Luisa en chuchotant.

Tante Virginia referme la Bible en hochant la tête.

— Exact, dit-elle.

— Les Sept Plaies sont le signal de la fin dans la Bible. Un retour vers le chaos impénétrable qui existait avant le début des temps, m'explique Luisa.

En silence, un nouveau morceau du puzzle mystérieux se met en place et j'ajoute mon propre commentaire.

— Mort, Famine, Sang, Feu, Ténèbres, Sécheresse, Ruine.

Depuis que j'ai le livre, j'ai lu tant de fois les mots de la prophétie que je ne les oublierai jamais.

— Oui, confirme tante Virginia. D'après la Bible, les Plaies sont la fin qui précède un nouveau commencement, où le monde sera gouverné dans la lumière de Dieu. Mais la Bible est une histoire écrite et, comme tous les récits qui ont été traduits dans des milliers de langues et transmis depuis des milliers d'années, on y trouve des éléments qui sont sans doute loin d'être la vérité. Et d'autres, plus véridiques, ont sans doute disparu.

— Que faut-il donc en conclure ? je demande.

Tante Virginia prend ma main dans les siennes.

— Les Plaies sont simplement le signe de la fin du monde tel que nous le connaissons et le commencement d'un monde gouverné par la Bête pour l'éternité. Si vous ne découvrez pas les quatre Clés pour fermer le cercle, Samaël trouvera le moyen de passer outre et il sera trop tard. Les Sept Plaies provoqueront destructions et supplices, puis ce sera la fin. La fin.

Je secoue la tête comme une folle en pensant à Henry, à Luisa et à Sonia, à tante Virginia.

— Mais je suis l'Ange. Tout le monde le dit. J'ai le choix. Si je lui refuse le passage, il ne peut pas venir.

Même moi, je me rends compte de la puérilité de cette remarque.

— J'aimerais que les choses soient ainsi, Lia, me répond Virginia. Mais Samaël saura exploiter tes points faibles. Il attendra que tu dormes pour te prendre au piège. Il enverra son armée te chercher, tous ses soldats postés dans les Autres Mondes et ceux qui sont déjà passés dans le nôtre. Il utilisera ceux que tu aimes contre toi. Tu résisteras pendant un moment, mais j'ai bien peur que tu n'aies pas la force de tenir très longtemps. Voilà des siècles que l'Armée se constitue en attendant son roi. En attendant que la Porte s'ouvre devant lui pour que commence enfin le règne de la terreur. En t'attendant toi, Lia. Ils ne vont pas renoncer aussi aisément. Tu dois absolument trouver la liste. Tu dois trouver les autres Clés. Et tu dois le faire rapidement.

***

Je n'ai pas envie de dormir. Trouver les réponses que je cherchais ne m'a pas apporté le réconfort que j'imaginais, et je me demande si Luisa et Sonia sont aussi perturbées que moi. Il y a beaucoup de tâches à accomplir, mais il est tard et nous avons décidé de fouiller la bibliothèque demain matin, à la lumière du jour. Puisqu'on y a trouvé le livre, on y trouvera peut-être aussi la liste.

En dehors de la bibliothèque, je ne vois pas dans quel endroit poursuivre nos recherches.

Nous n'avons pas discuté de ce que nous ferons une fois que nous l'aurons trouvée, ni de la façon dont nous nous déplacerons pour tenter de localiser les deux clés manquantes. Mais, même si nous n'en avons pas parlé, il nous paraît évident qu'il faut procéder par petites étapes sous peine de devenir folles.

Adossée contre la grande tête de lit en bois, j'essaie de ne pas sombrer. J'ai noué des rubans autour de mon poignet. Si le médaillon se faufile jusque-là, il ne pourra pas se coller contre la marque à moins de défaire les rubans. Ce qui ne semble pas impossible, mesuré à l'aune de ce que je sais et de ce que j'ignore encore. Le médaillon est parvenu jusqu'à moi de la façon la plus improbable et, plus fort encore, il a réussi à s'arracher aux profondeurs de la rivière. Que me reste-t-il à faire, si ce n'est accepter qu'il est à moi ?

Tenter de ne pas le porter. De ne pas ouvrir la Porte.

Chapitre 23

Le champ dans lequel je me trouve est nu. Ses creux et ses bosses m'évoquent quelque chose de vaguement familier et je crois reconnaître l'un des nombreux champs qui entourent Birchwood Manor. Mais cette réconfortante familiarité ne va pas au-delà de l'herbe haute et des chênes gigantesques en lisière.

Le gris menaçant du ciel se reflète dans cette terre couleur de cendre qui ne ressemble nullement à l'herbe riche et dorée qui ondule d'un bout à l'autre de l'année autour de Birchwood. Les arbres autour du champ sont si noirs qu'ils en paraissent violacés. C'est un paysage désertique, familier mais dégageant une tristesse inconnue. Le froid me mord à travers le tissu fin de ma chemise de nuit et mes pieds, posés sur l'herbe morte, sont humides de rosée.

Les rubans sont toujours enroulés autour de mon poignet. Le médaillon n'est pas là. Je ne laisserai pas passer la Bête cette nuit, mais je n'en ressens qu'un bref soulagement.

À l'évidence, on m'a convoquée. Qui et pourquoi, je vais sûrement l'apprendre.

Je décris un cercle sans cesser de scruter l'horizon, cherchant à me repérer. Je n'en suis pas tout à fait sûre, mais la butte qui se dresse à ma gauche ne m'est pas inconnue. Alors que je me demande ce que je vais faire, quelque chose attire mon attention. Quelque chose de petit qui s'approche de moi. Je plisse les yeux, ma vision s'éclaircit et je vois qu'il s'agit d'une personne à la démarche lente et gracieuse.

Quelqu'un se dirige vers moi.

Inutile de rester plantée là. Cette personne ne va pas tarder à me rejoindre. Je me mets en route dans sa direction. Au début, je crois qu'il s'agit de Sonia. Je n'ai jamais rencontré quelqu'un d'autre dans mes voyages, à part les Âmes. Mais la silhouette se précise et, dès que je distingue sa robe et les traits de son visage, je me rends compte que c'est Alice.

Je m'arrête, peu désireuse d'apprendre ce qui nous a amenées toutes les deux dans cet endroit. Elle continue à avancer jusqu'à se retrouver devant moi. Un sourire se dessine sur ses lèvres et je comprends aussitôt qui a pris l'initiative de cette rencontre.

— Surprise ?

— Pas vraiment, réponds-je en haussant les épaules. Qui d'autre pourrais-je trouver ici ?

Son sourire s'élargit et elle ressemble soudain à la petite fille joyeuse qui battait des mains lorsque Papa nous rapportait des cadeaux de ses multiples voyages.

— Eh bien, on peut rencontrer bien des sortes de gens… bien des sortes de choses ici, Lia !

— Pourquoi m'as-tu fait venir, Alice ?

Son sourire s'évanouit quand elle remarque les rubans autour de mon poignet. Disparue, la voix douce qu'elle avait dans l'escalier. Ses traits prennent cette expression figée à laquelle j'ai fini par m'habituer.

— Pourquoi refuses-tu d'utiliser le médaillon comme il est prévu de l'utiliser, Lia ? Pourquoi résistes-tu à la volonté de la prophétie, à ce rôle d'honneur qui t'a été attribué ?

Je laisse échapper un rire sans joie.

— Pourquoi ? Dois-je abandonner toute prudence, et accepter le retour de cette chose qui veut revenir avec moi, à travers moi ?

— Pourquoi pas ? répond-elle en haussant la voix. Pourquoi rends-tu tout si compliqué ? Je t'ai déjà expliqué que tu seras protégée. Crois-tu donc que les Âmes seraient prêtes à faire du mal à la préférée de leur roi ? De quoi as-tu peur ?

— Ce n'est pas pour moi que j'ai peur, Alice. Que deviendra le monde sous le règne de la Bête ? À quoi bon nous préoccuper de notre propre sécurité si ceux que nous aimons se retrouvent obligés de vivre dans un monde de ténèbres ?

— Samaël est retenu dans les Autres Mondes depuis des siècles. Il récompensera d'abondance celle qui, enfin, lui permettra de s'en échapper. Tu obtiendras tout ce que tu peux désirer. Tu seras traitée comme une reine. Tu es née pour atteindre cet objectif.

Les flaques sombres de ses yeux évoquent les flots boueux de la rivière.

— Peut-être fais-tu erreur, Alice. Peut-être que ton objectif à toi, c'est de te conduire en Gardienne, car tel était ton rôle à la naissance. Peut-être est-ce notre objectif, de travailler main dans la main. En collaborant, nous pourrions instaurer un monde de paix. Nous pourrions mettre fin définitivement à la prophétie. Tu ne préférerais pas te situer du côté du bien ?

Mais mes paroles ne produisent pas l'effet escompté. Son visage se durcit encore.

— Est-ce vraiment ce que tu veux, Lia ? Défendre un idéal de bonté dont personne ne profitera jamais ? Et risquer ta vie pour cela ? Crois-tu que cela suffit ? Mais non. Cela ne suffit pas. En tout cas, pas à moi. Nous pouvons jouir d'une autorité sur le monde telle que personne n'en a jamais eue depuis Maari, la dernière Sœur assez sage pour exercer ses pouvoirs quand elle en a eu l'occasion.

Je ne réussis pas à dissimuler ma surprise.

— Quoi ? Tu croyais que je n'étais pas au courant ? Tu croyais que j'ignorais l'histoire qui est la nôtre, celle de notre mère ?

— Je n'étais pas sûre de ce que tu savais exactement. Le livre…

Elle rit de nouveau et se met à marcher devant moi sans que ses pas laissent de traces dans l'herbe haute.

— Le livre ! répète-t-elle d'un ton ironique en s'approchant. Crois-tu que c'est le seul moyen de connaître l'histoire ? Ce n'est pas le cas, Lia. J'ai d'autres moyens d'apprendre la vérité.

Elle tourne autour de moi et sa voix me parvient par-derrière. C'est un stratagème, une technique pour m'énerver. Je reste où je suis, je refuse de faire volte-face pour la regarder.

— Il y a longtemps que Samaël et ses Âmes m'ont appelée, Lia. Ils s'adressaient déjà à moi au berceau, et depuis ils n'ont jamais cessé. Ce n'est pas la voix de notre mère que j'ai d'abord entendue, ni même la tienne, ma jumelle. Mon premier souvenir, c'est l'appel des Âmes. Peut-être étaient-elles au courant de ta… faiblesse. Peut-être anticipaient-elles le fait qu'il y aurait confusion de loyauté à cause de l'erreur commise à notre naissance. Ou peut-être voulaient-elles simplement s'assurer vraiment que l'une des sœurs embrasserait leur cause.

Revenue devant moi, elle fait face au champ qui s'ouvre sous nos yeux, les bras écartés comme pour tout absorber.

— Elles m'ont tout appris, Lia, reprend-elle. Comment voyager, comment obliger les autres à en faire autant…

Elle me regarde, et je jure que c'est de l'amour que je perçois dans sa voix.

— Tout.

Alors qu'à moi, on n'a jamais rien appris.

Je me souviens des paroles de Sonia lorsqu'elle a affirmé que ceux des Autres Mondes ne pouvaient intervenir dans le nôtre. Effectivement, les Âmes n'ont pas transgressé cette antique loi. En apprenant à Alice la manière d'utiliser ses dons, les dons qu'elle possédait à la naissance, elles lui ont laissé le choix de son destin. À elle de décider. D'avoir choisi avec autant d'aisance le camp du mal, on ne peut le reprocher qu'à elle. Ma sœur.

Pas aux Âmes.

— Tu ne fais que rendre les choses plus difficiles pour toi, Lia, reprend Alice d'une voix doucereuse. En définitive, Samaël sera victorieux. Il passera au moment où tu baisseras les bras, ou il te forcera à les baisser car tu n'es pas de taille à résister à sa puissance. Pourquoi ne pas emprunter la voie la plus facile ? La fin sera la même. Alors à quoi bon ?

« À quoi bon ? » Ces mots résonnent dans les champs couverts d'herbe drue et brune.

Je vois ma mère, renonçant à tout ce qu'elle aimait pour se libérer du poids de cet héritage. Je vois les sœurs après nous, mes filles ou celles d'Alice. Et puis je vois tante Virginia qui nous a élevées, Alice et moi, sans cesser de nous observer durant toutes ces années. De nous surveiller pour voir qui serait la Gardienne et qui serait la Porte. Tout cela surgit en un éclair, et je me retrouve l'esprit vide de tout sauf du bruit lancinant du vent.

— Non.

Je m'entends à peine prononcer ce mot tant je parle doucement, et Alice se penche vers moi. À voir son sourire hésitant, elle m'a très bien entendue, elle.

— Qu'as-tu dit, Lia ?

Elle me donne une chance, une chance de faire comme si je n'avais rien dit, de changer d'avis.

Je m'éclaircis la gorge pour être sûre de parler distinctement.

— J'ai dit non. C'est à moi de faire mon choix et je le fais. Je mettrai fin à la prophétie une bonne fois pour toutes.

Elle m'observe fixement, sans bouger, avant de retrouver son sourire sournois.

— Et comment envisages-tu de faire, Lia ? Même si tu te sacrifies comme l'a fait notre chère maman, tout continuera comme avant, encore et encore, de mère en fille et de sœur à sœur. Non, ta seule issue est de céder aux Âmes. Elles sont très patientes, tu sais.

À nouveau, je repense à ce qu'a dit tante Virginia : « Samaël saura exploiter tes points faibles. Il attendra que tu dormes pour te prendre au piège. Il utilisera ceux que tu aimes contre toi. »

— Plutôt mourir, dis-je en secouant la tête.

Je suis étonnée de ma propre conviction. Étonnée de voir que je pense vraiment ce que je dis.

Alice se penche encore plus vers moi, si près que je sens son souffle tiède sur mon visage.

— Il y a des choses pires que la mort, Lia. Je croyais que tu avais compris cela.

Elle recule et m'examine de haut en bas. C'est alors que je les entends arriver.

Elles se fraient un chemin dans le ciel. Je crois d'abord que le tonnerre gronde au loin, mais bientôt j'entends le crescendo terrifiant de milliers de sabots qui foncent vers nous. Je lève les yeux et je vois que le ciel s'est assombri. Le vent, qui n'était jusque-là qu'un sifflement sinistre, devient un monstre rugissant qui fouette nos chevelures, nous obligeant à en repousser les mèches.

— Tu vois, Lia, tu es peut-être l'Ange, mais moi je peux convoquer les Âmes à volonté. Elles connaissent la sœur qui demeure loyale envers la prophétie. Elles viennent à moi parce que je suis la Porte légitime.

Sa voix s'élève triomphalement, couvrant le mugissement du vent.

— Nous travaillerons ensemble, les Âmes et moi, reprend-elle, le temps qu'il faudra. Je regrette que cela se passe ainsi, Lia. Mais tu as fait ton choix et, maintenant, je dois faire le mien.

Les Âmes convergent au-dessus de nos têtes, mais quelque chose en moi me dit que ce n'est pas possible, que je suis protégée comme je l'ai été la dernière fois, après avoir survolé la mer. Cependant, je ne puis nier mon impuissance. Il m'est impossible de bouger. Le lien qui me rattache à mon corps, ce lien que je sentais si fort durant mes autres voyages, j'ai l'impression qu'il a été tranché, me laissant partir à la dérive dans l'Autre Monde.

« Voilà ce qu'on doit ressentir lorsqu'on est détenu. Lorsqu'on est séparé de son enveloppe corporelle. Lorsqu'on est emporté dans le Néant. » Cette pensée me vient à l'esprit, ultime trace de rationalité.

Le ciel noircit de plus en plus et se met à tourbillonner. Je me sens aspirée par ces ténèbres. Mes dernières forces m'abandonnent. J'ai envie de m'écrouler par terre et de dormir, dormir, tandis que je glisse dans une trompeuse apathie.

— Lia !

Une voix familière m'appelle au loin, dans les champs. Je lève la tête et je tente de la situer.

— Li-a !

Une nouvelle silhouette vogue vers nous, m'appelant par mon prénom. Alice paraît aussi perplexe que moi et observe la situation avec autant de curiosité que de contrariété. Même les ténèbres qui nous surplombent semblent vaciller.

La silhouette approche à une vitesse inconcevable n'importe où ailleurs, si rapidement que les traits de son visage en sont brouillés. Elle me percute brutalement, avec une telle force que j'en ai le souffle coupé. C'est alors que je reconnais tante Virginia.

Je n'ai pas le temps de parler, ni de la remercier, ni de m'inquiéter de sa sécurité. J'essaie de lui saisir la main, de la ramener à moi, mais c'est inutile. Au moment où elle me touche, dans un sursaut douloureux, je me sens tirée en arrière. Alice et tante Virginia s'enfoncent dans les ténèbres tandis que je rebrousse chemin, parcourant à rebours le paysage désolé.

Chapitre 24

— Lia ? Tu es réveillée ?

Un petit coup discret à ma porte.

Je me redresse dans mon lit, soulagée d'entendre la voix de tante Virginia. Quoi qu'il soit arrivé dans les Autres Mondes, elle a survécu.

— Oui, entre.

Elle pénètre d'un pas hésitant dans la chambre, referme la porte derrière elle et vient s'asseoir au bord du lit. Elle choisit soigneusement ses mots avant de parler.

— Tu dois connaître les mœurs des Autres Mondes avant de voyager, Lia.

— Je sais, dis-je. Je suis désolée. Je… je n'avais pas l'intention d'y aller. Parfois, en dépit de mes efforts, je me retrouve là-bas sans l'avoir voulu.

— Elles t'appellent, Lia. Elles savent qu'elles doivent t'avoir maintenant, avant que tu n'aies pris de l'assurance, avant que tu ne contrôles mieux tes pouvoirs, avant que tu ne trouves toutes les Clés, déclare-t-elle, le visage grave. Avec le temps, tu maîtriseras mieux tes conditions de voyage, mais tu resteras toujours vulnérable face à la volonté des Âmes.

Je hoche la tête. Elle est blême et, autour de ses yeux, les ridules sont plus marquées qu'hier.

— Tu vas bien ? Tu as été blessée ?

Elle sourit à peine, et son épuisement se lit dans son regard.

— Je vais bien. Je ne suis plus aussi jeune qu'autrefois, ni aussi puissante. Ce n'est pas pour rien que chaque nouvelle génération doit assumer ses responsabilités face à la prophétie.

— Comment… Comment les as-tu arrêtées ?

— Je ne les ai pas arrêtées, répond-elle avec un haussement d'épaules. Pas vraiment. J'ai secoué ton âme pour qu'elle reprenne contact avec le lien, la corde astrale, et ensuite j'ai réussi à les tenir à distance avec le peu de pouvoir qui me reste, juste le temps que tu leur échappes. Tu sais, autrefois, j'étais la Gardienne.

Elle dit cela avec une trace de fierté.

— Alors, cela se passe ainsi ? Une fois que la nouvelle Gardienne et la nouvelle Porte ont pris leurs fonctions, les précédentes n'exercent plus aucune domination sur les Autres Mondes ?

Elle relève la tête, tentant de trouver une bonne façon d'expliquer la chose.

— D'une certaine manière, oui, même si nous conservons une partie de nos pouvoirs une fois que notre tour est passé. Certaines sont plus fortes que d'autres, même si j'ignore pourquoi. Ta grand-tante Abigail, la sœur de ma mère, a été l'une des Gardiennes les plus puissantes de toute l'histoire. Elle était capable de… de combattre les Âmes avec une telle énergie qu'on en parle encore aujourd'hui dans les Autres Mondes.

— Que lui est-il arrivé ?

— Elle est partie, répond-elle à voix basse. Lorsque ta grand-mère… Lorsque sa sœur est morte, tante Abigail a purement et simplement disparu.

Ne sachant comment réagir au récit de cet étrange épisode de l'histoire familiale, je me tourne vers des préoccupations plus immédiates.

— Je suis désolée que tu aies dû te déplacer, tante Virginia… que tu aies dû te mettre en danger. Je croyais que je ne risquais rien. La dernière fois…

— La dernière fois ? répète-t-elle, l'air inquiet.

Je me mords la lèvre. Je me sens coupable de n'avoir pas tout partagé avec ma tante plus tôt. Coupable de ne pas lui avoir fait confiance comme j'aurais dû.

— La dernière fois qu'elles sont venues me chercher, elles se sont arrêtées.

— Qu'est-ce que tu racontes ?

— À ce moment-là, j'ignorais que j'étais en train de voyager. Je croyais être poursuivie dans le ciel de mes rêves. C'est Sonia qui m'a prévenue. Si elle ne m'avait pas alertée, j'étais perdue. Même ainsi protégée, elles avaient presque réussi à s'emparer de moi, mais, au dernier moment, quelque chose les a retenues. On aurait dit qu'elles ne pouvaient pas me toucher, en dépit de leur désir. J'ai pensé que cela se passerait de la même manière cette fois. Voilà pourquoi je n'ai pas cherché à rentrer plus vite. Et, quand j'ai compris mon erreur, il était trop tard.

— Tu dois te tromper, dit-elle, le visage figé. Ce que tu viens de raconter… Eh bien, cela ne peut se produire qu'avec la magie interdite.

— La magie interdite ? Mais je ne connais aucune magie…

Prononcer ces mots me donne la chair de poule.

Elle se met à haleter et je vois sa poitrine se soulever au rythme de sa respiration. Elle fixe le mur derrière mon lit. Elle se lève brusquement en me regardant d'un air terrifié.

— Lia. Lève-toi et aide-moi !

***

— Me diras-tu pourquoi nous faisons cela, tante Virginia ?

Nous avons déplacé les petites tables de chevet pour faire de la place et, chacune d'un côté de mon lit pesant, nous nous apprêtons à le pousser hors du tapis.

Le regard de tante Virginia croise le mien par-dessus la couverture. Ses cheveux sont répandus sur sa robe de chambre verte.

— Pas tout de suite. Je ne sais pas si j'ai raison. De toute façon, il est inutile de le pousser complètement. Seulement un petit peu. Juste assez pour pouvoir soulever le tapis.

— D'accord. Juste assez. Allons-y, alors. Tu pousses et je tire.

Le lit est moins lourd que je ne m'y attendais avec sa tête en bois massif et ses montants sculptés. Nous le déplaçons pour qu'il se retrouve en biais sur le tapis, ce qui permet d'en soulever un coin. Tante Virginia se penche puis recule sa main, comme si elle réfléchissait.

— Qu'y a-t-il ?

Elle relève la tête.

— Je ne souhaite pas avoir raison. Pas là-dessus.

Elle inspire bruyamment, comme pour rassembler ses

forces. Puis elle repousse le tapis et laisse échapper un cri étouffé en découvrant ce qu'il y a en dessous. Je ne comprends pas le symbole dissimulé là, la chose gravée dans le bois du parquet, mais l'endroit où elle se trouve me donne la chair de poule.

— Qu'est-ce que c'est ? je chuchote.

Tante Virginia fixe obstinément la marque sur le plancher.

— C'est… c'était un sortilège. Un sortilège prévu pour t'offrir un rempart protecteur pendant ton sommeil. Le cercle, explique-t-elle en me regardant, est un très ancien symbole de protection, Lia. Quelqu'un d'assez puissant peut jeter un sort qui assure la protection de quiconque se trouve à l'intérieur du cercle ou maintient à l'extérieur ceux qu'il veut exclure.

Ses paroles me rappellent quelque chose. Je me souviens soudain d'Alice assise au milieu du cercle dans la Chambre sombre, au beau milieu de la nuit. Je me souviens de ma propre impuissance face à ce cercle, de mon incapacité à en franchir le tracé. Et puis j'entends tante Virginia me dire à propos de ma mère : « Elle pouvait jeter des sorts. »

Je penche la tête pour mieux examiner ce symbole. Même si l'on n'en voit qu'une partie, je n'ai pas l'impression qu'il s'agit d'un cercle. Je le dis à tante Virginia. Elle se relève ; elle frissonne, elle tremble comme si elle avait très froid, alors qu'Ivy a rechargé le poêle il y a moins d'une heure et qu'il fait chaud dans la pièce.

— C'est parce que ce n'est pas un cercle, Lia. Ce n'est plus un cercle. Quelqu'un a inversé le sort et a gratté les bords pour briser le sortilège qui y était attaché. Quelqu'un qui voulait te voir exposée aux dangers des Autres Mondes pendant tes voyages.

Je sens qu'elle m'observe, mais je n'ose pas la regarder

de peur de me mettre à pleurer ou à crier. Les limites du cercle, creusées par une main humaine il y a longtemps, manquent de netteté. Mais les sillons qui le traversent – les marques qui l'ont profané – sont récents, aussi frais que le cercle gravé dans le sol de la Chambre sombre.

Tante Virginia n'a pas besoin de nommer la personne qui a fait cela. Je préfère me concentrer sur celle qui a tenté de me protéger, qui s'est donné tant de mal pour assurer ma sécurité.

— Ma mère aurait-elle vraiment pu jeter pareil sort ?

— Elle est la seule qui avait le pouvoir nécessaire et qui n'avait rien à perdre.

Tante Virginia sort quelque chose de la poche de sa robe de chambre et me le tend.

— Je garde ceci depuis longtemps pour toi, me dit-elle. Elle l'a écrit avant… avant de mourir. Peut-être aurais-je dû te le donner plus tôt. Peut-être aurais-je dû t'enseigner plus tôt l'histoire de la prophétie. J'attendais seulement que tu sois suffisamment grande, suffisamment sage pour que la vérité te rende plus forte au lieu de t'abattre comme cela a été le cas pour elle.

Je laisse échapper un rire cynique.

— Je me sens tout sauf sage, tante Virginia. Tout sauf forte.

Elle hoche la tête et m'attire contre elle.

— Tu es plus sage que tu ne le crois, ma douce chérie. Et plus forte que tu ne l'imagines. Lia, ajoute-t-elle en regardant le cercle, je ne peux pas jeter de sort. Et, même si je le pouvais, je n'aurais pas le droit de rétablir cette protection.

— Alors, comment a fait ma mère ? Attends… Tu as dit que le sortilège était interdit.

Tante Virginia acquiesce d'un air solennel.

— Les Autres Mondes ont un système de justice, un système d'équilibre des pouvoirs, m'explique-t-elle en s'asseyant sur le bord du lit, tout comme nous. Ses règles peuvent paraître étranges à ceux qui n'ont pas l'habitude de ces mondes, mais ce sont néanmoins des règles. Des règles instaurées par le Grigori.

— Le Grigori ?

Ce nom m'évoque quelque chose, mais je ne sais pas très bien quoi.

— Le Grigori est un conseil composé d'anges qui ne sont pas déchus. Il date de l'époque de Maari et Katla. Ils président aujourd'hui les Autres Mondes et s'assurent que toute Âme, toute créature qui vit là, respecte les lois établies depuis fort longtemps. Faire usage de la magie des Autres Mondes n'importe où ailleurs mérite châtiment, mais je crois que ta mère estimait qu'elle n'avait plus rien à perdre lorsqu'elle a jeté ce sort protecteur autour de ton lit.

— Mais, si Maman a été punie pour avoir jeté ce sort, ne peut-on traîner Alice en justice pour l'avoir brisé ?

— Je crains que non, répond tante Virginia en soupirant. Comme dans notre monde, il y a bien des moyens de se débrouiller sans transgresser les règles.

— Je… je ne comprends pas.

— Alice n'a pas jeté de sort elle-même, Lia. Elle a simplement annulé les effets du sort jeté par ta mère il y a longtemps.

Je me relève d'un bond tant je suis énervée, soudain.

— Alors il n'y a rien à faire ? dis-je d'une voix forte. Rien à faire pour l'arrêter ? Pour l'obliger à se justifier de m'avoir mise en danger ?

— Non, répond tante Virginia. Pas cette fois. On dirait qu'Alice a parfaitement compris l'ampleur de ses pouvoirs magiques et qu'elle sait en faire usage dans les limites imposées par le Grigori.

Je contemple le feu, l'esprit bourdonnant de ces nouvelles indésirables.

Alice a toutes les cartes en main.

Alice dispose d'une force que je n'ai pas.

Et le pire : Alice sait comment utiliser cette force pour me nuire sans prendre aucun risque.

— Je suis navrée, Lia, mais nous allons surmonter ces épreuves ensemble, je te le promets. Avançons pas à pas, dit Virginia en se levant pour partir. Luisa et Sonia sont en train de prendre leur petit déjeuner. J'ai organisé une sortie en ville avec Alice pour que vous puissiez chercher la liste sans risquer d'être interrompues.

Je la regarde, écrasée par l'ampleur de la tâche à accomplir.

— Et quand bien même ? Si nous trouvons la liste, il restera encore deux clés à découvrir. Et, si nous les découvrons, nous ignorons ce qu'il faut en faire, nous ignorons comment mettre un terme à la prophétie.

Elle serre les lèvres avant de me répondre.

— Je ne sais pas. Peut-être parviendrons-nous à retrouver tante Abigail. Et puis… eh bien… il y a toujours les Sœurs…

Je suis soudain tout ouïe car Mme Berrier a employé le même terme.

— Les Sœurs ? dis-je.

— Disons seulement qu'il existe dans le monde des personnes qui connaissent la prophétie, répond-elle en soupirant. Celles dont les dons peuvent se révéler utiles. Certaines sont des Sœurs de la génération précédente et d'autres… eh bien, d'autres cherchent simplement à faire usage de leurs talents pour le bien de tous. Mais pour le moment, nous allons en rester là, Lia. D'accord ? Trouvons d'abord la liste. Et les Clés. Il va falloir que tu me fasses confiance – si tu sais les invoquer au moment opportun, certaines Sœurs accepteront de t'aider.

Je dois être vraiment lâche, car je ne suis pas pressée de connaître les détails de cette nouvelle révélation.

— J'ai confiance en toi, tante Virginia. Mais…

— Quoi donc ?

— Et mes voyages nocturnes ? Comment puis-je m'empêcher de tomber dans l'Espace sans aucune protection pendant que je dors ?

Son visage s'assombrit.

— Je ne sais pas, Lia. J'aimerais pouvoir te répondre, te donner le moyen d'éviter le voyage. Mais, étant donné la puissance des Âmes et leur détermination à t'entraîner dans l'Espace, je ne peux que te conseiller de résister du mieux que tu le pourras.

Je hoche la tête tandis qu'elle quitte la pièce, me laissant seule avec la lettre de ma mère. Mes mains tremblent en brisant le sceau de cire sur l'enveloppe. Je déplie le papier et je vois l'élégante écriture penchée de ma mère : je sais que je tiens là sans doute l'explication tant attendue de sa mort – et de sa vie.

Chapitre 25

Ma chère Lia,

Il est difficile de savoir par où commencer. Le début de cette histoire remonte à des siècles en arrière, mais je pense que je vais commencer par mon propre commencement, comme ma mère le fit pour moi.

Le commencement, pour moi, ce fut le médaillon trouvé dans le secrétaire de maman longtemps après sa mort. Il m'attira avant même que je connaisse son existence. Cela peut paraître étrange, mais peut-être que, lorsque tu liras ces lignes, cette attraction te sera familière, ainsi que la manière dont il s'insinue dans tes pensées, tes rêves, ton souffle même.

Au début, je ne le portais que de temps à autre, comme j'aurais fait avec n'importe quel colifichet de ma boîte à bijoux. Ce ne fut que lorsque je découvris le sinistre sym-

bole creusé dans mon poignet que la situation changea. Dès lors, la puissance de ce médaillon s'infiltra en moi.

Ma petite fille, il me parlait, il m'appelait. Il chuchotait mon nom même quand il était caché sous le matelas de mon lit, même lorsque je me trouvais à l'école ou en visite chez des amis.

Bien sûr, je le portais. De plus en plus souvent. J'ai honte de le dire, je le portais sur la marque. Les Âmes m'appelaient durant mon sommeil, me convoquant dans les Autres Mondes. Au début, je résistai, mais cela ne dura guère. J'ignorais encore l'histoire de la prophétie, ainsi que les enjeux que sous-tendaient cette résistance obstinée. Je savais seulement que je me sentais plus libre, plus vivante, plus moi-même lorsque je voyageais dans l'Espace.

Tandis que je découvrais l'étendue de mes pouvoirs – voyager à volonté tandis que mon enveloppe corporelle dormait, communiquer avec les morts, jeter différents sorts –, ma vie continuait. Je rencontrai ton père et je me dis alors que, s'il existait un homme susceptible de m'aimer même avec le fardeau de la prophétie, c'était bien Thomas Milthorpe. Et pourtant, je ne lui révélai rien. Comment l'aurais-je pu ? Il me regardait avec tant d'admiration ; plus le temps passait, plus le secret grandissait entre nous et plus il était difficile de dire la vérité après avoir menti si longtemps.

Ce fut juste avant votre naissance, à ta sœur et à toi, que l'appel des Âmes se fit plus insistant. Tandis que vous grandissiez dans l'obscurité de mon ventre, les Âmes me confrontèrent à mes propres ténèbres. Elles me contraignaient à dormir au milieu de la journée. Elles me tour-

mentaient dans mes rêves avec des images... horribles. Des images qui me poussaient à envisager l'idée de commettre quelque chose d'épouvantable, même si je savais que cela signifiait vous tuer aussi, ta sœur et toi.

Le médaillon parvint à retrouver le chemin de mon poignet alors même que je l'avais enfermé à double tour dans ma commode. Même après que je l'eus enterré près des écuries. Très vite, je le retrouvai autour de mon poignet au réveil alors même que je ne l'avais pas mis avant de m'endormir. J'étais persuadée d'être en train de perdre le peu de raison qui me restait.

Si je repense à cette période, je ne comprends pas comment je réussis à survivre ; je suis sûre que c'est en grande partie grâce aux attentions constantes de votre père et de Virginia. Ils me laissaient rarement seule.

Après votre naissance, la douceur de vos petits crânes, la roseur de vos joues, le vert profond de vos yeux... tout cela m'amena à penser que le combat valait la peine d'être livré même si cela signifiait tenir le mal à distance. Je pensai alors pouvoir résister, rien que pour pouvoir être votre mère.

Pendant un certain temps, les choses fonctionnèrent ainsi. Je sentais toujours l'attraction des Âmes. Je voyageais toujours pendant mes rêves, mais moins souvent. Il ne se passait rien de trop éprouvant. Vous grandissiez, ta sœur et toi, vous marchiez, d'abord à quatre pattes puis sur vos pieds, vous parliez. Ma famille était en sécurité et, si je ramenais quiconque ou quoi que ce fût de mes voyages nocturnes, personne ne s'en apercevait.

Bien sûr, je sais aujourd'hui que ces années durant lesquelles le médaillon, la prophétie et nous tous vécûmes paisiblement ensemble relevaient du conte de fées. Et puis, Henry s'annonça. Je découvris que j'attendais un enfant, bien que le médecin l'eût fortement déconseillé après les difficultés de votre naissance. Pourtant, je ne pouvais qu'être fière de pouvoir finalement donner un fils à votre père.

Et fière, je le fus – pendant un certain temps. Mais, tandis que Henry se développait dans les profondeurs de mon corps, des ténèbres d'une autre sorte s'acharnèrent sur moi et la peur ne me quitta plus. Je voulais m'enfuir, ma petite fille. Je ne pensais qu'à rejoindre les Autres Mondes, à toute heure du jour et de la nuit, je voulais ramener l'Armée avec moi, autant d'Âmes qu'il m'était possible, même si je savais que c'était une très mauvaise idée. Je ne voulais plus entendre d'autre chant que leurs hurlements.

Mais ce n'était pas cela le plus effrayant ; pas plus que cela ne me fit prendre conscience du fait que j'avais basculé dans le mal, que je frôlais la folie. Non. Ce fut l'acharnement que je mettais dans mes voyages, si bien que, rapidement, je m'obligeai à m'allonger sur mon lit à toute heure du jour et de la nuit pour me contraindre au voyage, me privant de nourriture et parfois de compagnie pour dormir, dormir obstinément car je ne me sentais jamais aussi accomplie que lorsque je voyageais. En définitive, ce fut cela qui m'effraya le plus.

À la naissance de Henry… eh bien, ce fut encore une naissance difficile, comme on me l'avait promis. Le médecin ne pouvait tenter une nouvelle opération et Henry se présentait les pieds les premiers, au lieu de la tête. Ses jambes... inutile que je t'en parle, ma petite fille. Tu sais ce qui est arrivé à ses jambes. Les médecins ont tiré le plus doucement qu'ils ont pu, mais il serait mort s'ils ne l'avaient pas sorti comme ils l'ont fait.

Je fus très malade après sa naissance. Pas seulement faible et fatiguée, mais pleine de colère, de tristesse et de malveillance, comme si toute bonté avait fui durant cette épreuve pour être remplacée par tout ce que le médaillon renfermait de cruauté. De temps à autre, je retrouvais de l'amour pour toi, ta sœur, ton frère, ton père, mais c'était fugace, comme un papillon qui se pose quelque part pour mieux s'envoler à nouveau.

Je dormais plus que jamais et, lorsque je me réveillais, je savais avec une certitude aussi joyeuse que funeste que j'avais ramené les Âmes avec moi. C'est ce sentiment de satisfaction qui me fit comprendre que je n'avais pas la force nécessaire pour lutter contre cet héritage qui était le mien.

Je suis faible. Je sais que tu vas me trouver lâche, mais comment puis-je enrayer un cercle qui a commencé dans la nuit des temps ? Comment, seule, puis-je combattre quelque chose qui a su remporter toutes les victoires au fil des siècles ? Et surtout, comment puis-je te transmettre cet héritage, cette malédiction ? Comment puis-je te regarder, toi dont les yeux verts sont si clairs, et t'expliquer ce qui t'attend ?

Virginia est sensée – et elle a l'esprit clair. Elle sera sûrement de meilleur conseil que moi, dans l'état de désespoir où je me trouve. Je ne puis supporter l'idée de te transmettre ce fardeau à toi, ma très belle, à toi, ma Lia.

Alors voilà. Je te laisse toute la protection dont je dispose. Les Âmes viendront à toi, de cela je suis certaine, mais j'utiliserai chaque once de pouvoir, chaque sortilège susceptible de me bannir de la Fraternité pour que tu sois en sécurité pendant ton sommeil. C'est tout ce que je puis faire.

Je t'en prie, sache qu'à ce moment précis, alors que je range cette lettre en lieu sûr avant de me diriger vers le lac, sache que je pense à toi et que je t'aime. J'aurais voulu te laisser quelque sage conseil, mais je n'ai rien d'autre à t'offrir que mon amour et l'espoir – non, la certitude – que tu es plus forte et plus courageuse que moi, que tu mèneras cette bataille à son terme, une bonne fois pour toutes. Sois victorieuse pour toutes les Sœurs avant toi et pour toutes les Sœurs à venir.

Il n'y a rien d'autre. Aucune réponse. Aucune indication. Elle savait que c'était moi. Voilà qui est une révélation. Tante Virginia ne savait rien au début, elle n'avait pas tiré les conséquences de notre naissance perturbée. Mais notre mère, elle, savait qu'il n'existe aucun moyen d'échapper à son destin, si chaotique et aléatoire qu'il puisse parfois paraître.

C'était elle qui avait gravé le cercle de protection autour de mon lit. Je n'étais qu'une petite fille, mais je me souviens d'avoir quitté la petite chambre que je partageais avec Alice peu de temps avant la mort de notre mère. Aujourd'hui, cette séparation apparaît moins comme un rite de passage que comme une décision de notre mère.

Une décision visant à me protéger de ma sœur.

Que la cupidité et la rage d'Alice l'aient amenée à être prête à me sacrifier aux Âmes… cela dépasse l'entendement. Je ne parviens pas à accepter que ma sœur puisse m'envoyer à la mort, à quelque chose de pire que la mort, au Néant.

Je n'y crois pas, et pourtant la colère m'étreint. Mais pas question de me laisser aller, cela ne ferait que nuire à notre quête de réponses. La meilleure chose à faire, c'est de laisser croire à Alice que tout le pouvoir est entre ses mains.

Chapitre 26

Il est plus tard que d'habitude quand j'émerge enfin.

La porte de la chambre d'amis est ouverte, les lits de Luisa et de Sonia sont faits. Pleine de remords à l'idée d'avoir dormi tard et de les avoir abandonnées à leur sort, je pars à leur recherche.

Je remarque alors que la porte d'Alice est entrouverte.

Même si je n'aperçois qu'une petite partie de sa chambre, je suis sûre qu'elle est vide. Depuis le palier, je sais qu'Alice n'est pas là.

Après un rapide coup d'œil dans le hall pour m'assurer que personne ne monte, j'entre dans la chambre et je referme silencieusement la porte derrière moi. J'examine les lieux un petit moment. Cela fait des années que je n'y suis pas venue. Quelque chose a changé. Je me souviens de l'époque où des animaux en peluche et de délicates poupées de porcelaine s'entassaient sur la commode et le bureau. Mais se perdre dans les souvenirs est un luxe que je ne puis me permettre, et j'avance avec précaution jusqu'au milieu de la pièce.

Je ne sais pas où se trouve la liste, mais il ne faut pas négliger la possibilité qu'Alice l'ait déjà trouvée. Je commence par la table de chevet et j'ouvre le petit tiroir, identique à celui de ma propre chambre. J'y trouve le papier à lettres d'Alice, une plume, de l'encre et un pot de crème pour les mains parfumée à la rose. Je continue mes recherches, ravalant ma déception tandis que j'inspecte l'armoire, le bureau et même le dessous du lit.

Il ne me reste plus que la commode. Après les tiroirs du haut, j'ouvre ceux du bas, plus larges et plus profonds. Je fouille entre les liseuses et les chemises de nuit, en quête d'un papier sur lequel serait inscrit le nom des Clés. Au lieu de cela, mes doigts se referment sur quelque chose de lourd enveloppé dans un morceau de tissu, au fond du plus grand tiroir.

Je prends le paquet, surprise par son poids, et je le pose sur le dessus de la commode. J'hésite car, à l'évidence, ce n'est pas la liste. Mais la curiosité l'emporte et je soulève lentement les pans de tissu jusqu'à ce qu'apparaisse un couteau. J'en demeure bouche bée. Ce n'est pas un couteau ordinaire : il est très grand, avec un manche incrusté de pierres précieuses. Je tends la main pour le saisir, mais je recule par crainte du contact. Je le touche de nouveau, et je sens des ondes de force brute passer directement dans mon bras.

Je jette un œil à la porte par-dessus mon épaule, il faut que je me dépêche. Je m'empare du couteau avec autorité, le corps vibrant d'une énergie nouvelle. Ce que je vois alors sur la lame fige mon sang dans mes veines.

Des copeaux de bois adhèrent encore à l'argent brillant. Ils sont petits, mais je les identifie tout de suite et je comprends à quoi l'objet a servi : à inverser le sortilège protecteur de maman. C'est avec ce couteau que le cercle sur le sol de ma chambre a été modifié.

La colère m'embrase. Infiniment plus forte que l'énergie qui émane de cet outil. Je le remballe soigneusement, je le glisse dans mon sac et je referme le tiroir. Je ne me sens pas coupable de dérober un objet aussi dangereux et utilisé à des fins aussi funestes.

Je sors de la chambre sans me retourner et je laisse la porte grande ouverte. C'est peut-être imprudent, mais désormais la guerre est déclarée. Entre ma sœur et moi, l'heure n'est plus aux faux-semblants.

***

— Tu as des secrets.

La voix de Henry me parvient du salon au moment où je pose le pied dans le hall.

Je cherche à repérer où il est. Il est assis près de la fenêtre, déjà emmitouflé dans son écharpe et son manteau d'hiver, prêt à partir en ville avec Alice et Virginia.

J'entre dans la pièce en me forçant à sourire.

— Qu'est-ce que tu racontes, Henry ?

— Tu le sais très bien, répond-il, la mine sombre.

— Je crains que non, dis-je, sentant mon sourire vaciller.

— C'est toi la méchante, n'est-ce pas ? chuchote-t-il.

— Je ne sais pas, Henry. Je ne me sens pas méchante.

Il acquiesce avec gravité, comme si tout cela était parfaitement évident.

— Seul le temps le dira, Lia.

— Seul le temps le dira ? Et qui t'a raconté cela, Henry ?

— Tante Virginia, répond-il tranquillement. Elle a dit qu'il n'existait aucun moyen de savoir qui était la méchante, même avec la marque. D'après elle, seul le temps le dira.

L'étendue de ses connaissances me surprend, mais comment réagir face à tant de bon sens ?

— Je crois qu'elle a raison, Henry. Il me semble que nous n'avons plus qu'à attendre, dis-je en quittant la pièce.

— Je t'aime de toute façon, Lia, déclare-t-il. Jusqu'au verdict du temps.

Je me retourne pour lui sourire ; je l'aime plus que jamais.

— Jusqu'au verdict du temps, Henry, et au-delà. Moi aussi, je t'aime.

***

— Mais comment espérer trouver quelque chose ici, Lia ? Je n'ai jamais vu autant de livres, même à Wycliffe ! s'écrie Luisa.

Adossée aux étagères, abattue, elle se prend la tête à deux mains.

Je suis installée dans la chaise en cuir, devant le bureau de Papa.

— Oui, mais je ne sais pas où chercher ailleurs. Si Papa voulait cacher quelque chose, c'est forcément dans cette pièce. Il y passait tout son temps. Tout ce à quoi il tenait s'y trouve.

— Et pourtant nous avons fouillé absolument partout ! dit Luisa.

— Ici, s'exclame Sonia en se levant brusquement. Nous avons fouillé absolument partout ici.

— Oui, c'est ce que j'ai dit, rétorque Luisa d'un ton impatient.

Mais je crois comprendre le sens de la remarque de Sonia.

— Attends une minute… Que veux-tu dire, Sonia ?

— Nous n'avons pas fouillé sa chambre, dit-elle.

D'un geste, je rejette cette proposition.

— Oui, mais la bibliothèque était le sanctuaire de Papa. Et c'est ici qu'on a découvert le livre.

— Exactement, réplique Sonia. N'est-ce pas une raison supplémentaire pour que la liste soit cachée ailleurs ?

Je me mords la lèvre en réfléchissant à cette remarque. Je ne veux pas admettre cette éventualité, non parce qu'elle est impossible, mais parce que je me refuse à violer l'intimité de mon père en fouillant sa chambre, même maintenant qu'il n'est plus là. Pourtant, je ne peux nier l'intérêt de cette suggestion.

— Tu as raison, bien sûr. Si on n'a pas trouvé la liste ici, il est logique d'inspecter sa chambre.

— Eh bien, conclut Luisa. Qu'est-ce qu'on attend, alors ?

***

Sans feu pour la chauffer, la chambre de papa est froide comme une tombe.

Luisa et Sonia y pénètrent sans hésiter, mais moi je ferme la porte derrière moi et je m'y adosse un petit moment. J'observe la pièce et je me rends compte qu'elle ne m'est pas familière : j'avais si peu l'occasion d'y entrer lorsque papa était en vie. Il y dormait, rien de plus. Toute son existence se déroulait dans la bibliothèque et dans le reste de la maison avec Alice, Henry et moi.

Et pourtant, lorsque je me décide à avancer dans la pièce, je ne peux m'empêcher de penser qu'une partie importante de Papa est restée ici. Peut-être une partie secrète. Une partie qu'il cachait à sa famille. Mais, quand mes yeux se posent sur la table de nuit, où se trouvent un portrait de ma mère et une pile de livres, je commence à comprendre que cette discrétion n'enlevait rien à son importance.

— Lia ? demande Sonia, debout au milieu de la pièce. Par où commence-t-on ?

J'ai du mal à me concentrer, à vrai dire.

— Je ne sais pas. Dans la commode ? Sous le matelas ?

Luisa s'avance vers le lit, s'agenouille et passe la main entre les deux épaisseurs de matelas.

— Lia, pourquoi ne fouilles-tu pas les affaires intimes de ton père ? suggère Luisa.

— Moi je vais regarder derrière l'armoire, déclare Sonia.

Debout au centre de la pièce, j'essaie de dépasser la culpabilité que je ressens à envahir l'intimité de mon père, même si c'est pour la bonne cause. Je finis par me dire que la liste ne va pas se retrouver toute seule et je me mets au travail.

Je n'ai jamais inspecté de ma vie les tiroirs d'un homme. Je ne sais pas ce que j'attendais, mais les piles bien nettes de chaussettes et de bretelles noires forment un contraste saisissant avec les dentelles et les soieries de ma mère. Plus je pénètre dans les arcanes de la prophétie, plus j'ai l'impression de découvrir mes parents, de les voir comme l'homme et la femme qu'ils étaient, et non plus seulement comme mon père et ma mère. C'est un périple étrange et curieusement émouvant, et je m'applique à me montrer respectueuse en déplaçant les affaires de papa.

Cela ne me prend pas longtemps. Il n'y a que quatre tiroirs et il apparaît très vite qu'ils ne contiennent rien d'extraordinaire. Je me retourne vers mes amies. Luisa est assise sur le lit et Sonia adossée à l'armoire, les bras croisés sur la poitrine. Elle se mord le pouce. Les mots sont inutiles.

— Rien ?

Sonia secoue la tête.

— J'ai même ouvert l'armoire pour fouiller dans les chemises et les pantalons… Il n'y a rien.

— Et moi, soupire Luisa, j'ai vérifié entre le matelas, sous le sommier et derrière la tête de lit. Je n'ai pas eu plus de chance.

Je lutte contre cette exaspération qui m'est devenue familière depuis que je connais la prophétie et le rôle que j'y tiens. On dirait que, chaque fois que nous avançons d'un pas, nous reculons de deux. Il faut que l'on nous prête main-forte, que quelque chose vienne contrebalancer l'aide qu'Alice reçoit des Âmes.

Je regarde Sonia puis Luisa.

— Il y a une personne qui savait parfaitement où était cachée la liste avant la mort de mon père.

— Pas question de faire de nouveau courir un risque à Sonia en lui demandant d'entrer en contact avec ton père, Lia, intervient fermement Luisa. Pas après hier soir. Il va falloir trouver un autre moyen.

Je n'ai nullement l'intention de mettre à nouveau la vie de Sonia en péril. Elle a le teint encore blême et les yeux soulignés de cernes. Elle n'a rien dit, mais à l'évidence ce contact avec la Bête l'a épuisée. Je me suis montrée bien désinvolte en voulant parler à Papa, et il ne me viendrait pas à l'idée de recommencer alors que j'ai parfaitement conscience des dangers qu'elle a courus.

Mais, tout cela, je n'ai nul besoin de le dire à voix haute. Sonia a déjà compris le plan que j'ai imaginé.

— Ce n'est pas à moi qu'elle compte faire prendre des risques.

— Je ne saisis pas, dit Luisa en secouant la tête.

— Il n'y a pas que les séances qui permettent d'entrer

en contact avec les morts, déclare Sonia en se tournant vers elle.

— Mon père se trouve dans les Autres Mondes, Luisa. C'est bien cela, Sonia ?

— Quelque part, oui.

Luisa comprend soudain et écarquille ses yeux bruns.

— Non ! Non, non, non. Pas question que tu voyages volontairement ! crie-t-elle en sautant sur ses pieds. Tu n'as donc pas entendu ce qu'a dit ta tante hier soir ? C'est dangereux, Lia. Pour nous toutes, mais surtout pour toi. Non. C'est absolument hors de question. Tu ne peux pas te mesurer aux Âmes. Il va falloir trouver un autre moyen.

Sonia soupire comme si on l'obligeait à dire quelque chose qu'elle garderait volontiers pour elle.

— Sauf que… il y a peut-être un moyen… Un moyen par lequel Lia pourrait trouver son père rapidement en évitant les Âmes.

S'il existe une possibilité de trouver mon père et de savoir où est la liste, je suis prête à essayer quoi qu'il m'en coûte.

— Explique-moi.

— Il y a des règles à suivre dans l'Espace. L'une d'elles stipule que les Âmes ne peuvent occuper qu'un seul des sept Autres Mondes en même temps, même si elles peuvent voyager librement de l'un à l'autre. Si tu peux croiser ton père dans un monde pendant que les Âmes sont dans un autre… il pourra peut-être t'apprendre où est la liste avant qu'elles ne te repèrent et te capturent.

Quelque chose m'étonne dans ce qu'elle vient de dire.

— Mais pourquoi seulement sept mondes ? Je croyais que tu avais parlé de huit !

— Le dernier est réservé aux morts. Une fois qu'une Âme l'a atteint, elle ne peut revenir en arrière.

Ses paroles me font frissonner.

— Alors, dis-je, il est possible de rencontrer mon père dans les Autres Mondes même s'il est mort et pas moi ?

— Ton père n'a pas encore franchi l'ultime limite du dernier monde. Sinon, nous n'aurions jamais pu lui parler. Ceux qui attendent de leur plein gré dans les Autres Mondes le font pour une bonne raison. Ton père doit vouloir t'aider. Une fois qu'il sera passé de l'autre côté, tu ne pourras lui parler que lorsque toi-même tu auras basculé dans le monde des morts. Mais les sept autres sont… des endroits intermédiaires, dans lesquels vous pouvez vous croiser.

Elle s'interrompt en me regardant gentiment, comme si elle voulait atténuer ma déception avant même d'avoir formulé ses restrictions.

— Mais, reprend-elle, tu n'es pas encore suffisamment entraînée, Lia.

— Je sais, mais c'est notre unique espoir. Il faut que nous trouvions les noms des deux clés qui manquent. Sans ces noms, nous sommes bloquées, et la seule façon de s'y prendre c'est de mettre la main sur la liste.

Je réfléchis un petit moment avant d'arrêter ma décision.

— Il n'y a pas d'autre solution. Tu as bien dit qu'il était possible de contrôler les voyages ? Que l'on peut se rendre de son plein gré dans les Autres Mondes ? Sonia, aide-moi à y aller. Aide-moi à trouver mon père. Dis-moi ce que je dois faire.

Elle rechigne puis finit par acquiescer lentement, à contrecœur.

— Tu vas prendre un très gros risque. Les Âmes sont aux aguets. Samaël lui-même attend. Et c'est toi qu'il attend, Lia. Il va tenter de capturer ton âme dans les Autres Mondes. S'il y parvient… S'il y parvient, il t'entraînera dans le Néant et tu seras sa prisonnière pour l'éternité. Tu comprends ce que cela signifie, Lia ? Le monde des morts te sera interdit à jamais.

Elle secoue la tête : elle a pris sa décision.

— Non, reprend-elle. Tu ne dois pas voyager seule. Je vais t'accompagner.

Tout ce qu'elle peut dire ne me fera pas changer d'avis. Moi aussi, j'ai pris ma décision.

— Non, j'irai seule.

***

Une demi-heure plus tard, je suis allongée sur le canapé de cuir dans la bibliothèque, où nous avons tiré les rideaux pour masquer la lumière de l'après-midi. À genoux à côté de moi, Sonia a l'air grave et inquiet.

— Quand je te le dirai, ferme les yeux et vide ton esprit de tout. Pense juste à l'endroit où tu souhaites te rendre, au visage que tu souhaites apercevoir. Nous allons compter ensemble jusqu'à ce que je dise stop. Essaie d'écouter ton propre souffle, de sentir les battements de ton cœur. Je sais, cela doit sembler fou ! Mais c'est ce que tu dois faire. Concentre-toi sur les fonctions vitales de ton corps et vide ton esprit de tout ce qui n'est pas lié à ce que tu désires voir. Prends garde à tes pensées pendant le voyage. Les pensées ont un grand pouvoir, Lia. Surtout dans les Autres Mondes.

Je mets de côté cette nouvelle règle pour m'en servir ultérieurement, et je sens la panique m'envahir tandis qu'un flot de questions se présente à moi.

— Attends une minute. Dois-je voyager d'un monde à un autre dans un certain ordre quand je vais chercher Papa ?

Le champ nu dans lequel j'ai vu Alice me revient en mémoire.

— Et si je me trouve au mauvais endroit ? Si je ne parviens pas à trouver Papa ou, pire encore, si j'arrive dans un endroit terrifiant ?

— Tu peux voyager partout où tu voudras, mais il faudra un peu de temps pour parvenir à contrôler ta destination. Parce que tu manques d'entraînement, mieux vaut essayer de… d'appeler ton père à toi. Il sentira ta présence dans l'Espace. Cette perception, cette… énergie vous permettra de vous retrouver au bon endroit. Il va s'efforcer d'aller jusqu'à toi. Si tu ne le vois pas, tu seras dans le mauvais monde et tu devras partir immédiatement dans un autre avant que les Âmes ne repèrent ta présence.

— Et… et si les Âmes me trouvent ? Ou Samaël ? Comment puis-je m'enfuir ?

Sonia réfléchit en se mordant la lèvre.

— Pose tes pieds sur la terre ferme dès que l'occasion s'en présentera. Dans l'Espace, nous sommes toujours affaiblis. Ce n'est pas notre environnement naturel. Mais, là où notre vulnérabilité est maximale, c'est quand nous volons. Ceux qui vivent dans les Autres Mondes en connaissent les règles. Ils savent y naviguer, y trouver ce qu'ils cherchent. Et nuire à ceux qu'ils considèrent comme des intrus. Si tu te fais prendre par les Âmes, par Samaël ou par quelqu'un d'autre…

— Quelqu'un d'autre ? dis-je en me redressant soudain sur les coudes.

— Les Autres Mondes grouillent d'esprits, me répond-elle en posant sa main chaude sur mon bras. Certains seront désireux de t'aider, certains auront envie de te jouer des tours et certains autres essaieront de te nuire pour de bon. Même des voyageurs très avertis doivent se montrer prudents dans l'Espace.

Ce que je viens d'apprendre me donne envie d'accélérer les choses, d'accomplir ma mission au plus vite et de retrouver la sécurité de Birchwood.

— Très bien. Explique-moi comment je peux me protéger.

Sonia fronce les sourcils en cherchant la bonne façon de s'y prendre.

— Tout ce qui est vivant libère de l'énergie, y compris ceux dont l'esprit demeure dans les Autres Mondes. Lorsqu'un de ces esprits souhaite te nuire, il le fait en exploitant au mieux l'énergie dont il dispose. Pour te protéger, tu dois agir de même.

Je hoche la tête, songeant aux Âmes qui tourbillonnaient au-dessus d'Alice et moi dans le champ nu, à leur puissance qui m'avait privée de volonté.

— Comment puis-je parvenir à ce genre de choses ? Exploiter ma propre énergie ?

— C'est justement ce qui est si compliqué à expliquer, répond-elle en tambourinant nerveusement sur le canapé. Moi, je fais cela de façon intuitive depuis que je suis petite, donc ce n'est pas très facile à mettre en mots. Pense à l'énergie que tu abrites comme à une graine, une minuscule graine logée au cœur de ton être. La graine est petite et même invisible, mais elle contient plus de force, de puissance et de lumière que tu ne peux l'imaginer. Dès que tu te sens menacée, imagine-la en train de se dérouler, de s'ouvrir pour laisser apparaître tout ce qui vit à l'intérieur.

Je n'ose pas lui dire que tout cela me paraît absurde. Que l'idée d'une graine invisible me protégeant contre la puissance des Âmes me paraît particulièrement tirée par les cheveux, pour rester polie. Je préfère hocher la tête en signe d'assentiment et me concentrer sur ses paroles. Après tout, il y a quelques semaines encore, je n'aurais pas cru un mot de tout cela – la marque, le médaillon, la prophétie. Et pourtant...

Elle insiste, comme si elle comprenait mon incrédulité.

— Il ne faut pas te contenter de penser cette graine. Il faut que tu la visualises, d'accord ? Tu dois avoir la vision dc la graine en train de s'ouvrir pour permettre à ton énergie d'en jaillir, créant ainsi une barrière qui te donnera le temps de prendre la fuite.

— C'est donc mon seul espoir ? La fuite ?

— Pour l'instant. Tu n'as ni les forces ni les compétences pour autre chose. Mène déjà à bien cette tâche, Lia. Trouve ton père. Demande-lui où il a caché la liste. Et reviens sans traîner.

Chapitre 27

— Onze… douze… treize… quatorze… quinze…

Nos voix résonnent comme une mélopée derrière mes paupières closes. À nous trois, nous créons une musique de fond pour m'aider à basculer dans les ténèbres auxquelles j'aspire.

Et puis soudain elles se taisent, sans doute en réponse à quelque signal secret que je ne peux voir.

— Lia, tu vas lâcher ce monde-là. Laisse-toi tomber dans l'obscurité, vers les Autres Mondes.

Sonia parle d'une voix profonde et douce. Puis elle se tait, et je me retrouve dans les champs vides de mon esprit.

Au début, j'ai du mal à ne pas penser. J'ai du mal à ne pas me demander quand tante Virginia va rentrer à la maison, si les domestiques trouvent étrange que je m'enferme avec mes amies et si je vais être capable de trouver Papa.

Mais mon esprit répond à ces questions assez rapidement, et bientôt mes interrogations se tarissent. Je n'ai plus rien à faire si ce n'est évoquer les traits de Papa, écouter mon souffle, d'abord superficiel mais qui, peu à peu, se ralentit et s'approfondit. Je me représente le monde doux et parfumé de mon vol marin, le ciel infini qui s'étend au-dessus de moi. Je sens l'air salé de la mer et j'imagine le visage de Papa.

Brusquement, dans un éclair aveuglant, je suis arrachée aux ténèbres du sommeil. Mes battements de cœur s'accélèrent, tambourinent avec insistance à l'arrière-plan tandis que des bribes de souvenirs défilent de plus en plus vite. Birchwood. Les visages de Sonia, de Luisa, d'Alice et de Henry. La rivière, James couché à côté. Me voilà libérée des contraintes de mon corps dans une grande secousse, et je survole en toute conscience un bois que je ne reconnais pas.

Au-dessous de moi, les arbres poussent serrés, formant un épais tapis vert qui, d'en haut, paraît doux et lisse. Tandis que je me déplace dans le ciel, l'odeur de sel s'intensifie, les arbres se raréfient jusqu'à disparaître complètement au profit d'un pré où ondule une herbe haute et grasse. J'entends la mer au loin. Le bruit s'amplifie, et bientôt je plane au-dessus d'une vaste plage de sable bordée par une mer d'azur.

C'est là que je m'oblige à toucher terre, me souvenant des instructions de Sonia : éviter le plus possible de voler. Mes pieds s'enfoncent dans le sable. J'en sens la rugosité même à travers mes bottines, et je m'émerveille de ces sensations qui paraissent plus fortes à chaque voyage.

Je ne sais pas très bien comment partir à la recherche de Papa. D'après Sonia, c'est lui qui devrait me chercher, mais tout de même, cela ne paraît pas très sage de rester ainsi exposée sur la plage. Surtout que je ne suis pas du tout sûre de me trouver dans le bon monde.

La plage est délimitée par de spectrales formations rocheuses qui bloquent la vue. Je suis soulagée à l'idée de ne pas avoir à m'inquiéter de ma sécurité dans un espace trop dégagé, mais j'évite de scruter trop attentivement l'obscurité de grottes. Je me concentre sur le fait d'avancer en contournant avec soin les rochers épars.

— Bonjour !

Cette voix me fait bondir et je m'inquiète à l'idée d'avoir de la compagnie dans un endroit aussi désert. Un homme s'avance vers moi. Il est jeune, vêtu d'un pantalon et d'un gilet. Cette tenue formelle paraît assez comique sur cette plage vide.

— B… bonjour !

Je regarde autour de moi, cherchant des gens alentour.

De près, l'homme est assez séduisant. Il est blond, comme James, avec un teint légèrement hâlé. Il n'est guère plus âgé que moi, et son regard est tout à fait amical. Je baisse un tout petit peu ma garde.

Il s'incline devant moi avec une feinte gravité.

— Michael Ackerman, à votre service, mademoiselle. Je pensais errer sur ces plages toute la journée en solitaire, mais je crois bien que j'ai de la chance ! À quoi dois-je le plaisir d'une si charmante compagnie ?

— Eh bien… euh… Mr Ackerman…

— Oh, appelez-moi Michael. Mr Ackerman, c'est mon père !

— Très bien alors… Michael. Je cherche quelqu'un, voyez-vous. Mais je ne sais pas très bien où il est et je ne… Je ne connais pas du tout mon chemin.

— Je comprends, dit-il en hochant la tête d'un air avisé. Vous êtes ici pour votre père, n'est-ce pas ?

Je l'examine avec un intérêt renouvelé.

— Oui. Oui, en effet. Comment le savez-vous ?

— Oh, il n'est pas difficile de savoir des choses ici, dit-il avec un petit geste de la main. On peut dire que c'est un petit monde, n'est-ce pas ?

Il rit de sa plaisanterie.

— Oui. Savez-vous où je peux trouver mon père, alors ?

— Oui, oui, répond-il avec autorité. Évidemment ! Il m'a envoyé à votre rencontre, à vrai dire.

— Ah bon ?

— Oui. Il m'a dit de chercher une jolie fille de seize ans environ et de la lui ramener immédiatement.

Il m'attrape par le bras et me fait avancer.

Je dégage mon bras.

— Attendez un moment, s'il vous plaît ! Je ne crois pas pouvoir partir avec qui que ce soit. Voyez-vous…

— Bêtises !

Il me reprend le bras, cette fois plus fermement.

— Je sais qui vous cherchez et je vais vous conduire directement jusqu'à lui.

Mais, au bout de deux pas, je remarque l'étrange lueur qui brille dans son regard. Une lueur qui n'a plus rien d'amical, et j'entends la voix de Sonia à travers les mondes : « Certains seront désireux de t'aider, certains auront envie de te jouer des tours et certains autres essaieront de te nuire pour de bon. »

— Écoutez-moi, dis-je en cherchant à me libérer. Je vous remercie de votre aide. Sincèrement. Mais je préfère rester ici un petit moment. Je suis sûre que mon père va me trouver si je l'attends.

Il resserre sa prise et je tressaille quand ses doigts s'enfoncent douloureusement dans la chair tendre de mon bras.

— Non, non. Je ne crois pas.

Sa voix a changé. Elle est devenue plus dure. Et plus du tout sympathique. Il continue :

— Nous avons un autre rendez-vous et…

Il n'a pas le temps de finir sa phrase. Brusquement, un garçon qui doit avoir l'âge de Henry surgit devant nous, vêtu d'une étrange chemise sans boutons et d'une culotte courte qui découvre ses jambes égratignées. Il a le visage maculé de saleté.

— C'est le moment de déguerpir, mon gars ! déclare-t-il.

— Non, non, bonhomme. Tu ferais mieux de ne pas t'occuper de problèmes qui ne sont pas de ton âge. File maintenant.

Michael Ackerman me fait encore avancer d'un pas, mais le jeune garçon lui barre la route.

— Je te le répéterai pas. Lâche-la. Je voudrais pas être obligé de te faire du mal.

Cela fait bizarre d'entendre une telle menace sortir de la bouche d'un garçon si jeune, mais, à voir l'éclat métallique de son regard, je sens qu'il est prêt à la mettre à exécution.

— Écoute, dit Michael Ackerman en se redressant de toute sa hauteur. Je crois que tu ne sais pas à qui tu t'adresses, compris, mon gars ? La fille, on est censée la capturer.

Le garçon secoue la tête d'un air résigné.

— J'ai essayé. J'ai essayé de te prévenir. N'ai-je pas essayé de le prévenir ? dit-il en se tournant soudain vers moi.

— Je… je… oui…

Je me tais en voyant le garçon lever la main et prononcer quelques mots dans une langue que je n'identifie pas. Un silence épais s'installe autour de nous. Même les vagues viennent se briser sans bruit sur le sable, comme si l'incantation du jeune garçon avait réduit l'énergie des éléments.

Puis, brusquement, la terre se met à trembler. Pendant une fraction de seconde, nous échangeons un regard, le garçon paraît satisfait et Michael Ackerman effrayé mais résigné. Je ne comprends pas pourquoi l'étreinte de sa main se desserre jusqu'à ce que je voie la terre s'ouvrir sous ses pieds. Le sable se dérobe sous lui, et il s'enfonce, pétrifié. Le temps d'un clignement de paupières, Michael Ackerman a disparu et le sable est redevenu aussi lisse que s'il n'avait jamais été là, tandis que les vagues reprennent leur rythme hypnotisant.

— Mais… que… où… Que lui avez-vous fait ? dis-je en me tournant vers le jeune garçon.

— Allons donc ! répond-il en soupirant. Vous inquiétez pas. Je l'a prévenu tant et plus et, z'avez vu, est parti sans faire d'histoires. Surtout qu'y voulait vous emmener chez les Âmes perdues.

Il parle d'une drôle de manière, sans se soucier de la grammaire.

Je recule d'un pas. Je n'ai guère le temps de discuter cette étrange démonstration de magie qui, en dépit de sa cruauté évidente, m'a bel et bien sauvée. J'ai des soucis beaucoup plus urgents.

— Et comment puis-je savoir que vous valez mieux ? Peut-être avez-vous l'intention de me remettre aux Âmes, vous aussi. Après tout, vous faites partie des Autres Mondes autant qu'elles.

— Ouais, mais j'ai rien à voir avec. Je suis là parce que j'ai pas encore franchi la dernière barrière.

Je l'examine en plissant les yeux pour m'aider à décider s'il est sincère.

— Et pourquoi donc ?

— Je sais pas, mais ici y a beaucoup d'esprits comme moi. Des fois, on reste par choix et, des fois, on reste ici…

voilà tout. En tout cas, faut pas vous inquiéter, je vais pas vous livrer aux Âmes.

Il se penche et baisse la voix en examinant les alentours, comme s'il redoutait des oreilles indiscrètes.

— Thomas… euh, votre père, y s'est occupé de moi. Y m'a protégé contre tout un tas de trucs bizarres. Ah, cet endroit ! C'est fou ! déclare-t-il en regardant le ciel et en faisant mine de siffler. En tout cas, Thomas m'a demandé de vous chercher. Thomas et vot' mère.

La familiarité avec laquelle le jeune garçon prononce le prénom de mon père et le fait qu'il mentionne ma mère me convainquent de sa sincérité.

— Vous avez vu ma mère ? Ici ?

— Évidemment. Y sont ensemble ! Qu'est-ce que vous croyez ? Elle est jolie, vous savez, répond-il en rougissant. Un peu comme vous, les yeux.

Je m'oblige à ravaler l'excitation que je sens monter.

— Vous pouvez m'aider ? M'emmener jusqu'à eux ?

Il serre les lèvres, regarde le ciel puis la plage avant de se tourner vers moi.

— Je peux pas t'aider, pas vraiment, réplique-t-il en me tutoyant soudain. Le châtiment serait… Bon, disons qu'y serait sévère, d'accord ? Mais je peux… t'orienter un peu et faire prévenir ton père que t'es là, en train d'errer dans les Autres Mondes à sa recherche. Eh… Qui le saura jamais si on en parle à personne ?

— Écoutez, je vous serais très reconnaissante si vous acceptiez de m'aider. Je n'ai pas beaucoup de temps et il est impératif que je trouve… Vous savez…

Glissant moi aussi dans la paranoïa, je me retrouve en train de baisser la voix et d'examiner les alentours.

— À votre avis, comment faut-il procéder ?

Il se penche et chuchote tout en effleurant mon bras avec des doigts aussi légers que la caresse d'une brise.

— T'as qu'à penser à lui. Inutile de penser à un endroit précis. Tu peux pas savoir où il est. Lui y va essayer de te trouver. Mais pas ici.

Ce garçon, avec son étrange discours et sa tenue encore plus étrange, me fait encore peur. Et si c'était un piège ? Mais si ce n'en était pas un ? S'il essayait vraiment de m'aider ?

Je n'ai pas le choix : je vais devoir lui faire confiance et accepter son aide, sinon je vais me retrouver vieille dame avec des cheveux gris, et je serai toujours plantée sur la plage dans un monde et couchée sur un canapé en cuir dans un autre.

— Alors, il va falloir que je change de monde ?

— Ben ouais, répond-il. Mais fais-moi confiance ; si tu penses à Thomas et rien de plus, y va te trouver. Ça fait un bon moment qu'y essaie de te joindre.

Une rafale de vent souffle sur l'océan, et l'air fraîchit. Je croise les bras et j'examine l'eau. Le vent se calme d'un seul coup, et ce revirement brusque me rappelle que je ne suis pas dans mon univers habituel.

Lorsque je me retourne, le garçon a disparu. Une fois de plus, je suis seule sur la plage déserte. Je regarde autour de moi pour m'en assurer, mais il n'y a aucun doute. Le garçon s'est bel et bien évaporé. Je m'assieds sur un rocher plat près du rivage et je lisse ma jupe. Je suis impatiente de trouver mon père et de rentrer à Birchwood, dans le monde qui m'est familier. Je ferme les yeux, je pense à Papa et je commence à compter ; les chiffres s'égrènent dans le vent comme une prière.

— Un… deux… trois… quatre…

Je décolle du sol, mais je ne vole pas. Je me retrouve prise dans un tourbillon noir, écartelée dans toutes les directions. Au lieu de passer rapidement et sans effort d'un monde à l'autre, je suis au cœur d'une mer démontée qui me bloque le souffle. Une panique animale me submerge. L'homme que j'ai rencontré sur la plage a-t-il prévenu les Âmes de ma présence dans les Autres Mondes ? Vont-elles tenter de m'entraîner dans le Néant ?

Soudain, mes pieds touchent terre. Je n'avais pas conscience d'avoir les yeux fermés avant de les ouvrir et de découvrir le monde qui m'entoure. Il est presque sans couleur, c'est une étendue de glace aussi loin que porte le regard. Le ciel est blanc, omniprésent, et la limite entre le sol gelé et ce ciel décoloré est difficile à percevoir.

Mon instinct me dicte de partir en courant, de quitter ce monde sans traîner, de tenter de trouver mon père ailleurs, mais je décide d'attendre, de laisser à Papa le temps de me rejoindre si, effectivement, c'est ici qu'il me cherche. Il n'y a nulle part où aller, mais je n'aime pas me sentir ainsi exposée. J'avance péniblement quand je perçois l'écho lointain d'un cri. Je m'arrête, l'oreille tendue.

C'est une voix qui vient de très loin. Immobile, je m'efforce de distinguer des mots, mais je n'y parviens pas. Je me dirige vers le bruit. Pas le moindre repère pour évaluer ma progression. Mais la voix s'amplifie. Quelle étrange sensation, entendre une voix se rapprocher sans pour autant voir quoi que ce soit, ni grotte, ni construction. Rien.

Plus la voix devient distincte, plus je suis persuadée qu'il s'agit d'un appel à l'aide. J'accélère le pas, bien que la marche soit malaisée sur ce sol inégal et que je ne voie pas très bien de quel secours je pourrais être. La voix est tout près maintenant et je m'arrête, cherchant sa provenance ; je repars, j'ai l'impression de jouer à « chaud, froid », comme lorsque j'étais enfant. Je sais que le garçon que j'ai croisé sur la plage me conseillerait de me taire et d'attendre Papa, mais il m'est impossible d'entendre des gémissements pareils sans se mettre en quête de la personne qui les pousse.

— Bonjour ! Il y a quelqu'un ? Tout va bien ?

Je me sens idiote, à crier ainsi dans le vide.

Le gémissement s'interrompt. Mais il reprend très vite et là, enfin, je distingue quelques mots : « Au sec… Au secours… S'il vous plaît… » On dirait que c'est une femme.

J'examine les alentours, frénétiquement.

— Bonjour ? Où êtes-vous ?

— Au secours.

La voix est presque sur moi.

— S'il vous plaît… sauvez-moi…

Cette fois, plus de doute. La voix vient de sous mes pieds. Je baisse les yeux vers la glace, et j'aperçois une silhouette gelée coincée dessous. Je réprime un cri et je sursaute, ce qui me fait tomber, bras et jambes écartés. Je rampe à quatre pattes, je glisse et je dérape pour m'éloigner de la personne prise dans les glaces, même s'il n'y a aucune raison d'avoir peur. Le visage, totalement décoloré, est parfaitement conservé. Les cheveux, gelés, flottent derrière.

Lorsqu'elle parle, ses lèvres bougent de façon presque imperceptible.

— Au secours. Elles… arrivent.

Je suis submergée de pitié et de terreur mêlées. Je voudrais l'aider, mais, pour être sincère, mon désir de lui porter secours rivalise avec une puissante envie de fuir, de courir le plus loin possible de cette vision d'horreur. Je passe en revue les différentes possibilités, et j'en arrive rapidement à la conclusion que je n'ai pas le temps. Si je dois trouver Papa et récupérer la liste, il ne faut pas que je tombe aux mains des Âmes. Rester au même endroit un long moment n'est pas une bonne idée, surtout s'il s'agit d'un endroit aussi effrayant et dangereux que celui-ci.

Tandis que je m'efforce de me relever, la voix de la femme se démultiplie et un concert de gémissements s'élève autour de moi, m'implorant, me suppliant, jusqu'à me donner l'impression que des mains glacées me tirent vers les profondeurs gelées.

Aide-nous... Perdus... Mourir... S'il vous plaît... Libérez... Enfant...

Les voix se fondent, se voilent, s'insinuent dans mon esprit. Je me bouche les oreilles, pétrifiée par la peur, épouvantée, le souffle haletant.

Je me souviens de ma dernière pensée en quittant la plage. Et je sais que je suis dans le Néant.

Chapitre 28

Je secoue la tête pour nier l'évidence, mais il est impossible de ne pas accepter la vérité. Si je suis ici, ce n'est pas à cause des Âmes, c'est à cause de ma propre peur… de mes propres pensées durant le voyage.

« Les pensées ont un grand pouvoir, Lia. Surtout dans les Autres Mondes. »

Le souvenir de la voix de Sonia me sort de ma torpeur. Je ferme les yeux et je me représente mon père. Je lui réserve toute la place dans mon esprit.

« Papa, Papa, Papa. »

Je me sens soulevée, le paysage gelé s'éloigne. Plus je monte, plus je distingue les visages… Tous ces visages pris au piège de la glace, cette glace qui s'étend à l'infini. Une foule d'Âmes exilées et gelées pour l'éternité.

Et puis je me retrouve dans le tourbillon. Dans les ténèbres.

Lorsque j'ouvre les yeux, je flotte au ras de l'herbe humide de rosée. Je sais que je suis près de Birchwood dans l'espace parallèle des Autres Mondes, bien qu'il n'y ait qu'arbres et champs dans toutes les directions. C'est le soir et, en levant les yeux, je ne vois pas ces nuées grises sous lesquelles Alice s'est montrée si menaçante, mais le ciel de velours violet de mon premier voyage au-dessus de la mer.

Je reconnais le grand chêne qui ombrage la clairière près de la rivière. Papa m'emmenait souvent là lorsque j'étais enfant et, l'été, il me faisait la lecture à l'ombre de son feuillage. Je pose mes pieds sur l'herbe duveteuse.

Je n'ai pas peur.

Je m'avance vers l'arbre le cœur chargé d'espérance, comme si j'attendais quelque chose de merveilleux et d'indicible. Et, quand ils sortent de la forêt, je comprends.

Papa paraît plus jeune que dans mon souvenir, mais Maman est exactement semblable à l'image que j'ai d'elle, une jeune mère, une jeune épouse. Son rire me parvient porté par le vent tandis qu'ils approchent, main dans la main. Elle contemple Papa d'un regard d'adoration. J'ai l'impression d'être une intruse, comme si ce moment leur appartenait. Mais cela ne dure qu'une seconde. Dès qu'ils me voient, un sourire illumine leurs visages.

Ils sont à présent devant moi. Je me jette dans les bras de Papa.

— Papa ! C'est toi ?

Ma voix est étouffée dans son manteau.

Son grand rire nous enveloppe et résonne dans sa poitrine.

— Bien sûr que c'est moi, ma chérie ! Qui d'autre marcherait main dans la main avec ta ravissante mère ?

Cette mention de ma mère me rappelle que nous ne sommes pas seuls, après tout, Papa et moi.

— Maman. Je… je n'y crois pas. C'est bien toi ?

Elle sourit en penchant la tête, un geste qui me fait penser à tante Virginia et un peu à Alice.

— Il fallait que je vienne. On dirait que tu as besoin de nous plus que jamais.

Elle a un regard inquiet.

J'acquiesce d'un mouvement de tête.

— Je suis venue pour découvrir la prophétie et le rôle que je dois y jouer. Il me faut la liste des noms, mais j'ignore où Papa l'a cachée. Était-ce toi ? je demande en me tournant vers lui. Quand nous avons parlé par l'intermédiaire de Sonia… la voyante ?

Il hésite avant de hocher la tête.

— J'ai essayé de te parler de la liste, mais je ne t'entendais pas bien. Et puis Il est arrivé.

Mon sang se fige en entendant ces mots, bien que le vent soit toujours aussi doux.

Il poursuit.

— J'ai été obligé de partir, sinon je risquais de me retrouver entraîné dans le Néant. J'y serais maintenant si ta mère n'avait pas utilisé ses pouvoirs. Elle est intervenue au moment où les Âmes tentaient de me bannir d'ici. Depuis, nous ne faisons que les fuir.

Il se tourne vers elle et lui entoure les épaules de son bras pour l'attirer à lui, un geste de profonde tendresse qui me serre la gorge.

— Je savais que tu avais besoin de moi, reprend-il. C'est la raison pour laquelle je n'ai pas franchi… pour laquelle aucun de nous deux n'a franchi l'ultime seuil. La rumeur court dans tous les mondes, Lia, ajoute-t-il à voix basse. La rumeur selon laquelle le premier qui te verra doit t'arrêter. Tout le monde redoute Samaël, et son armée est là pour s'assurer que les esprits les plus faibles lui obéissent. Il y a des espions partout. Nous avons des alliés… Ils nous aideront s'ils le peuvent, mais il va être impossible de retenir les Âmes encore très longtemps. C'est très dangereux ici, pour toi et pour nous.

— Alors dépêchons-nous, dis-je en prenant une profonde inspiration. Explique-moi où se trouve la liste, Papa, pour que je puisse découvrir les Clés qui manquent.

Il se penche vers moi et, sa bouche contre mon oreille, il chuchote.

— Je l'ai laissée à la garde de celle que j'aime… Dans ma chambre.

Je tente de décrypter ses paroles.

— Mais j'ai fouillé…

Il lève la main pour me faire taire. Posant un doigt sur ses lèvres, il examine les alentours. Je comprends ce qu'il veut dire ; nous sommes peut-être espionnés en ce moment même.

Je secoue la tête en essayant de lui faire comprendre que la liste n'est pas là-bas. Que j'ai eu beau chercher partout, je ne l'ai pas trouvée.

Mais il hoche la tête avec insistance, comme pour dire : « Si. Elle y est. Regarde encore. »

Je répète ses paroles dans ma tête : « Je l'ai laissée à la garde de celle que j'aime… Dans ma chambre. »

L'image surgit inopinément, avec autant de facilité que si elle avait toujours été présente. Je le regarde droit dans les yeux et j'opine, soudain pleine d'espoir.

Il lève les yeux vers le ciel qui s'assombrit, projetant de nouvelles ombres sur nous.

— Nous devons partir, Lia. Notre temps est compté.

Mon cœur se serre. Contre mon gré, j'ai fini par m'habituer à la responsabilité qui m'incombe dans la prophétie. J'ai fini par m'habituer à avancer sans la présence réconfortante de Papa, sans sa main solide. Mais me retrouver ainsi avec mes parents, ne serait-ce qu'un instant, me rappelle tout ce que j'ai perdu.

— Je ne veux pas partir. Je veux rester avec vous.

Je n'ai pas honte de m'exprimer comme une petite fille apeurée.

Ma mère me prend dans ses bras.

— Lia.

Elle respire ma chevelure, et moi je sens l'odeur de jasmin dans son cou.

— Lia, reprend-elle, je suis désolée de ce que je t'impose. Mais tu es l'Ange, la seule Sœur qui peut mettre définitivement fin à la prophétie. Et c'est ainsi que cela doit être, même si ce n'est pas notre désir. Il est prévu de toute éternité que ce soit toi. Il n'y a aucune erreur, Lia. Il n'y en a jamais eu. Depuis les siècles des siècles, les Sœurs n'attendaient que toi.

Je n'ai qu'une envie : nier ce qu'elle affirme, même après tout ce que j'ai vu. Mais elle dit la vérité. J'acquiesce, donc, et je fixe ces yeux qui ressemblent tant à ceux que je vois tous les matins dans mon miroir. Je hoche la tête pour lui dire que je comprends. Que j'accepte mon rôle dans la prophétie, celui qu'elle m'a légué, et que je n'ai pas peur.

Papa examine le ciel. Il est encore bleu, mais le vent froid est revenu, et il plane à nouveau une atmosphère de danger.

— Il faut que nous partions, répète-t-il d'un air d'excuse.

— Oui, dis-je en relevant le menton.

Il est inutile de les garder avec moi. Ils sont déjà moins vivants, moins présents qu'il y a quelques instants.

Ma mère m'enlace une dernière fois.

— Je savais que c'était toi, depuis le début. J'ai vu quelque chose dans tes yeux, quelque chose qui m'a donné de l'espoir. Je regrette tellement de ne pas avoir été suffisamment forte pour mener ce combat pour toi.

— Souviens-toi, Maman. Il n'y a pas d'erreur.

Elle sourit à travers ses larmes et dépose un baiser sur ma joue.

— Pas d'erreur, mon ange.

Ils sont prêts à partir, trop vite à mon goût. Maman se retourne une dernière fois, l'inquiétude altère son visage.

— Prends soin de Henry, Lia. D'accord ?

Elle n'attend pas ma réponse, mais je hoche tout de même la tête et je crie :

— Je vous aime. Je vous aime tous les deux.

Je n'ai pas le temps de dire autre chose. Ils ont disparu.

***

L'émotion me submerge tandis que je voyage vers Birchwood. Au moment de quitter mes parents, j'ai ressenti un terrible déchirement mais aussi un grand bonheur. Je suis tellement imprégnée de leur amour que j'ai l'impression qu'il me pousse dans le ciel.

Je m'émerveille de cette maîtrise acquise dans les Autres Mondes en un laps de temps si court, de cette assurance nouvelle avec laquelle je m'oriente et de la vitesse à laquelle je me déplace.

Puis j'entends le ciel se fendre derrière moi.

Cela commence comme une vibration et, bien que je ne touche pas la terre, je suis certaine qu'elle tremble. Un sourd grondement s'élève du sol comme s'il allait s'ouvrir en deux par la seule force de ce rugissement obstiné.

Une masse sombre se dresse devant moi. Je suis sûre qu'il s'agit de Birchwood, mais, en regardant derrière moi, je vois les Âmes formant une horde noire. De loin, on pourrait les prendre pour une nuée d'insectes bourdonnants. Elles seront bientôt là et pourrai-je leur résister ?

L'attraction qu'exerce Birchwood, cette protection familière, est puissante, mais je ne suis pas sûre de réussir à semer les Âmes avant d'atteindre la maison. Alors je cesse de voler, et je m'imagine en train de planer au-dessus du sol jusqu'à ce que j'y parvienne.

Et puis j'attends en regardant approcher le nuage, plus gros, plus noir, plus bruyant. C'est ici que je vais les affronter, dans les cieux de leur propre monde. J'aimerais pouvoir dire que je n'ai pas peur, que je suis pleine de courage et de détermination. Mais ce serait un mensonge. Qui pourrait affronter sans peur cette légion rugissante ? Non, je suis au-delà de la peur. Je suis terrifiée au point de trembler de de toute mon âme. Mais je fais face, m'obligeant à rester immobile.

Ce n'est pas un plan très intelligent, mais je n'en ai pas d'autre : j'attends le moment où les Âmes seront suffisamment proches pour que je puisse me fier à ma force en suivant les instructions de Sonia. Le minutage est déterminant : je dois intervenir assez tôt pour stopper leur assaut, mais pas trop tôt afin de ne pas gâcher le peu de temps que j'aurai pour m'échapper. Je pense à la voix de Sonia, en train de compter.

« Un… deux… trois… »

Pas encore.

« Quatre… cinq… six… »

Elles sont tout près maintenant, suffisamment pour que je distingue leurs traits torturés, leurs longues barbes étalées sur leurs gilets noirs déchirés, accrochés à leurs corps épais.

« Sept… huit… »

De cette masse émane un hurlement inhumain, un cri

menaçant comme en pousserait une bête sauvage. Elles approchent et s'écartent pour mieux me cerner, au-dessus, de chaque côté et même sous mon corps qui plane. J'ai peur d'avoir attendu trop longtemps. Jusqu'à être certaine qu'elles vont dévorer mon âme, complètement.

Il n'y a rien d'autre à faire que de fermer les yeux pour imaginer la graine, minuscule et close au cœur de l'endroit le plus secret de mon corps. Je vois les couches se soulever l'une après l'autre, révélant d'autres couches, de moins en moins colorées, jusqu'à ce que je parvienne à l'entité centrale, vivante, luxuriante. Elle respire. Elle bat. Elle vibre de vie.

J'entends toujours les Âmes, mais leurs cris ne m'atteignent plus, ils sont ailleurs ; je me suis retirée dans un monde silencieux et fermé, un monde à moi. Le seul bruit distinct, c'est le battement d'un cœur. Je crois tout d'abord entendre ma propre poitrine, mais j'ouvre les yeux et je vois la lueur rouge qui irradie, les ailes tonitruantes battant l'air avec un bruit sinistre au centre du bataillon noir des Âmes. Samaël est là, embusqué, et son cœur rougeoyant bat à l'unisson du mien tandis qu'il étend ses innombrables ailes au-dessus de son armée.

Je dois contraindre mon esprit à revenir à la graine, à cette chose nichée à l'épicentre de mon âme. Je la vois s'ouvrir, se déplier, s'épanouir et combler le moindre interstice de mon corps. Ma peau, mes yeux, ma bouche irradient une lueur couleur de lavande, plus intense à chaque instant, tandis qu'une puissance jusqu'alors inconnue s'écoule et se déverse en un flot continu, écho de vagues grandissantes.

Si les Âmes manifestent leur présence, leurs bruits se perdent dans la musique de ma propre force et du cœur toujours battant qui palpite entre Samaël et moi. C'est sans doute le moment de filer vers la sécurité de Birchwood, alors que les

Âmes sont tenues à distance par la magie de cette autorité que j'ai réussi à établir. Mais c'est alors que j'entends la voix.

Maîtresse... Que vienne le règne du chaos... Ouvre la Porte.

D'instinct, je secoue la tête parce que j'ai peur de prononcer des mots qui pourraient compromettre le peu de prise que je me suis assurée avec ma petite démonstration de force.

Tu obtiendras force et paix... Ouvre les bras, Ange du Chaos, et laisse couler comme l'eau du fleuve les ravages de la Bête... Ouvre la Porte...

La voix s'insinue en moi à travers les Âmes, à travers le ciel soyeux. Elle se fraie un chemin dans cette lumière lilas. Ce n'est qu'une voix. Ce ne sont que des mots. Mais ils résonnent en moi à la fois comme un avertissement et comme une caresse.

La lumière coule toujours de mon corps, mais mes forces vacillent lorsque les mots de Samaël atteignent mes oreilles, mon esprit, s'enfonçant dans quelque repli ancien qui n'attendait que leur appel. Dans cette voix, il y a la promesse d'être libérée d'un combat qui semble devoir durer toujours, bien qu'il ne soit mien que depuis fort peu de temps. D'être libérée d'un avenir où il faudra continuer à se battre et d'où seront absentes ces choses auxquelles j'aspire tant – la sécurité, l'amour, l'espoir.

Mais la graine se déploie encore, dépassant toutes mes attentes, elle dégage tant de puissance que j'ai l'impression d'être déchirée corps et âme. Et, dans un ultime sursaut, je trouve la détermination dont j'ai besoin.

Je ne prends pas le temps de me retourner. Je m'absorbe dans la lumière que je répands, dans ce pouvoir mystique qui m'emporte. Je lui ordonne de me ramener à la maison le plus vite possible. Je lui ordonne de me conduire à Birchwood, de retenir Samaël et son armée le temps que je réintègre le corps qui m'attend sur le canapé de la bibliothèque.

Portée par cette houle lumineuse, je fonce vers la masse indistincte au loin. Il s'agit bien de Birchwood. Après tout, il y avait une bonne raison pour que Papa ait voulu me voir dans le monde le plus proche de la maison. Il savait que les Âmes viendraient.

Un rugissement fou, strident, retentit derrière moi. Je résiste à la brutale envie de me retourner. Je continue à voler, les champs défilent, la maison se rapproche. Ce n'est qu'en arrivant à proximité que je sens mes forces décroître. Ça ne se produit pas d'un seul coup. C'est plutôt un lent épuisement qui s'insinue jusque dans mes os et qui éteint cette lumière jaillissant de mon corps. Je suis si près… Assez près pour distinguer la lueur des lanternes dans le crépuscule qui tombe, pour voir les vitres biseautés des fenêtres. Mais la clameur résonne de nouveau derrière moi et, quand je me retourne, je sais d'avance que je ne vais pas réussir à m'échapper.

Samaël est derrière moi. Il est passé devant les Âmes et plus la distance qui nous sépare diminue, plus les battements de son cœur s'intensifient. La force des Âmes n'est rien comparée à celle de leur maître. Cette puissance, cette rage écrasent tout. Elles s'exhalent en un crescendo funeste qui annihile mes mouvements.

Je plane devant la fenêtre de la bibliothèque et ma volonté s'échappe de moi quand me revient en mémoire ce qu'a dit Virginia. Était-ce seulement ce matin ?

« Si tu sais les invoquer au moment opportun, certaines Sœurs accepteront de t'aider. »

Mon corps est trop faible pour continuer. Mais mon

esprit… mon esprit possède encore la force nécessaire pour réclamer l'aide dont j'ai besoin.

— Sœurs… Celles de la Fraternité d'autrefois…

Je ne reconnais pas ma voix. Elle est lointaine, métallique, mais je poursuis tout de même, les yeux fermés, en m'efforçant de repousser de mon esprit Samaël qui approche dangereusement.

— Je vous conjure, Sœurs, de venir en aide à l'une des vôtres. De me sauver pour que je puisse nous sauver toutes.

Je ne vois même pas à quel point ma requête est ridicule face à la violence de cette chose rugissante. Tandis que le temps s'écoule – s'agit-il de secondes, de minutes, d'heures ? –, je me décide à refermer les yeux, en attendant courageusement ce qui va m'arriver.

Alors je sens un souffle d'air chaud et brutal, suivi d'un craquement qui me pousse à regarder le ciel. Quand la femme apparaît, l'assaut de Samaël et de ses Âmes semble faiblir. Elle s'arrête à quelques mètres, quelque part entre moi et l'Armée menaçante. Il y a quelque chose de familier dans sa mâchoire obstinée, dans les flaques de ses yeux verts.

La femme sans nom se dresse entre moi et les Âmes au moment où d'autres femmes surgissent dans le ciel, sorties de nulle part. Elles se déploient autour de Samaël et des Âmes. Des robes éthérées s'enroulent autour de leurs jambes translucides tandis qu'elles lèvent les mains, les joignant presque. Dans un crépitement d'étincelles, des flammes pures jaillissent de leurs paumes, formant un cercle de feu mystique entre la Bête et moi.

La première femme ne s'éloigne pas de moi ; la faible lueur lavande qui s'échappait de mon corps est devenue chez elle une lumière violette intense qui coule à flots jusqu'à venir rebondir contre le cercle à l'intérieur duquel les montures des Âmes ruent de toutes leurs pattes, affolées.

Ses lèvres ne remuent pas, et pourtant sa voix me parvient. Elle résonne dans ma tête alors que la femme ne prononce aucune parole.

« Va, mon enfant. Rassemble tes forces. Nous nous reverrons. »

En poussant un hurlement, Samaël pourfend le cercle de son épée. La lame orange, d'où s'échappent des étincelles, affronte la lumière qui émane du cercle des Sœurs. Elles ont beau avoir l'air puissantes, je n'ai nulle envie de les voir mesurer leurs forces à celles de Samaël plus longtemps que nécessaire. D'un signe de tête, je fais comprendre à la femme que je l'ai entendue, et je franchis les murs de la maison en mobilisant mes ultimes réserves.

Sonia et Luisa sont assises par terre, près du canapé. Sonia tient ma main inerte dans la sienne ; elle a les yeux fermés et elle prie en silence. Je me laisse tomber dans mon enveloppe corporelle avec un cri qui s'entend dans les deux mondes, et j'aspire l'air comme si j'en avais été privée depuis longtemps, comme si je revivais.

— Elle est revenue ! Elle est revenue ! s'exclame alors Luisa.

Je ne sens qu'à peine le contact de la main de Sonia : sans doute n'ai-je pas encore récupéré toutes mes sensations. J'essaie de parler, de leur dire qu'il faut retourner dans la chambre de Papa chercher la liste, mais il ne sort de ma bouche qu'une série de bruits ne ressemblant à aucun mot connu. Je secoue la tête, énervée, mais Sonia intervient brusquement.

— Lia ? Lia ? Regarde-moi, Lia. Écoute-moi.

Elle me lâche la main et me prend le menton, m'obligeant à la regarder. Elle me fixe avec une autorité telle que je ne puis détourner les yeux. Je vois dans ses prunelles la mer paisible des Autres Mondes.

— Reste tranquille, m'ordonne-t-elle. C'est normal. C'est normal de ne pas pouvoir parler quand on revient d'un tel voyage. D'accord ?

Je l'observe intensément, je n'ose plus ouvrir la bouche.

— D'accord, Lia ? Il faut que tu me fasses confiance. Tu vas récupérer la parole dans quelques secondes. Tu vas aussi récupérer la totalité de tes sensations. Respire lentement et attends. Il faut laisser le temps à ton esprit d'absorber tout ce que tu as fait, tout ce que tu as vu. Il faut lui accorder quelques instants pour qu'il retrouve sa dimension physique. Regarde-moi, Lia ! Fais-moi signe que tu comprends.

Elle a la voix rauque. J'ai soudain l'impression d'être une petite fille, mais ses ordres limpides sont rassurants ; alors je la regarde droit dans les yeux et j'essaie de hocher la tête.

— Très bien. Maintenant, reste tranquille. Reste tranquille et respire.

Je me laisse envahir par une extrême faiblesse. À lire la peur dans les yeux de Luisa, je me sens encore plus mal ; je m'oblige donc à me tourner vers Sonia et à plonger dans la profondeur bleue de ses yeux jusqu'à ce que mon souffle s'apaise.

Je teste mes doigts, je leur ordonne de bouger et je suis heureuse de voir qu'ils m'obéissent. J'agis de même avec le reste de mon corps, lui transmettant mes désirs. Apparemment, tout est en ordre de marche. Ce n'est qu'à ce moment-là que je me risque à parler. Sonia et Luisa sont littéralement suspendues à mes lèvres tandis que je m'efforce de former les mots.

— S-s-s-a chambre. La liste est dans sa chambre. Derrière le portrait de maman.

Chapitre 29

— Tu es certaine que c'est bien ça ?

Luisa me tend le portrait de ma mère qu'elle est allée chercher dans la chambre de Papa. J'ai dû rester allongée sur le canapé car Sonia m'a expliqué que la faiblesse des membres était l'un des effets secondaires des longs voyages dans l'Espace. Et, comme si cela ne suffisait pas, j'ai un mal de tête lancinant. La nuit tombe et tante Virginia ne va pas tarder à rentrer avec Alice et Henry.

— Pas complètement, mais aussi certaine qu'on peut l'être dans ces circonstances.

Je contemple le visage de Maman. Elle a un regard intense et je me souviens à quel point il était vibrant durant notre brève rencontre dans l'Espace.

— Tu veux que je le fasse ? demande doucement Sonia.

— Non, je vais le faire.

Je pose le cadre à l'envers sur mes genoux. Les clips métalliques s'ouvrent sans problème et je soulève le fond. Je vois le dos du portrait et je m'apprête à le soulever, lui aussi, lorsque quelque chose m'attire l'œil entre le verre et le métal travaillé.

J'approche le cadre de mon visage.

— Qu'est-ce qu'il y a ? intervient Luisa.

— Je ne sais pas…

Il y a en effet quelque chose et je l'attrape. Mes doigts tremblent. Est-ce d'excitation, de peur ou des suites de mon récent voyage dans l'Espace ?

— Mais… c'est tellement petit, dit Sonia. Ce ne peut pas être la liste !

Ce n'est qu'un fragment de papier, mais je ne suis pas aussi déçue que l'on pourrait l'imaginer. Nous n'avons encore jamais été si près du but. Certes, elle n'est plus dans le cadre, là où mon père l'avait cachée, mais je suis certaine d'une chose : elle y a été.

Sonia et Luisa ne disent rien. Leur déconvenue est palpable dans le silence ponctué par nos souffles. C'est moi qui parle la première, brisant enfin l'atmosphère lourde qui règne dans la bibliothèque.

— Alice !

***

J'arpente ma chambre en essayant de rassembler mes idées avant d'affronter Alice. Je n'ai pas pu le faire dans l'agitation de leur retour, au moment où tante Virginia et Henry étalaient leurs emplettes et racontaient leur journée. J'ai eu le temps de croiser le regard de ma sœur – un coup d'œil fulgurant – avant qu'elle se retire dans sa chambre. Ensuite il y a eu le dîner, un moment de tension accrue par la présence de nos invitées.

Luisa et Sonia ont proposé de m'accompagner voir Alice. Mais cette partie de la prophétie, cette partie de la lutte, m'appartient. Pendant toute la soirée, ma colère n'a fait qu'augmenter.

Alice qui s'allie avec les Âmes pour me voir morte.

Alice qui m'expose à tous les dangers en annulant le sortilège jeté par Maman.

Alice enfin qui a pris la liste.

Le temps que la maison s'enfonce dans le sommeil, je suis plus que prête à la récupérer. Je quitte ma chambre d'un pas décidé qui n'est pas aussi discret qu'il convient étant donné l'heure. Je frappe à sa porte et j'entre sans attendre sa réponse. Pas question de lui laisser le choix de m'empêcher d'entrer.

Sur son visage, je vois une expression de surprise authentique que je ne lui connais pas. Ses mains agrippent son corsage et sa bouche forme un O effaré.

— Lia ! Mais que…

J'avance vers elle et, pour la première fois depuis toutes ces années, depuis que nous sommes des sœurs, depuis que nous sommes des amies et des confidentes, elle paraît avoir peur de moi. Elle recule d'un pas en me voyant à quelques centimètres d'elle.

— Donne-la-moi, Alice.

Je tends la main, je veux qu'elle comprenne que je ne partirai pas sans cette liste de noms qui est le garant de ma liberté.

Elle secoue la tête, jouant à merveille la confusion.

— Je… je ne sais pas de quoi tu parles.

— Mais si, Alice, tu le sais très bien, dis-je en plissant les yeux. Tu l'as. Tu l'as volée dans la chambre de Papa.

Elle se redresse brutalement, ses yeux lancent des éclairs et son indignation vient masquer sa peur.

— Je t'assure, Lia, ce que tu crois que j'ai, je ne l'ai pas.

À voir ton état, ce doit être diablement important. Quoi que ce soit, je regrette de ne pas l'avoir.

Son regard a cette lueur malveillante qui me fait toujours redouter ce qu'elle va dire ou faire.

— D'autant, ajoute-t-elle, que toi tu as quelque chose qui m'appartient.

Nous nous dévisageons un long moment ; on n'entend que nos souffles haletants dans la chambre silencieuse. Je n'ai pas l'intention de reconnaître que le couteau est en ma possession ni de le lui rendre. Je m'oblige à parler d'une voix calme, alors que la colère bouillonne en moi.

— Rends-la-moi, Alice.

La tête penchée, elle m'examine sans ciller.

— Je ne sais toujours pas de quoi tu parles.

Je suis au bord de l'implosion. Elle sait de quoi je parle. J'en suis persuadée. Mais je suis acculée : si je ne formule pas les choses clairement, je suis bonne pour passer la nuit dans la chambre d'Alice à jouer aux devinettes.

— La liste. La liste de noms de Papa. Elle se trouvait sur sa table de nuit, derrière le portrait de maman. Et maintenant elle n'y est plus.

Elle se dirige vers sa coiffeuse en ôtant les épingles de ses cheveux sans cesser de m'observer dans le miroir.

— Ah… je comprends. Tu es enfin parvenue à saisir l'importance des Clés.

Elle fait volte-face et tape dans ses mains, comme on applaudit au théâtre. Ce bruit résonne dans la pièce silencieuse.

— Très bien, Lia, reprend-elle. Tu dois être fière de toi. Et pourtant je n'ai pas la liste. Oh, je la voulais. Je suis même allée dans la chambre de Papa la récupérer. J'ai regardé derrière le portrait de notre mère, mais elle n'y était déjà plus.

Je ne parviens pas à masquer la perplexité qui m'envahit.

— Mais comment étais-tu au courant ? Comment savais-tu où elle était alors qu'il m'a fallu tant de temps pour savoir où la chercher ?

Elle rit bruyamment, elle est sincèrement amusée.

— Oh, Lia ! Tu ne comprends toujours rien ? dit-elle, tandis que ses longs cheveux cascadent en boucles sur ses épaules. Je n'ai pas besoin de Papa pour savoir les choses. Je n'en ai jamais eu besoin. Je sais depuis belle lurette que je ne l'intéressais guère, puisqu'il avait sa précieuse Lia. Non, je n'avais pas besoin de lui dans ce monde et je n'en ai toujours pas besoin maintenant qu'il est passé dans l'autre. Je n'ai pas besoin de Virginia. Et je n'ai pas besoin de toi. Je me débrouille par mes propres moyens. Je regrette néanmoins beaucoup de ne pas avoir récupéré la liste à temps.

— Comment cela ?

Elle soupire, comme si elle devait expliquer une chose évidente à un enfant.

— Le cadre était vide, exception faite du portrait de notre chère mère, dit-elle d'une voix lourde de sarcasmes. Je savais qu'elle avait été cachée à cet endroit, j'en ai donc conclu que tu l'avais simplement découverte avant moi et que tu l'avais mise ailleurs.

Sidérée, je ne sais pas quoi lui répondre. Ma colère a laissé place à une perplexité profonde, déstabilisante. Si je n'ai pas la liste… Si Alice ne l'a vraiment pas…

Qui d'autre pourrait avoir l'usage d'un si funeste et si dangereux objet ?

***

« L'Ange, protégé seulement par le plus arachnéen des voiles.

Un voile fragile, terrestre, aisément déchiré. »

J'ouvre les yeux en entendant ces mots, chuchotés dans quelque recoin perdu de ma conscience. J'ai dormi par à-coups, avec une avalanche de rêves qui, pour une fois, n'étaient que des rêves. Lorsque je me réveille, je n'ai pas la réponse dont j'ai tant besoin, mais l'écho familier de ces mots que je connais par cœur résonne dans ma tête.

« L'Ange, protégé seulement par le plus arachnéen des voiles.

Protégé seulement par le plus arachnéen des voiles.

Protégé seulement par…

Protégé…

Protégé… »

Les mots se répètent comme lorsqu'il y a une rayure sur l'un des disques du gramophone.

On dirait que quelqu'un cherche à me dire quelque chose.

Et puis j'entends la phrase interrompue de Papa, cette phrase prononcée à travers les mondes, « du voile il ne reste plus que Henry »…

Brusquement, je comprends ce que cela signifie.

Chapitre 30

Je dévale l'escalier au galop, sans prêter attention au vacarme que je fais. Mais il doit être considérable car, lorsque j'arrive dans le hall, Luisa et Sonia sortent de la salle à manger, l'air inquiet.

— Lia ! Mais qu'est-ce que… ? commence Sonia, sa serviette à la main.

— Tante Virginia ?

Je vocifère dans toute la maison et le désespoir s'infiltre jusqu'à la moelle de mes os.

Luisa et Sonia, incrédules, observent la scène les yeux écarquillés.

Je me retourne en entendant un claquement de semelles sur le marbre. Mon soulagement est de courte durée quand je me rends compte qu'il ne s'agit pas de ma tante mais de Margaret. Elle me regarde comme si je déraillais complètement.

— Mais pourquoi criez-vous ainsi, Miss Milthorpe ?

— Je… je suis désolée, Margaret. Il faut que je parle à ma tante tout de suite. Vous l'avez vue ?

Le tremblement de ma voix trahit ma peur.

— Évidemment, ma chère petite, répond-elle en souriant. Elle est en haut. Dans son lit.

— Dans son lit ?

Margaret pourrait aussi bien m'annoncer que tante Virginia est en train de panser les chevaux, tant il est peu probable qu'elle soit dans son lit à cette heure de la journée.

— Oui. Dans son lit. Elle ne se sent pas très bien. Ces derniers jours, elle était très fatiguée et je lui ai suggéré d'aller se reposer. Rien d'inquiétant, j'en suis sûre. Juste un petit coup de froid, sans doute.

Elle sourit, comme si cela pouvait suffire à apaiser la tempête qui bouillonne dans mes veines.

— Vous irez la voir un peu plus tard, ma chérie. Laissez-la dormir. Je suis persuadée qu'elle sera de nouveau fraîche comme un gardon.

Je hoche la tête. Je me rappelle à quel point tante Virginia était épuisée après être venue à ma rescousse dans les Autres Mondes. Je passe la tête dans le salon, mais je vois qu'il est vide.

— Margaret ? dis-je.

— Oui, mademoiselle ?

— Où sont Henry et Alice ?

Ses traits habituellement impassibles reflètent une certaine incertitude.

— Eh bien, c'est un sujet dont je souhaitais discuter avec Miss Spencer…

— Peut-être devriez-vous en discuter avec moi, je réplique en fronçant les sourcils.

Elle se balance avec nervosité d'un pied sur l'autre, et

je crois bien que c'est la première fois que je me sens maîtresse dans ma propre maison.

— Eh bien, mademoiselle… Alice a emmené Henry à la rivière.

J'en reste bouche bée tout en contemplant le ciel plombé par la fenêtre.

— À la rivière ? Maintenant ? Mais il va pleuvoir dans une minute, Margaret !

Elle prend un air penaud.

— Je voulais en parler à Miss Spencer, mais elle ne se sentait pas bien, alors…

Elle s'interrompt et détourne le regard.

— Mais comment avez-vous pu la laisser faire ? Comment avez-vous pu laisser Alice emmener Henry ? Ce n'est qu'un enfant !

Je n'hésite pas à l'accuser, en sachant que c'est injuste. Alice, après tout, est la sœur de Henry. Pourquoi ne l'emmènerait-elle pas prendre l'air, même par un jour aussi sinistre qu'aujourd'hui, si c'est ce qu'il désire ? Pourquoi Margaret aurait-elle des raisons de douter qu'elle n'agit que poussée par l'amour fraternel et le sens du devoir ?

— Eh bien, répond-elle en durcissant le ton, si vous voulez le savoir, c'est Alice qui a insisté en disant qu'elle voulait se retrouver seule un petit moment avec Henry. Et elle n'a pas hésité à rappeler que c'était elle la maîtresse de Birchwood et non Miss Virginia. Et que la façon dont elle se conduisait ne me regardait en rien. C'est exactement ce qu'elle a dit, mademoiselle : « Vous n'êtes pas là pour vous occuper de mes affaires, Margaret. » Je suis désolée, mais je ne pouvais vraiment pas la retenir.

— Restez ici ! dis-je en me tournant vers Sonia et Luisa. Quoi qu'il arrive, ne quittez pas cette maison.

J'attrape mon manteau et j'ouvre la porte. Le froid cinglant me mord aussitôt les joues.

Je fais le tour de la maison et je les aperçois près de la rivière, alors que tombent les premières gouttes de pluie. Je me mets à courir.

Mes jupes entravent mes pas tandis que je galope dans l'allée empierrée. Alice se tient tout près de Henry. Rien ne semble clocher et, l'espace d'un instant, je me dis que je me suis peut-être trompée. Ils ont l'air de discuter tout simplement.

Mais le ciel se déchire et il se met à tomber des hallebardes. En quelques secondes, j'ai les cheveux plaqués sur le crâne et mes jupons mouillés deviennent lourds et difficiles à manier. Henry et Alice, eux, restent sur la rive comme si le soleil brillait ; ils sont immobiles, et on dirait qu'ils ne remarquent même pas la pluie torrentielle qui doit les tremper jusqu'aux os. Je comprends que je ne me suis pas trompée et je regrette de ne pas pouvoir courir plus vite.

Ils ne sont pas sur la terrasse de pierre, mais sur le chemin près de la berge. Trop près, d'après moi. Aucun des deux ne bouge à mon arrivée. Pourtant ils m'ont forcément entendue, alors que je suis là, haletante, à quelques mètres d'eux.

— Qu'est-ce que vous faites ?

Je crie pour couvrir le rugissement de la pluie, mais je sais parfaitement pourquoi Alice a amené Henry jusqu'ici.

Aucun des deux ne répond. Ils continuent à se regarder fixement ; le reste du monde n'existe plus pour eux.

— Va-t-en, Lia, dit finalement Alice. Il est encore temps pour toi de ne pas te mêler de tout cela. Laisse-moi discuter seule à seul avec Henry. Je veux régler cette affaire ici et maintenant.

Je regarde Henry – pour de bon – et je me sens blêmir de rage. Recroquevillé dans son fauteuil, il paraît encore plus petit que d'habitude, comme si la pluie le faisait rétrécir jusqu'à ressembler au malheureux chat de gouttière que nous avions essayé de laver une fois dans l'abreuvoir, derrière les écuries. Il a si froid qu'il claque des dents. Il n'a même pas un manteau sur le dos.

— Ce sont mes affaires tout autant que les tiennes, Alice. Tu n'as pas honte de traîner Henry comme ça sous la pluie ?

Je m'avance vers lui, décidée à le ramener dans la chaleur et la sécurité de la maison. On s'occupera du reste plus tard.

Mais Alice se dresse entre lui et moi.

— Henry n'ira nulle part, Lia. Pas encore. Pas avant de m'avoir rendu la liste.

Je voudrais le voir nier. Je voudrais le voir protester, refuser le supplice de se retrouver entre Alice et moi parce qu'il possède ce que nous désirons toutes les deux le plus au monde. Mais il ne dit rien de tel.

— Elle allait la prendre, Lia. Je l'ai vue. C'est mon devoir de te protéger. C'est Papa qui l'a dit.

— Papa… est… mort, Henry ! crie Alice dans le vent en levant les bras. Tu n'as plus de comptes à rendre à personne. Sauf à Lia et à moi. Et tu peux la délivrer. En me donnant la liste, tu la libères pour l'éternité.

Sa voix vibre d'une force nouvelle, elle domine même le bruit de la rivière et le martèlement de la pluie.

— Henry ! Regarde-moi, Henry !

Je veux qu'il voie que je n'ai pas peur et je m'efforce de capter son regard par la seule puissance de mes pensées.

— Je n'ai pas peur, Henry ! Tu n'as nullement besoin de me protéger, d'accord ?

Il a les lèvres d'un vilain bleu violacé. Il parvient à peine à parler, les mots ne sortent pas tant il a froid.

— Papa m'a dit de la garder en sûreté. P-p-pour toi, Lia.

Pleine d'effroi, je vois alors le poing de Henry crispé sur quelque chose de mou et blanc. Je me maudis intérieurement. Réclamer la liste à Alice lui a prouvé que je ne l'avais pas. Ce qui l'a poussée à chercher ailleurs.

— Mets-la dans ta poche, Henry. Range-la tant que nous ne serons pas rentrés à la maison.

J'avance vers lui d'un air aussi autoritaire que possible. Je vais le ramener. Qu'Alice essaie donc de m'en empêcher.

Elle n'essaie pas. Elle ne s'occupe pas du tout de moi. Mais elle fonce vers Henry, saisit les poignées de son fauteuil roulant et le fait tourner.

— Ne t'approche pas davantage, Lia. Je t'ai dit de ne pas t'en mêler. Donne-moi la liste, Henry. Si tu veux protéger Lia, comme Papa souhaitait que tu le fasses, donne-moi la liste. Si tu ne le fais pas, Lia ne sera jamais délivrée de son fardeau.

Elle n'élève pas la voix, mais ses mains posées sur la chaise de Henry, si près de la rivière, représentent une terrible menace.

Henry secoue la tête avec obstination.

— Non. Je fais ce qu'a demandé Papa.

Sa lèvre tremble. Il a peur, il est transi, mais il est bien décidé à ne pas faillir.

J'en ai assez. Je fais un pas en direction de Henry, avec une assurance que je suis loin de ressentir.

— C'est ridicule, Alice. Lâche Henry immédiatement. Je le ramène à la maison.

Je suis au niveau de son épaule quand, brutalement, elle se retourne. Maintenant, Henry et elle sont face à la rivière.

— N'approche pas davantage, Lia, menace-t-elle par-dessus son épaule.

Je m'immobilise. Je réfléchis. Je réfléchis le plus vite possible. L'expression de son visage est indéchiffrable – un mélange si dense de colère, de peur et de tristesse… Elle a l'air à moitié folle, les yeux égarés. Je ne lui fais aucune confiance. Il faut arracher Henry à ses griffes, et tout de suite. Je fais un pas de plus, feignant d'avoir confiance dans ses capacités de raisonnement.

— Non.

Son regard est implorant, il me supplie, mais je ne comprends pas le sens de cette supplication.

— Je t'en prie, Lia.

Cette petite phrase me laisse croire que je peux continuer à avancer, qu'Alice ne fera pas de mal à son frère.

Mais je me trompe, je me trompe complètement. J'ai à peine fait un pas qu'elle pousse Henry et sa chaise en avant vers la rivière, aussi tranquillement que s'il s'agissait d'une pierre.

Il peut paraître étrange que j'entende le grincement sinistre du fauteuil dans ce déluge, mais pourtant je l'entends ; il roule sur la berge rocailleuse, assez lentement d'abord, mais en accélérant à mesure que la pente augmente.

Le plus bizarre, c'est que tout cela paraît se dérouler au ralenti. Quelque part, dans la logique de mon esprit, je sais que les événements se précipitent, mais là j'ai l'impression que tout est freiné, que le temps s'est littéralement tordu sur lui-même.

Je m'élance en avant sur la terre détrempée, j'essaie d'attraper une jambe, une roue, n'importe quoi, tandis qu'il plonge vers la rivière. Rampant dans la boue, je parviens à m'accrocher au rayon d'une roue. Je retiens d'une main tout le poids de la chaise et la douleur irradie dans mon poignet.

Henry garde un silence douloureux, cramponné aux accoudoirs de toute la force de son petit corps. J'essaie de retenir la chaise, mais elle est tellement lourde que mes doigts n'ont pas la force de lutter contre tout cet acier. La chaise m'échappe dans une ultime secousse.

Et Henry dévale la berge. Il reste assis jusqu'à ce que la chaise heurte une pierre et l'éjecte brutalement.

Dans l'eau bouillonnante.

Chapitre 31

— J-j-je ne…

La voix bégayante d'Alice est noyée sous la pluie tandis que je cours vers le bord de la rivière.

Je ne pense plus qu'à Henry, livré au courant sans pouvoir se défendre. Je plonge au beau milieu de la rivière, à l'endroit le plus profond, pour rattraper plus rapidement mon frère. L'eau froide se referme sur moi, je suis engloutie et le courant m'entraîne. Je commence par me débattre, puis j'accepte cette violence qui me ballotte en tous sens, raclant mon corps contre les rochers qui tapissent le fond de la rivière.

Soudain, l'air me manque et je prends conscience de ma situation ; je remonte de toutes mes forces vers la surface. J'ai appris à nager il y a longtemps dans les eaux calmes de l'île où nous passions nos vacances d'été, mais la brutalité de ce courant n'a rien à voir avec la douceur de l'océan. Je m'efforce de garder la tête hors de l'eau alors que mes jupons alourdis m'entraînent vers le fond. Je crois voir flotter quelque chose de sombre juste au moment où je suis submergée.

Cette fois, je me débats parce que je pense que Henry n'est peut-être pas si loin de moi. À force de coups de pied, je remonte à la surface et j'aspire l'air à grandes goulées. La pluie tombe toujours, tambourinant sur l'eau glacée. Je regarde de tous mes yeux, je scrute les flots bouillonnants à la recherche d'une trace de mon frère, mais l'eau est boueuse, la pluie envahissante, et je ne distingue rien avant d'être à nouveau jetée contre les cailloux.

Le froid engourdit mes membres déjà douloureux. Livrée au courant comme une vieille valise, je m'abandonnerais volontiers au sommeil éternel. J'ai envie de lâcher prise. D'ouvrir la bouche et de laisser l'eau envahir la moindre parcelle de mon corps, rien que pour en terminer avec cette lutte, la rivière, la prophétie, ce fardeau écrasant que je dois porter.

C'est la voix de ma mère qui me rend ma lucidité : « Fais attention à Henry, Lia. » Un écho dans mon esprit à moitié mort, dans cette partie qui refuse de céder. Je me bats pour ma propre vie et pour celle de mon frère.

— Lia ! Par ici ! Viens par ici !

Je crois d'abord que c'est le fruit de mon imagination. Mais non, cette voix bien réelle vient de la berge.

Je relève la tête et c'est alors que je la vois. Alice, debout au bord de l'eau, tenant une grande branche solide.

— Viens, Lia ! Essaie ! Essaie de venir vers moi !

Je distingue à peine ce qu'elle dit, et pourtant elle doit crier de tous ses poumons pour que je l'entende à pareille distance.

Elle est suffisamment loin pour que je puisse la rejoindre en biais si je résiste de toutes mes forces au courant. Mais Henry… Désespérée, paniquée, je me retrouve une fois de plus submergée. Pas la moindre trace de lui. Pas trace non plus de sa chaise, si lourde qu'elle a dû couler à pic.

— Lia ! Par ici !

Alice fait des grands signes. Elle crie toujours. Elle ne regarde que moi. Qui va chercher Henry ?

Je décide d'attraper la branche qu'elle me tend, ne serait-ce que pour me reposer et prendre le temps de scruter l'eau et les berges à la recherche de la tête sombre de Henry. Pour y arriver, il me faut mobiliser toute l'énergie de mon pauvre corps épuisé.

Contre toute attente, je réussis à me diriger lentement vers la berge, sur ma droite. Plus j'avance, plus il est facile d'utiliser la force du courant à mon avantage ; lorsque j'arrive à la hauteur d'Alice et de sa branche, je fonce si vite que j'ai peur de les dépasser dans mon élan.

— Prête, Lia ? Tu l'attrapes au moment où tu passes devant, d'accord ? m'ordonne Alice.

J'acquiesce en dépit de tout ce qui s'est passé.

Je file vers l'endroit où la branche plonge dans l'eau.

— Prête, Lia ? Un… deux… attends… Maintenant, Lia ! Maintenant ! Vas-y !

Elle se penche tellement au-dessus de l'eau qu'elle va finir par basculer dedans ; moi, je tends le bras sans cesser de me débattre. J'ai presque dépassé l'endroit de mon salut lorsque la branche rugueuse entre en contact avec ma paume. Je referme mes doigts brutalement.

Aussitôt, je cesse de dériver. Mes jupons, alourdis, s'emmêlent autour de mes jambes et me tirent vers le bas. Mais, pour l'instant, la branche et ma sœur me permettent de rester hors de l'eau.

— Lia ! Lia.

Alice, hors d'haleine, est trempée jusqu'aux os, comme

si elle aussi avait failli se noyer. Elle me tend une main, retenant la branche de l'autre.

— Prends ma main, Lia.

Je l'entends à peine. J'observe la rivière jusqu'au méandre suivant. Il a très bien pu attraper une branche basse. Il a très bien pu se retrouver échoué sur un banc de sable. Il a très bien pu trouver un rocher auquel s'accrocher en attendant les secours.

J'énumère toutes les possibilités dans ma tête comme s'il s'agissait de choisir un gâteau pour le thé. Comme si elles étaient toutes envisageables en dépit du fait qu'il n'y a nulle part trace de Henry. À regarder la rivière, on pourrait croire qu'il n'y est jamais venu.

— Lia ! Prends ma main ! Tout de suite ! Cette branche ne va pas te retenir éternellement !

Alice est en colère, et je suis étonnée d'être encore sensible à ses humeurs.

— H-h-henry.

J'ai si froid que je ne sens plus la branche.

— Nous allons organiser une battue, Lia. Mais tu dois sortir de l'eau tout de suite, avant que la branche ne craque.

Je réfléchis encore et encore. J'essaie de trouver le moyen de sauver Henry.

— Lia !

Alice crie à travers ses larmes et je remarque pour la première fois qu'elle sanglote, si fort qu'elle a du mal à parler.

— Lia ! Sors immédiatement de l'eau. Tu m'entends ? Parce que ça n'arrangera pas les affaires de Henry si tu te retrouves au fond de la rivière !

Ce n'est pas le moment de discuter. Quelque chose dans sa voix, dans ses larmes, dans la terreur que reflètent ses traits, me pousse à accepter son aide. Elle a raison. Si je veux aider Henry efficacement, je dois sortir de l'eau et, pour l'heure, il n'y a qu'un seul moyen.

Alice se retient à la branche d'une main et me tend l'autre.

J'ai du mal à rassembler mes forces. J'ai si froid et le courant est si rapide que j'ai peur de retomber dedans. Je n'y survivrai pas.

Je resserre ma prise autour de la branche et tends ma main à Alice en retour.

Elle l'attrape avec tant d'énergie que je suis persuadée qu'elle se laissera couler avec moi plutôt que de me lâcher. Elle tire de toutes ses forces, au point qu'elle finit par tomber dans la boue alors que moi je suis à moitié dans l'eau, à moitié dehors.

Elle glisse, se relève et réussit enfin à me retourner sur le dos.

— Lia ? Lia ? Ça va ?

Elle est blême, trempée. Je ne sais pas si c'est la pluie ou ses larmes qui ruissellent sur mon visage lorsque les ténèbres m'engloutissent.

***

Il fait bon dans la pièce, mais je ne ressens la chaleur que comme l'absence de ce froid qui n'a fait que pénétrer plus profondément dans la moelle de mes os depuis qu'Alice m'a sortie de l'eau. Je suis encore engourdie. De peur ou de froid, je l'ignore. Ivy et tante Virginia se sont occupées de moi, empilant des couvertures sur mon lit, m'obligeant à boire des tasses de thé si brûlant que j'en ai la langue abîmée.

— Voilà. Tu as assez chaud, ma chérie ? Je peux faire autre chose pour toi ?

Tante Virginia m'observe, mais je n'ai pas la force de croiser son regard.

Je secoue la tête et je m'absorbe dans la contemplation de l'ouvrage délicat qui recouvre ma courtepointe. Dehors, on est toujours en train de chercher Henry. Sonia et Luisa sont en bas, quelque part dans la maison silencieuse. Je sais tout cela, mais je n'ai pas la force d'y réfléchir.

On frappe à la porte. Tante Virginia fait signe à Ivy, debout près du meuble de toilette avec une bassine d'eau bouillante. Ivy va ouvrir puis revient rendre compte à ma tante.

Elle lui chuchote quelque chose à l'oreille. Elles me croient si près de basculer dans la folie qu'elles cherchent à m'épargner, alors qu'en réalité je ne ressens rien du tout.

— Je reviens tout de suite, Lia, dit tante Virginia en me caressant les cheveux avant de se pencher pour poser un baiser sur mon front brûlant.

Ses lèvres sont fraîches.

Du coin de l'œil, je regarde par la porte et j'aperçois dans le couloir un monsieur grossièrement vêtu, son chapeau à la main. Il ne me faut qu'une seconde pour baisser à nouveau les yeux vers la sécurité rassurante de ma courtepointe.

Je ne saurais dire si tante Virginia reste partie longtemps, car le temps ne se mesure plus dans la chaleur protégée de ma chambre. Je suis à moitié déçue lorsqu'elle revient s'asseoir doucement sur mon lit. Je n'ai qu'une envie : rester seule pendant une éternité.

— Lia.

Elle s'adresse à moi avec douceur, mais, devant mon absence de réaction, elle se montre un peu plus insistante.

— Lia. Il faut que je te parle. À propos de Henry. Tu peux me regarder ?

Mais je ne peux pas. Je refuse de rompre le charme de cette chambre qui est la mienne depuis qu'Alice et moi ne dormons plus ensemble. Cette chambre où j'ai emballé les cadeaux de Noël de Henry. Cette chambre où j'ai rêvé des lèvres de James sur les miennes. Rien d'épouvantable ne peut se produire ici.

— Lia.

Sa voix se casse et la tristesse qui s'en dégage est tellement insupportable que j'obéis presque. Je parviens presque à croiser son regard.

Mais je ne peux pas m'y résoudre. Je me tourne vers le mur, le menton levé pour refuser obstinément d'entendre ce qu'elle a à me dire. Ces mots qui m'empêcheront de survivre.

Chapitre 32

Je prête l'oreille un moment avant de sortir dans la nuit froide. Je veux écouter le silence de ma demeure, la seule demeure que j'aie jamais connue, avant de commettre ce dernier acte de traîtrise. J'ai eu la sagesse de penser à mettre mes bottines avant de sortir. Elles ont l'air bizarre, à la lueur du clair de lune, dépassant de l'ourlet de ma délicate chemise de nuit.

Je gravis la colline qui surplombe le lac, tous mes sens en éveil. L'air est vif, pur, l'arrivée de l'hiver est évidente, bien plus qu'il y a quelques jours.

Je m'efforce de ne pas réfléchir. Je ne veux pas penser à ma mère. Je ne veux pas penser à Alice, à cet épouvantable mélange d'avidité et d'amour sur la berge de la rivière.

Surtout, surtout, je ne veux pas penser à Henry.

Au sommet de la colline, je m'arrête pour reprendre mon souffle. Je me sens encore faible après mon plongeon dans la rivière. Quand je parviens enfin à respirer sans sentir une douleur aiguë me déchirer la poitrine, je m'approche du bord de la falaise. Il est difficile de ne pas s'émerveiller de la beauté du lac. Qui pourrait être insensible à ses flots brillants ? Ce n'est pas un si mauvais endroit pour mourir et, dans un moment de lucidité morbide, je comprends un peu pourquoi ma mère l'a choisi.

J'avance à petits pas jusqu'au bord – encore, encore – presque jusqu'à ce que mes pieds dépassent. Le vent me fouette les cheveux et fait bruire les feuilles des arbres derrière moi. Ici plus que partout ailleurs, je sens la présence de Maman. Je me demande si elle s'est tenue à l'endroit où je me trouve, si elle a vu les mêmes vaguelettes sur la même eau. Pour la première fois de ma vie, je suis certaine d'être liée à elle, de ne former qu'une avec elle, avec chacune et toutes les Sœurs.

Mais je n'ai pas su me montrer à la hauteur de la situation. Mon père a passé plus de dix ans à établir une liste pour que nous soyons toutes délivrées, nous les Sœurs, et, même avec cette aide à laquelle aucune avant moi n'avait eu droit, j'ai échoué. La liste a disparu et, avec elle, tout espoir de découvrir les Clés, de mettre définitivement fin à la prophétie. Recommencer à zéro prendrait des années – des années pendant lesquelles la vie de Sonia et celle de Luisa seraient sans cesse en danger. Des années pendant lesquelles je subirais le harcèlement constant des Âmes. Des années pendant lesquelles je ne pourrais plus profiter de la paix du sommeil par crainte de laisser passer la Bête avide de détruire le monde.

Et puis il y a Henry. Si j'étais née avec le désir d'assumer le rôle qui m'est dévolu dans la prophétie, Alice n'aurait pas coincé Henry près de la rivière pour récupérer la liste. Dans une autre vie, dans un autre monde, Alice et moi nous aurions peut-être agi de conserve sur la prophétie. Au lieu de cela, Henry s'est retrouvé un pion sur ce cruel échiquier.

« Prends soin de Henry, Lia. » Les paroles de ma mère résonnent dans ma tête jusqu'à ce que les larmes ruissellent sur mon visage, de plus en plus abondamment jusqu'à tremper le col de ma chemise de nuit. Je sanglote dans le vent, j'ai envie de tout abandonner, d'ouvrir les bras et de me laisser tomber. Mais voilà qu'elle me parle à nouveau.

« Il n'y a pas d'erreur, Lia. »

Mes sanglots s'intensifient.

— Je ne veux pas que ce soit moi, je crie à la face du lac. Pourquoi faut-il que ce soit moi ?

L'eau ne me répond pas, mais le vent, si. Il se met à souffler en rafale et m'oblige à reculer jusqu'à ce que je me retrouve assise par terre à bonne distance du bord.

Le vent se calme, d'un seul coup. Les feuilles s'immobilisent dans les arbres, on n'entend plus que le bruit laborieux de ma respiration. Je reste là un moment, insensible au froid, alors que, pourtant, mon souffle s'élève en panache à chaque expiration.

Le rôle qui m'est échu dans cette prophétie vieille déjà de tant de siècles ne pourra s'achever de façon simple et rapide. Essuyant de la main les larmes qui sourdent de mes paupières, je me lève et je tourne le dos au lac, résolument.

Je ne me pencherai plus jamais au-dessus de ce précipice.

***

Le ciel bleu se joue de moi, une plaisanterie cruelle que Dieu s'offre, aujourd'hui entre tous les jours.

L'enterrement de Henry n'a rien à voir avec cette cérémonie grise et pluvieuse que fut celui de Papa. Le soleil nous chauffe le dos et les oiseaux chantent comme si eux, du moins, étaient heureux de savoir Henry avec Papa et

Maman. Et je suis bien certaine que c'est là où il est. Aucun doute, il se promène avec eux et ils rient sous ce ciel velouté. Mais cela ne rend pas la situation plus facile à supporter.

Alice me regarde, de l'autre côté de la tombe de Henry, tandis que le prêtre récite le vingt-troisième psaume, mais je détourne les yeux. Depuis le moment où elle m'a tirée de l'eau, mes yeux n'ont pas croisé les siens. À vrai dire, je crois bien n'avoir regardé personne depuis ce moment-là, même si Luisa, Sonia et bien sûr James sont venus aux nouvelles à maintes reprises. Je me sens coupable de les avoir tous renvoyés, mais j'ai déjà du mal à supporter la douleur que me cause la mort de Henry. Je ne pourrais endurer de la voir reflétée et multipliée dans le regard de ceux qui m'entourent.

— La poussière retournera à la poussière, conclut le révérend.

Tante Virginia s'avance, elle ouvre le poing et laisse tomber une poignée de terre sur le cercueil de Henry. Elle est pâle, elle a les traits tirés. S'il y a quelqu'un qui partage ma douleur, c'est bien elle.

À plusieurs reprises, j'ai voulu lui raconter ce qui s'est passé près de la rivière avec Alice et Henry, mais quelque chose m'empêche de prononcer ces mots à voix haute. En partie parce que, en l'absence de preuve et de témoin, rien n'empêcherait Alice de narrer l'histoire tout à fait différemment. Et elle le ferait, j'en suis sûre. Mais il y a aussi autre chose : le regard dénué d'expression de tante Virginia. Je me rends compte qu'elle est à bout de forces. Et si je veux être vraiment sincère, ne serait-ce qu'avec moi-même, je suis consumée par une colère noire, violente. Une colère qui exige un châtiment exemplaire. De moi seule.

À ma façon.

Je détourne les yeux au moment où Alice avance vers la tombe pour lâcher une poignée de terre sur le petit cercueil de notre frère.

Tante Virginia me regarde, mais je refuse d'un signe de tête. Je refuse d'être responsable de la moindre particule de terre qui recouvre Henry, à côté de Papa et Maman. Je me sens déjà suffisamment coupable.

Ma tante acquiesce et fait un geste au révérend. Il semble comprendre ce qu'elle veut dire. Il referme sa Bible et lui adresse quelques mots avant de hocher la tête et de marmonner quelque chose d'inintelligible. J'ai du mal à supporter cette présence vêtue de noir, si chargée de mort et de désespoir. Je baisse la tête, contente de le voir s'en aller à grands pas.

— Viens, Lia. Nous rentrons à la maison.

Tante Virginia est à mes côtés, elle pose sa main sur mon bras. Je sens son inquiétude, mais je suis incapable de soutenir son regard.

Je ne puis que secouer la tête en signe de dénégation.

— Tu ne peux pas rester ici toute la journée, Lia.

J'ai la gorge serrée, mais je me force à avaler ma salive avant de parler, moi qui n'ai pas utilisé ma voix depuis belle lurette.

— Je te rejoins tout à l'heure.

— D'accord, dit-elle après avoir hésité. Mais dans pas trop longtemps, Lia.

Elle s'éloigne, Alice dans son sillage. Il ne reste plus qu'Edmund et moi. Edmund ne dit mot, il tient son chapeau à la main et les larmes ruissellent sur son visage buriné comme s'il n'était qu'un enfant. Sa présence me réconforte et les mots sont inutiles.

Les yeux dans le vague, je contemple l'éternité qui attend mon frère. Cela me fait peur, cela me rend triste, l'idée de son sourire enfantin et de ses yeux pétillants abandonnés dans la terre. Cette terre qui va durcir au fil de l'hiver avant de laisser s'épanouir les fleurs sauvages que je ne serai plus là pour voir.

Je m'efforce d'imaginer la tombe de Henry envahie par les fleurs violettes. De fixer cette image dans ma mémoire pour pouvoir la retrouver quand je serai loin. Et puis je lui dis au revoir.

***

J'ai beau être épuisée, je ne ferme pas l'œil de la nuit. Mais ce n'est pas le chagrin qui m'empêche de dormir. C'est quelque chose d'autre, quelque chose qui cherche à affleurer ma conscience. Je sais que c'est important, mais je ne sais ni pourquoi ni comment.

C'est l'histoire tirée de mon enfance que j'entends dans ma tête. L'histoire que Papa a utilisée comme preuve de son identité lorsqu'il s'adressait à Sonia, avant que la Bête ne lui dérobe la parole. Je me souviens de Henry qui essayait de se montrer courageux, mais qui était incapable de dissimuler ses larmes en voyant son petit bateau tanguer tant et plus sur la rivière. Je me souviens d'Alice qui ne voulait pas me voir construire ce malheureux radeau, qui refusait même de m'aider. Et je me souviens de moi, empotée et ruisselante de sueur dans ma robe chasuble, en train de clouer maladroitement les planches disparates parce qu'il était inconcevable de rester plantée là à regarder Henry pleurer alors que son jouet bien-aimé était en train de disparaître.

Le souvenir de Henry me pousse à aller dans sa chambre. Ses yeux, son visage, son sourire rayonnant. Peut-être ai-je simplement besoin d'être près de lui une dernière fois avant de partir.

Sa chambre est silencieuse, ses affaires telles qu'il les a laissées. Je referme la porte parce que je veux profiter seule de cet ultime moment près de mon frère. Je m'assieds sur son lit, je prends son oreiller. Il est encore imprégné de son odeur. Une odeur de livres, ces livres qui étaient son refuge et sa prison, et une odeur légèrement sucrée de doigts enfantins et poisseux. Ma poitrine se serre à tel point que j'ai peur de ne plus pouvoir respirer.

Je remets l'oreiller à sa place et je le lisse du plat de la main, comme je faisais lorsqu'il était petit et que je venais le border ou lui lire une histoire avant qu'il s'endorme. Je me dirige vers sa bibliothèque ; Henry adorait les livres, comme Papa et moi. Les titres défilent, chaque ouvrage que j'ai lu moi-même quand j'étais enfant et plus tard. Mon regard se pose sur la couverture de *L'Île au trésor* ; je n'ai pas oublié son enthousiasme débordant pour cette aventure que nous avons lue parfois ensemble. Je prends le livre, je le soupèse avec plaisir, j'en caresse le cuir.

Conformément à mon souvenir, il y a dans cette édition des gravures représentant différentes scènes de l'histoire. Sur l'une d'elles, on voit des hommes sur la plage en train de creuser à la recherche du trésor et c'est cette image qui provoque le déclic.

« Papa m'a dit de la cacher. Il m'a dit de la garder en sûreté. Pour toi, Lia. »

Mon esprit se refuse à envisager pareille éventualité, mais mon cœur a déjà bondi. Finalement, le cours de mes pensées qui paraît si aléatoire ne l'est peut-être pas du tout.

J'examine les étagères, sachant que l'objet est là depuis que Henry a perdu son bateau dans la rivière. Au début, je ne vois rien. On l'a repoussé vers le fond entre un serre-livres et le mur. Mais, lorsque mes yeux repèrent cette nuance de rouge particulièrement vibrante, et toujours aussi vive malgré les années, je sais que j'ai trouvé.

Dressée sur la pointe des pieds pour atteindre le globe de verre, je me souviens des heures que Papa a passé avec Henry pour reproduire la copie exacte du jouet perdu. Papa, qui n'aimait se servir de ses mains que pour tenir ses livres chéris, a consacré des jours et des jours à clouer avec minutie les minuscules pièces de bois. À les peindre de la couleur exacte de l'ancien bateau avant d'emporter la maquette chez un artisan verrier pour qu'il le mette sous globe afin d'offrir à Henry un souvenir de son jouet adoré.

Le verre est froid et lisse sous mes doigts ; j'essaie de le séparer du socle sur lequel le bateau est posé. Mais il est bien scellé, et même si une petite partie de moi a honte de démanteler ainsi la maquette de Henry, une autre, plus puissante, sent que si je suis ici, c'est justement pour faire cela.

En examinant le globe, je me rends compte que les cachettes sont limitées ; je tourne mon attention vers le socle de bois. Il est carré et passé au vernis noir. Je tire avec plus d'énergie, mais il reste soudé au globe. C'est la hauteur de ce socle qui me laisse songeuse. Pas loin de dix centimètres, cela semble disproportionné pour un si petit bateau. Évidemment, il a pu être conçu ainsi pour mettre en valeur le bateau de Henry, l'hommage de mon père à son fils unique.

Ou bien quelque chose est caché dedans.

Tenant le globe solidement, j'inspecte le socle à la recherche d'une saillie, d'un rebord, n'importe quoi que je pourrais tirer. Rien. J'essaie alors de le faire tourner, mais je comprends vite à quel point il est ridicule de chercher à faire tourner quelque chose de carré. Ses angles parfaits, ses lignes droites, tout cela suggère quelque chose de plus simple, de plus élémentaire ; lorsque je place mes pouces sur le fond et que je pousse, la mince planche de bois coulisse sans effort, comme si elle n'attendait que cela.

En découvrant la feuille de papier pliée à l'intérieur de la petite cavité, je pousse un cri. J'ai les mains qui tremblent tellement que je pose le globe de verre sur le lit avant de prendre la feuille.

Je ne peux qu'admirer l'astuce de mon petit frère. Les noms de la liste couvrent le papier comme une armée de fourmis.

Sonia Sorrensen	Londres (Angleterre)
Helene Castillav	Argentina (Espagne)
Luisa Torelli	Rome (Italie)

Philip Randall – enquêteur
428 Highgrove Avenue
Londres
Angleterre

Je m'assieds sur le lit, incrédule. Il ne l'avait pas dans la main. Ce papier chiffonné qu'il tenait, ce n'était que… qu'un bout de papier, sans doute vierge ou rempli de faux noms. Peut-être avait-il l'intention de le jeter dans la rivière pour qu'Alice cesse ses recherches. Peut-être voulait-il lui donner une fausse liste pour l'expédier dans un voyage sans fin. Quel qu'ait été son mobile, ce cadeau va me permettre de suivre la prophétie, de chercher à y mettre fin sans tarder. Je me demande si le dernier nom de la liste est celui de la personne que mon père avait chargé de trouver les Clés. Ce ne sera pas difficile d'éclaircir ce point.

Maintenant, je sais. Avant la mort de mon père, seulement trois Clés avaient été identifiées.

Trois, pas quatre.

Tant pis, c'est déjà un début.

Chapitre 33

Au moment de frapper à la porte, je ne peux m'empêcher de repenser à la dernière fois où j'étais sur ce seuil. À l'époque, la prophétie et le rôle que j'y jouais étaient encore un mystère.

Aujourd'hui, tante Virginia est incontestablement surprise de me voir.

— Lia !

Elle m'attrape par le bras, m'entraîne à l'intérieur et referme derrière moi.

— Tu te sens bien ? s'enquiert-elle. Quelque chose ne va pas ?

J'ai envie de répondre que non, évidemment, rien ne va. Que Henry est mort et ne reviendra jamais, qu'Alice ne reculera devant rien pour faire triompher la Bête. Mais tante Virginia sait tout cela. Le répéter ne serait que gaspiller un temps précieux.

— Non, je… Il faut que je parte, tante Virginia, je déclare, les yeux baissés.

Je relève la tête et elle se contente d'acquiescer.

— Que puis-je faire pour t'aider ?

Je prends ses mains dans les miennes. Elles sont douces et sèches, légères comme des plumes.

— Viens avec moi.

Elle m'observe un moment en souriant puis elle me prend dans ses bras.

— Oh, Lia. Tu sais que c'est ce dont j'ai envie.

— Alors fais-le.

— L'heure n'est pas encore venue pour moi de partir, répond-elle.

— Mais Henry est…

Je bute sur le mot. Il va me tuer s'il sort de ma bouche. Mais je m'oblige à le prononcer.

— Henry n'est plus, tante Virginia. Il ne te reste plus rien à faire ici.

— Il y a Alice.

— Alice ? dis-je sans pouvoir dissimuler ma surprise.

— Je sais que c'est difficile à comprendre, Lia. Mais j'ai fait une promesse à ta mère. Je lui ai promis de m'occuper de tous ses enfants. Je ne peux m'empêcher de penser que j'ai déjà failli à ma promesse.

Son regard s'assombrit. Elle pense à Henry, bien sûr, mais sa culpabilité et sa tristesse ne font qu'aviver ma colère.

— Alice ? Tu vas rester pour t'occuper d'Alice ? Et pour lui apprendre à jouer les Gardiennes, aussi ? Tu vas lui dévoiler les secrets des Sœurs pour l'aider dans sa tâche ?

— Lia, proteste-t-elle.

Sa voix est douce. Elle ne me gronde pas. Mais je sens le reproche dans son intonation.

— Je ne ferais jamais une chose pareille. Alice n'a pas besoin de mon aide. Je ne vais pas l'initier au rôle de Gardienne, parce qu'elle n'a nul désir de le jouer, mais je ne peux pas non plus l'abandonner purement et simplement.

J'ai envie de crier : « Mais, et moi alors ? Dois-je être abandonnée à moi-même, contrainte d'avancer seule au cœur de la prophétie sans rien ni personne pour me guider ? »

Tante Virginia continue, comme pour me répondre.

— Pas plus que je ne t'abandonne, toi, ma chérie. Tu bénéficieras du soutien des Clés et des conseils avisés des Sœurs ; je te rejoindrai dès que possible. Tu as ma parole.

— Tu me rejoindras où, tante Virginia ? je lui réponds. Je ne sais même pas où je vais. J'ai besoin de temps. De temps pour approfondir ma connaissance des Autres Mondes et des dons que je maîtrise encore si mal. J'ai besoin d'un endroit où je me sente en sécurité, même si c'est provisoire.

— Ne t'inquiète plus, déclare-t-elle. Je sais où tu vas aller. Il n'y a aucune garantie, évidemment. Mais c'est l'endroit qui me paraît le plus sûr.

***

— Edmund.

Ma voix se brise en prononçant son nom.

Il est en train d'astiquer lentement la voiture, le dos tourné à la porte. Il s'arrête en s'entendant appeler, la main encore levée au-dessus de la portière rutilante ; depuis trois jours que Henry est mort, on dirait bien qu'il n'a fait que ça. Il se retourne vers moi et je le regrette, tant son regard est chargé de tristesse, accablé de chagrin. J'en ai presque le souffle coupé.

Je m'avance vers lui et pose ma main sur son épaule.

— Je… je suis désolée, Edmund. De ce deuil qui vous frappe.

Les mots restent suspendus entre nous et je me demande soudain s'il est en colère. S'il pourra jamais me pardonner d'avoir perdu cet enfant qu'il aimait si tendrement.

Mais il me regarde et je lis dans ses yeux une certaine surprise, une bonté qui n'appartient qu'à lui.

— Merci. Je compatis au vôtre.

J'hésite avant de lui demander un service que je n'ai aucun droit de lui demander, aujourd'hui moins que jamais. Pourtant, c'est une chose que je dois impérativement faire et je ne puis y parvenir sans l'aide d'Edmund.

— J'ai besoin d'aller en ville, Edmund. Il faut que… je voie James. Et que je le voie ce soir. Voulez-vous m'emmener ?

Les barrières sont tombées entre nous. Je ne suis pas en train de prier notre domestique de me conduire en ville. Je pose la question à Edmund, l'homme qui ressemble désormais plutôt à un père pour moi.

Il acquiesce sans hésiter et attrape son chapeau.

— Je ferai tout ce que vous voudrez, mademoiselle. Tout ce que vous voudrez.

Et sur ces mots, il ouvre la portière.

***

La lumière qui vient de la librairie est faible dans le soir qui tombe. Edmund attend patiemment devant la portière ouverte, sans insister, comme s'il savait à quel point les moments à venir s'annoncent difficiles et qu'il cherchait à m'offrir le temps dont j'ai besoin.

J'ai essayé de répéter ce que j'allais dire, réfléchi à la façon d'expliquer la prophétie à James, le rôle que j'y joue et pourquoi je dois partir, sans doute de façon provisoire. N'empêche, rien de ce que j'ai pu imaginer ne me garantit que James accepte de m'aimer encore. Il va falloir que je lui parle comme cela me viendra sur le moment, sans préparer mon histoire.

Je descends de la voiture et je me dirige d'un pas décidé vers la librairie. Ce n'est qu'en entendant la voix d'Edmund que je m'aperçois qu'il m'a suivie.

— Je vous attendrai ici, mademoiselle.

Il s'adosse contre le mur, près de la porte, l'air de dire qu'il est inutile de discuter. Son attitude m'arrache un faible sourire et je pénètre dans la boutique bien chauffée.

Je respire l'odeur qui y règne pour tenter de la conserver dans un coin de ma mémoire. J'ignore quand j'y reviendrai. Je suis régulièrement assaillie par ces petits moments de nostalgie où je prends conscience de tout ce que je vais abandonner derrière moi. Inutile de nier leur existence.

— Lia !

James sort de derrière le rideau qui masque l'arrière-boutique. Il s'avance vers moi, l'air inquiet.

— Que fais-tu ici ? Tu vas bien ?

Je baisse les yeux et j'examine ma robe en essayant de rassembler mes forces pour dire ce que j'ai à dire. Lorsque je relève la tête, je meurs d'envie de me jeter dans ses bras, de m'abandonner au bonheur que je suis sûre d'y trouver et d'oublier cette chose qui se dresse entre nous.

— Je… je résiste. On peut dire que je vais du mieux que je peux, étant donné les circonstances.

J'essaie de sourire bravement, mais je ne dois pas être très convaincante car James se précipite pour m'enlacer

— Lia ! Oh Lia… J'ai essayé de te voir. Je suis passé tous les jours chez toi. Virginia te l'a dit ?

Il chuchote fébrilement dans mes cheveux.

— Oui. Excuse-moi, James. Je… J'étais incapable de parler à quiconque. À quiconque.

Il se recule et, sans lâcher mes épaules, observe mon visage.

— Évidemment, dit-il. N'importe qui aurait réagi de la même manière. Mais pourquoi ? Pourquoi as-tu fait tout ce chemin ? Tu n'avais qu'à me faire porter un message et je serais venu te voir. Tu n'aurais jamais dû te donner la peine de venir, dans ce froid et cette obscurité.

Il se penche vers la fenêtre et paraît rassuré en voyant Edmund qui attend près de la porte.

Je prends une profonde inspiration.

— Je… Il fallait que je te parle. Ce soir. J'avais besoin de te demander quelque chose.

« Voilà. Exactement comme cela. Une chose à la fois. »

— D'accord. Mais viens au chaud, Lia. Viens t'asseoir près du feu.

Il me prend par la main et m'entraîne vers l'arrière-boutique.

Je secoue la tête, les deux pieds enracinés dans le sol de la librairie.

— Non !

J'ai crié plus fort que je n'en avais l'intention, mais je ne dois pas me laisser bercer par la chaleur d'un bon feu, car une fois installée là, je n'en repartirai plus.

— Je ne peux pas. Je… Parlons plutôt ici, James. Je t'en prie.

Mon ton désespéré assombrit son regard. Il hoche la tête à contrecœur, mais il me répond avec une telle détermination que je ne puis que le croire.

— Tu dois savoir que je ferai tout pour toi, quel que soit le problème. Je te donnerai ce que tu souhaites, ce dont tu as besoin si cela est en mon pouvoir.

Je sens qu'il m'observe mais je me concentre sur les livres empilés sur une étagère, derrière son épaule.

L'entendre parler ainsi devrait me réconforter, me donner du courage. Mais sa détermination me prouve seulement ce que je soupçonne depuis toujours, au fond de moi : James ne se dérobera jamais. Il insistera pour m'accompagner à Londres et jusqu'au bout du monde s'il le faut, plutôt que me voir me jeter seule dans la gueule du loup.

Quand je le regarde à nouveau au fond des yeux, le mensonge que je m'apprête à prononcer est le pire de toute mon existence.

— Ce… ce n'est rien, en fait. Simplement, je crains d'avoir besoin de temps avant de pouvoir continuer comme avant. Avant de pouvoir… surmonter ce qui s'est passé.

Je parle de plus en plus doucement et mes derniers mots s'achèvent dans un chuchotement ; je m'aperçois qu'en définitive, ce n'est pas vraiment un mensonge. Car je sais désormais que plus jamais ne reviendra le temps d'avant.

Il inspire profondément, comme soulagé ; il sourit, il me prend les mains.

— Personne ne s'attend à ce que les choses se passent autrement. Moi moins que tout autre. Je t'attendrai, aussi longtemps qu'il le faudra.

Je lui rends son sourire et, dressée sur la pointe des pieds, j'embrasse sa joue lisse.

— Merci, James. Je prie pour que ce soit vrai.

Je me retourne pour partir avant de changer d'avis.

— Lia ?

Je fais volte-face et je vois qu'il a posé sa main sur sa joue, comme pour tenter de retenir mon baiser.

— Je t'aime. Je t'aime, Lia.

Il dit cela comme s'il savait qu'il ne me reverra pas, alors qu'à l'évidence, il l'ignore.

— Moi aussi, je t'aime, James.

L'émotion me serre la gorge.

Et puis j'ouvre la porte, je sors, je referme derrière moi et je m'adresse à Edmund.

— Merci, Edmund. J'en ai fini ici.

Chapitre 34

Cette fois, en frappant à la porte d'Alice, j'attends la réponse. Chercher à sauver sa propre vie provoque une étrange politesse, sans rapport avec les événements qui ont précédé.

— Entrez.

La voix d'Alice paraît bien faible derrière ce grand panneau, comme lorsque nous étions enfants.

J'ouvre lentement. Jusqu'à présent, j'ai esquivé cette conversation, le dernier adieu authentique que je dois faire. Et de loin le plus difficile à cause de son caractère irrévocable.

— Alice !

Je reste cérémonieusement au pied du lit et elle ne bouge pas de l'endroit où elle se trouve, près de sa commode.

— Lia. Tu vas bien ?

Sa question est sincère et elle me regarde avec gentillesse.

Je secoue la tête et ses yeux s'écarquillent d'inquiétude.

— Que… qu'est-ce qu'il y a ? Tu as vu le médecin ?

J'ai la gorge douloureuse et je me demande si je ne vais pas me mettre à pleurer, si mes larmes, dont je croyais toutes les réserves épuisées, ne vont pas revenir.

— Non. Le médecin ne peut rien faire pour moi. Il ne va pas ramener Henry, n'est-ce pas ?

J'entends le ton plaintif de ma question qui n'en est pas une. Et pourtant ma voix implique une autre réponse que celle que nous connaissons toutes deux comme étant la seule.

— Non, répond Alice.

Je me cramponne à la colonne de son lit et je caresse le bois chaud de mon pouce, rien que pour occuper mes mains fébriles.

— Je m'en vais de bonne heure demain matin.

— Tante Virginia me l'a dit. Tu pars à Londres, c'est cela ?

J'acquiesce. J'ai demandé à tante Virginia si cela valait le coup de garder ma destination secrète, mais en fait, Alice me paraît bien plus redoutable dans les Autres Mondes que dans le mien. Et puis, il y a le problème de mon statut de Porte. Alice est très certainement prise dans un dilemme car même si elle souhaite sans doute me voir disparaître, elle doit également s'avouer, au fond d'elle-même, qu'elle préférerait me faire changer d'avis que se débarrasser de moi.

Du moins, c'est ce que je me dis dans mes moments de grand abattement. Quand je m'oblige à reconnaître que ma propre sœur représente un véritable danger pour ma vie.

— Lia, reprend-elle après avoir inspiré profondément, je ne voulais pas… Enfin, je ne sais pas pourquoi… pourquoi j'ai fait ce que j'ai fait. Tout s'est passé si vite, non ?

Je devrais être en colère. Je devrais être folle de rage. Et pourtant, au fond de mon cœur, je me sens bizarrement apathique. Ma colère est aussi faible et impuissante que l'étaient mes membres glacés au moment où elle m'a tirée de l'eau.

— Oui. Ça s'est passé très vite.

C'est à peine un murmure, le souvenir de ces instants qui ne me laisseront jamais de repos.

— Mais, j'ajoute, tu as pris clairement position sur ta place dans la prophétie. De l'autre côté.

— Nous sommes chacune d'un côté depuis le commencement des temps, Lia. Nous n'avons jamais eu la moindre chance d'être autre chose que des adversaires. Tu ne l'as donc toujours pas compris, même aujourd'hui ? Cherches-tu encore à faire porter le chapeau à l'une ou à l'autre ? Ne pouvons-nous accepter purement et simplement que tel est notre destin ? Qu'aucune de nous deux n'est coupable d'une quelconque faute ?

J'appuie ma tête contre le lit, les yeux fixés sur la colonne sculptée.

— C'est vrai, nos noms étaient écrits dans la prophétie depuis longtemps, Alice. Mais le choix existait. Pour nous deux. On a toujours le choix. Tu as fait le tien. Et moi aussi, j'ai fait le mien. C'est vraiment dommage que ce ne soit pas le même.

Elle avance vers moi, elle sourit de son vrai sourire d'Alice et je sais que c'est lui que je reverrai quand je penserai à ma sœur. Ce sourire éclatant qui pousse n'importe qui à faire presque n'importe quoi pour en sentir la chaleur. Elle pose sa main sur la colonne, à côté de la mienne, et elle se penche jusqu'à ce que nos fronts se touchent, comme nous faisions lorsque nous étions enfants.

— Tu vas me manquer, Lia. Quoi qu'il arrive.

Sa peau est fraîche contre la mienne.

— Toi aussi, tu vas me manquer.

Je me redresse, j'ai peur d'oublier qui est vraiment ma

sœur si je reste trop longtemps près d'elle. J'ai peur d'oublier ce qu'elle veut, ce qu'elle a fait.

— Mais nous nous reverrons, j'ajoute.

Elle recule d'un pas, me prend la main puis la lâche aussitôt.

— Oui, répond-elle.

Je scrute le vert insondable de ses yeux, miroir des miens.

— Pas question de revoir tes positions, alors ? Même maintenant ?

— Surtout maintenant, répond-elle. Renoncer à notre cause pour une autre vouée à l'échec, ce serait idiot.

Ses yeux ne cillent pas et son regard se fige, aussi vide et glacé que le lac en plein hiver.

— Et je suis tout sauf idiote, Lia, conclut-elle.

Je ne puis que hocher la tête. Les mots qu'elle vient de prononcer ne font que creuser davantage les lignes de front. La prochaine fois que nous nous verrons, les regards que nous échangerons ne seront pas aussi amènes.

Il n'y a rien à ajouter. Je fais volte-face, débordante de regrets, de tristesse et surtout de colère. Je quitte sa chambre sans un regard en arrière et je ferme la porte. Je ferme la porte sur la sœur que j'ai jadis connue.

***

Je trouve la porte de ma chambre entrebâillée, mais ce n'est pas la seule chose qui me gêne. C'est plutôt une sensation de vide difficile à définir, celle qui suit souvent le moment où quelqu'un quitte une pièce.

Je balaie la chambre du regard en essayant de déterminer s'il manque quelque chose, mais les fenêtres sont fermées et tout est dans l'état où je l'ai laissé.

Sauf la feuille de papier posée sur mon bureau.

Je traverse la pièce avec circonspection. Même si je suis sûre d'être seule, il est déconcertant de savoir que quelqu'un a eu accès à mes affaires. Je saisis la feuille de papier. La pièce, éclairée seulement par la lueur du feu, est assez sombre. Je suis obligée de mettre le nez sur le papier pour déchiffrer ce qui est écrit dessus et il me faut un petit moment pour me concentrer sur cette écriture arrondie, bien que le message soit court et simple.

Pour découvrir la fin du livre,
Traversez l'ancien bois jusqu'à l'île mystique.
Auparavant, préparez-vous à la bataille...
Et ne faites confiance à personne.

Je me laisse tomber sur ma chaise sans lâcher le papier. Le désespoir qui a été mon compagnon fidèle depuis la mort de Henry s'allège un tout petit peu. Pour être remplacé par une certaine détermination.

Je regarde à nouveau le message. Il n'y a aucune signature, mais cela n'a pas d'importance. Cela ne fait que souligner à quel point ma vie a changé : ces mots énigmatiques ne le sont plus pour moi, même si j'ignore l'identité de celui qui me l'a apporté.

Les pages manquantes du livre existent toujours.

Il faut que je les trouve et que je m'en serve pour conclure définitivement cette prophétie.

Et tenter de recommencer à vivre.

***

Je reste la plume en suspens un bon moment, cherchant mes mots. Malgré notre conversation dans la librairie, il serait déloyal de ma part de quitter le pays sans révéler à James une partie de la vérité, car n'est-il pas mon plus vieil ami, mon plus cher allié, mon sincère amour ?

Et pourtant, dans la prophétie, il n'y a nulle place pour l'amour. Pas pour l'instant.

L'impliquer dans cette aventure serait pur égoïsme, mais je n'ai nulle envie de le blesser. Il faut que je tente de m'expliquer sans trop entrer dans les détails. Il faut que je tente de lui faire comprendre pourquoi j'ai besoin de temps. De temps loin de lui, loin de Birchwood, loin d'Alice. Loin de tout ce qui peut m'empêcher de découvrir les réponses qui permettront d'en finir avec la prophétie une bonne fois pour toutes.

Je ne sais pas si cela sera suffisant – mes mots anodins, mes platitudes inutiles, mes excuses vides. Mais c'est tout ce que ma mère m'a légué et tout ce que je réussis à produire, écrasée par le poids du chagrin et de l'appréhension des combats à mener.

James chéri,

Je ne te dirai pas adieu. Car ce n'est pas la fin de notre amour. Comment cela serait-il possible, alors que nos deux cœurs sont à l'unisson presque depuis leurs premiers battements ?

Non, nous sommes les deux faces d'une même pièce. Nous appartenons l'un à l'autre, nous avons toujours appartenu l'un à l'autre.

Je pense à tes lèvres chaudes contre les miennes, aux mots que tu as prononcés à Thanksgiving et auxquels j'ai répondu « oui ». Oui, je serai à toi. Oui, je souhaite passer ma vie avec toi. Oui, je brûle d'envie de sentir ma main dans la tienne pour l'éternité.

Mais tout cela ne pourra pas exister tant que je n'aurai pas trouvé la réponse à une question qui vient tout juste de m'être posée. Une question à la fois sombre et dangereuse et tant que je suis en quête de la réponse, je refuse de t'impliquer, même si je sais à quel point tu contesterais cette décision si tu le pouvais.

Je t'écris cette lettre plutôt que de m'adresser directement à toi, de voir ton visage bien-aimé, car je sais que tu essaierais de m'arrêter. Je sais que tu exigerais des réponses. Je sais que tu refuserais de me voir partir sans ton aide, sans tes conseils. La vérité, c'est que je ne suis pas du tout sûre d'avoir la force de résister.

Et pourtant, il le faut. Tu dois me faire confiance parce que tu l'as déjà fait, parce que tu m'aimes. Tu dois me faire confiance : je ne t'aurais jamais quitté s'il existait une autre solution. Et tu dois me faire confiance : je reviendrai. Je le ferai, James. Je le ferai. Tu as la promesse de mon amour et tu dois la porter tout contre ton cœur jusqu'à ce que j'en termine avec ces choses qui nous séparent l'un de l'autre.

Tu as toujours su me protéger. Maintenant, crois-moi, c'est mon devoir d'en faire autant pour toi. De nous protéger tous les deux pour qu'un jour, nous ne formions plus qu'un seul être.

Je m'efforce d'être sincère avec toi, James. Et je prie pour que tu attendes. Si tu m'attends, je reviendrai. Je t'en donne ma parole d'amour.

À toi pour toujours,
Lia

Chapitre 35

Nous sommes bringuebalées par le train qui fonce dans la nuit. Il y a bien des fenêtres, mais il est inutile de regarder dehors. J'ai déjà essayé et il fait noir comme dans un four.

Au début, j'ai eu peur d'être malade, comme cela m'arrive si souvent en voiture lorsque je ne peux pas voir l'extérieur, mais cette fois, le mouvement du train m'apaise et me berce. Je me dis que si nous pouvions rester éternellement à bord, tout irait bien. Pas comme autrefois, évidemment, mais bien quand même.

Une main chaude se pose sur la mienne. Je lève les yeux et je vois le sourire de Sonia, à la fois joyeux et inquiet. La convaincre de m'accompagner n'a pas été aussi difficile que je le croyais.

Mon unique sac est glissé sous le siège. Dedans se trouvent une robe de rechange, quelques affaires indispensables et le couteau pris dans la chambre d'Alice. Le reste de mes bagages est déjà parti pour Londres. Tante Virginia s'est occupée de tout et a envoyé une lettre là-bas pour informer les domestiques de mon arrivée. Milthorpe House, comme Birchwood, est dans notre famille depuis des siècles. Nous y serons choyées, Sonia et moi, le temps qu'elle m'enseigne la maîtrise de nos dons. Le temps que nous entrions en contact avec Philip Randall pour poursuivre la recherche des Clés manquantes. Le temps que je prenne des forces, dans ce monde et dans les autres, pour livrer cette bataille au centre de laquelle je me trouve.

Luisa nous rejoindra plus tard, lorsqu'elle aura trouvé le moyen de quitter Wycliffe sans que son père, en Italie, soit trop déçu ou se montre trop soupçonneux. Nous avons eu du mal à nous séparer. Mais c'est écrit dans les étoiles et sur les marques de nos poignets : nous nous reverrons.

Sonia me serre la main et, lorsque je baisse la tête, je vois le médaillon qui brille, bien à plat sur son poignet. Nous avons eu l'idée de cet échange. J'ignore si le médaillon restera ou non autour de son poignet ou s'il trouvera le moyen de revenir à mon bras, comme ce fut déjà le cas. J'espère vraiment qu'il ne bougera pas, que la puissance de l'âme confiée à sa garde l'empêchera de repartir vers moi. Sonia n'est pas la Porte. Samaël ne peut pas passer par elle, même si elle m'a déjà prévenue que les Âmes vont tenter de la duper, de l'effrayer, de la harceler par tous les moyens possibles jusqu'à ce qu'elles parviennent à leur but, m'atteindre. Mais elle connaît mieux que moi les us et coutumes des Autres Mondes. Si quelqu'un peut les maintenir à bonne distance, si quelqu'un peut me donner le temps dont j'ai besoin pour me préparer au combat qui m'attend, c'est bien Sonia.

Cela va-t-il marcher ? Ou le médaillon trouvera-t-il le chemin de mon poignet durant quelque nuit troublée, m'entraînant alors dans les Autres Mondes jusqu'à la Bête qui se servira de moi comme d'une porte, comme d'un passage menant au combat qui engendrera les Sept Plaies ?

Je n'ai pas la réponse. Pas encore.

Tout ce que je peux faire, c'est de voyager dans mon avenir, dans cet espace sombre, informe, qui s'étale devant moi, inconnu. Dans cet avenir que ma mère n'a jamais atteint, avec l'espoir d'y trouver le moyen d'accomplir la tâche qui me revient. Le moyen de trouver les pages manquantes et les Clés encore absentes. Il y a ceux qui seront toujours à mes côtés – mes parents, tante Virginia, James, et même Alice.

Et Henry. Henry, mon talisman pour traverser toutes ces nuits noires.

Je me souviens de ses yeux assombris durant notre ultime conversation en tête-à-tête. Son regard et ses paroles, bien trop raisonnables pour un garçon de dix ans : « Seul le temps le dira, Lia. »

Il finira sûrement par le dire.

Fin du premier tome

Impression réalisée sur TIMSON par
Rodesa en Espagne
en octobre 2009

« Pour l'éditeur, le principe est d'utiliser des papiers composés de fibres naturelles, renouvelables, recyclables et fabriquées à partir de bois issus de forêts qui adoptent un système d'aménagement durable. En outre, l'éditeur attend de ses fournisseurs de papier qu'ils s'inscrivent dans une démarche de certification environnementale reconnue. »

Composition MCP - *Groupe JOUVE* - 45770 Saran
N° 379372A

Dépôt légal : octobre 2009
20.16.1778.8/02 - ISBN 978-2-01-201778-8

Loi n° 49-956 du 16 juillet 1949
sur les publications destinées à la jeunesse.